我们阅读
WOMENYUEDU
魅丽文化
花火工作室

那时喜欢你

叶非夜
著

江苏凤凰文艺出版社
JIANGSU PHOENIX LITERATURE AND
ART PUBLISHING, LTD

图书在版编目（CIP）数据

那时喜欢你 / 叶非夜著. -- 南京 : 江苏凤凰文艺出版社, 2016

ISBN 978-7-5399-9811-4

Ⅰ. ①那… Ⅱ. ①叶… Ⅲ. ①长篇小说－中国－当代 Ⅳ. ①I247.5

中国版本图书馆CIP数据核字（2016）第281198号

书　　名	那时喜欢你
作　　者	叶非夜
选题策划	朵　爷
出版统筹	黄小初　邹立勋
责任编辑	胡小河　姚　丽
文字编辑	肖云梦
责任监制	刘　巍　江伟明
封面设计	黄　梅
封面插图	界　由
出版发行	江苏凤凰文艺出版社
出版社地址	南京市中央路165号，邮编：210009
出版社网址	http://www.jswenyi.con
经　　销	江苏省新华发行集团有限公司
印　　刷	湖南新华精品印务有限公司
开　　本	880 × 1230 毫米　1/32
字　　数	240千字
印　　张	10
版　　次	2016年12月第1版，2016年12月第1次印刷
标准书号	ISBN 978-7-5399-9811-4
定　　价	32.00元

（江苏凤凰文艺版图书凡印刷、装订错误可随时向承印厂调换）

目录

CONTENTS

◇第一章 冰块先生 002

◇第二章 往日时光 014

◇第三章 这么近那么远 024

◇第四章 那时喜欢你 035

◇第五章 念念数年 054

◇第六章 重复犯错 073

◇第七章 长痛短痛 087

◇第八章 在记忆中找你 111

目录
CONTENTS

第九章 其实我介意 127
第十章 上心 155
第十一章 梦里梦外 163
第十二章 词不达意 186
第十三章 开不了口 205
第十四章 背对背拥抱 224
第十五章 爱得太迟 264
第十六章 只要和你在一起 275
第十七章 黄粱一梦 296

那时喜欢你

“最好的爱情，是余生因你而隆重。”——叶非夜

“再遇顾余生，已是两年后。我刚想问他当初的约会为什么没来，他望着我，对着身边的人先开了口，语气客套又平静——她是谁？简简单单的三个字，却让我险些红了眼眶。原来，我一直等的人，早已不记得我了。”

秦芷爱写下这篇日记的时候，以为自己这一生和顾余生都不会再有任何交集了，谁知又过了两年，她竟然住进了他的家里。

第一章
冰块先生

秦芷爱是在住进顾余生家里的第五天才碰见顾余生的。

那是一个深夜，睡得正沉的秦芷爱迷迷糊糊地感觉到身边躺了一个人。她全身狠狠地哆嗦了一下，瞬间从梦中清醒了过来。

在她身边躺下的是个男人。

室内的夜灯昏黄暗沉，她虽看不清男人的面孔，但还是一眼认出他是顾余生。

两年没见，突然相见，让秦芷爱有些紧张，也有些恍惚。她故作镇定地稳了好一会神儿，才语气平静地出声："你回来了？"

顾余生没接秦芷爱的话茬，甚至都没看她一眼，只是快速地褪了衣衫，一个翻身将她压在了身下。

男人的体温滚烫炙热，让秦芷爱心底莫名有些发慌。她不是没想过和他见面的场景，却没想到会是这般光景。于是她本能地开始抵抗，并试图逃脱。

顾余生像是看到了一个特别好笑的笑话般轻笑了一声，然后轻而易举就压制住了她。他伸出手捏住她的下巴，将她的脸硬生生抬高，然后凑到她的耳边，刻意加重了语气，一字一顿地说出最轻蔑的字眼："装什么装？你费尽心思住进我家，还三番五次去找爷爷，不就是等着这一刻？"

秦芷爱被他嘲弄的话语说得一怔，她还没缓过神来，他就不带任何怜惜地覆盖上了她的身体。

第二天清晨，秦芷爱醒来的时候，身边空无一人，顾余生已不知去向。

若不是身体的酸痛和散落在地上支离破碎的睡衣，秦芷爱还以为昨晚是自己虚构出来的一场噩梦。

秦芷爱起床，进了浴室，洗漱完，再换了件干净的衣服，下楼去吃早餐。

穿过走廊的时候，秦芷爱习惯性地冲着栏杆下的一楼客厅看了一眼。顾余生正站在窗前，背对着她在接电话。

秦芷爱下意识地停下脚步，脑海里瞬间闪过昨晚发生的事情。

就在她发愣之际，顾余生把电话挂断了。站在他身旁不远处的管家毕恭毕敬地出声："顾先生，车子已经发动好了。"

"嗯。"随着顾余生极淡的一声回应，秦芷爱猛地回过神来。她看到顾余生接过管家递过来的西装外套，就冲着玄关处走去。

他换完鞋，刚准备出门，突然像是想起了什么，又停顿下来。他的眼睛没去看管家，只是语气淡淡地对着管家不带任何情感色彩地开口说："等下你去买盒避孕药，楼上的她醒了以后，记得叫她吃。"

他的话就像是冰天雪地里的一盆冷水，毫不留情地泼向了秦芷爱。

她的身体狠狠地一颤，大脑瞬间一片空白。

她以为两年前的那一次见面，他望着她对旁人说的那句"她是谁"已经够糟糕的了，却没想到两年后的再一次见面会更糟糕。

秦芷爱站在二楼的栏杆旁，明明一直都在死死地盯着顾余生的背影，可是她却根本没看清他是怎样出的门。

她清楚地感觉到自己的胸口有些闷，心情变得无比沉重，胸腔里的心每跳动一下，都会在身体里掀起一股让人无法挪动的生疼。

等到秦芷爱回过神来的时候，屋外只能隐隐听见顾余生车子发动的声响。她怕管家突然回屋会看到自己此刻的狼狈，慌忙转身，回了卧室。直到关上门，秦芷爱才发觉，自己眼前不知何时已经蒙上一层雾气。

秦芷爱一直等到眼底的水雾尽散，情绪彻底平静下来，才装出一副刚睡醒的样子，重新下了楼。

管家看到她，立刻停下手头的活："小姐，您醒了？"

其实管家应该喊她"太太"的，是顾余生不让，所以只能叫她"小姐"。

秦芷爱倒是不怎么计较，面色平淡地"嗯"了一声，冲着餐厅走去。

以前秦芷爱吃饭的时候，管家端了菜以后就会离开忙自己的事情去，而今天，管家端了菜上来以后仍在餐桌旁寸步不离地站着。

秦芷爱佯装根本没有察觉到任何异样的模样，淡定从容地吃着早餐。

随着她碗里的粥见底，站在不远处的管家开始犹豫不安起来，好几次冲着秦芷爱动了动唇，像是要说话，可张开嘴都没发出半点声音来。

直到秦芷爱放下了筷子，管家终于硬着头皮出声："小姐……"

"家里有没有避孕药？"秦芷爱没等管家把话说完，就开口打断了。

她知道管家接下来要说的是什么，只是有些话，从管家的嘴里说出来，会让她感觉难堪。即使她心里明白，管家知道顾余生有多么嫌弃她，可她还是不愿意让别人当着她的面看她的笑话。

秦芷爱望了一眼管家，语气平淡地又开口补充："有的话，去帮我拿过来。"

管家在听到她的话时，明显愣了愣，然后什么也没说就按照秦芷爱的话照做了。

秦芷爱当着管家的面，一脸平静地吞了药，然后再不慌不忙地抽了纸巾，擦干嘴角的水渍，优雅从容地站起身，冲着餐厅外走去。

她才走没两步，身后的管家突然又出声："小姐……"

秦芷爱停了下来，回过头。

"小姐，顾先生说，顾老先生今晚会去海南……"管家犹豫了几秒钟，才继续开口，"顾先生还说了，您的靠山没了，让您最近有事没事都别烦他。"

她本以为自己主动提出吃药能挽回一些尊严，却没想到他竟然还吩咐了管家别的话……秦芷爱的指尖轻颤了一下，脸上的神情却平静得没有半点波澜，就仿佛管家的话不是在说给她听一般，风淡云轻地问了一句："还有别的事吗？"

管家回："没有。"

秦芷爱没说话，淡淡地转身离开。

都已经凌晨一点了，顾余生怕是今晚又不会回来了吧。

从他那天吩咐管家盯着她吃避孕药离开家后，到现在已经有一个月的时间没回来过了。

那天他走的时候，让管家转交给她一句话，说有事没事都别烦他，她就真的没烦过他。

所以在这一个月的时间里，他和她不但没见过面，就连一通电话都没打过。

秦芷爱盯着不远处时针指向"1"的欧式落地钟，发了许久的呆，才将视线缓缓落回到电视屏幕上。电视里播放的是她最喜欢的明星演的电影，可她却没了看下去的心情，索性关了电视，起身回了楼上。

兴许是刚刚在楼下看时间时想到了顾余生的缘故，秦芷爱躺在卧室的床上后没能立刻入睡。她闭着眼睛胡思乱想了一阵子，好不容易有了困意，刚刚勉强入了眠，床头柜上的座机就响了起来。

来电显示是顾家老宅的座机号码，秦芷爱立即接听，里面传来的是在顾家老宅干了二十多年的保姆张妈的声音：“少奶奶，实在是不好意思，这么晚给您打电话。刚刚顾老先生来电话了，说是今天一大早的航班回北京，让您和小少爷晚上来老宅这边吃晚饭……”

张妈听的是顾老先生的吩咐，大概是顾家唯一一个敢违背顾余生的意思，喊她“少奶奶”的人。

“还有小少爷那边，您别忘了告诉他一声……”

顾余生说过，让她有事没事别烦他……秦芷爱下意识地想要开口让张妈自己给顾余生打个电话，可是话到嘴边，她又想起在她住进他家的那一天，他给她的警告——

他说爷爷是他在这个世界上唯一的亲人，若不是她用了什么卑鄙的手段哄得爷爷非要他和她在一起，别说是让她住进他的家里，他看都懒得看她一眼！

他还说，最好不要让爷爷知道他和她的关系不好，若是爷爷为此糟心，他绝对不会放过她！

她就住在顾余生的家里，却让张妈给他打电话，这不是明摆着告诉张妈她和顾余生的关系很糟糕，而张妈又伺候了爷爷那么多年……秦芷爱挣扎了片刻，最后还是把要说的话咽回了肚子里，换成：“张妈，我知道了，我会告诉余生的。”

挂断电话后，秦芷爱靠在床头，拿出手机找到顾余生的电话号码。她犹豫了好一阵子，才摁下拨打键。

随着手机听筒里传来的电话拨通声，秦芷爱紧张得呼吸都仿佛停了下来。

一声，两声，三声……第四声还没响起，电话就被另一端毫不留情地切断了。

顾余生拒接了她的电话……秦芷爱一下子紧绷了唇，没再继续给顾余生打电话，而是编写了一条短信给顾余生发了过去。

屏幕上迟迟都未显示“短信已送达”的提醒，秦芷爱只好又给顾余生打了一个电话。这次听筒里传来的不是电话接通的声音，而是占线中的忙音。

隔了十几分钟，秦芷爱看自己发出的短信还是没被送达，于是又给顾余生打了一次电话，那边仍然处于占线的状态。

秦芷爱隐约像是明白了什么，换了一旁的座机给顾余生打了过去。

这回电话轻而易举就接通了。

原来真的如她所猜想，她的手机在第一次拨通他的电话被拒接后，就被他顺手拉入了黑名单。

秦芷爱的眼神微微黯淡了一下，正准备挂断电话，让管家白天再联系顾余生时，电话突然被接通了。顾余生似是猜到了是她的来电，开口的声音不耐烦得很：“你到底还有完没完？我不是告诉过你，让你有事没事都别来烦我吗？”

“爷爷来了电话……”秦芷爱生怕顾余生下一秒就会挂断电话，急急忙忙开口说了重点，“爷爷说他今天一大早到北京，让我们晚上去他那边吃饭。”

电话那头的顾余生没有说话。

秦芷爱等了一会儿，看顾余生始终没有反应，又继续开口：“还是和上次一样，在那个地方等你吗？”

上次指的是她住进他家的头一天，爷爷让他带她回家吃饭，他不愿意开车来接她，就让她自己一个人过去，然后在爷爷住的小区旁边的一条小胡同里等着他。

她想，这次的他应该仍是不愿意来接她的吧？

秦芷爱压了压心头的失落，努力让语气听起来和平常没什么区别，又开口问：“那我明天几点过去等你？”

那头的顾余生面对她的询问，还是没有说话。

“还是下午……”这次秦芷爱刚说了四个字，电话那头突然就毫无征兆地传来顾余生的声音，语调又冰又冷：“每次都拿爷爷当借口来纠缠我，你也不嫌恶心？”

秦芷爱握着座机听筒的手猛地加大了力气，她感觉自己的脖子仿佛被人用力地掐住一般，后面的“六点吗”三个字就那么硬生生地卡在了咽喉处，不上不下的，难受也难忍。

电话两头瞬间安静得有些可怕。

过了不到两秒钟，电话就被顾余生挂断。

秦芷爱保持举着听筒的动作僵了许久，才慢慢地回过神来。她将听筒缓缓地放回座机上，不紧不慢地在床上躺好，再盖上被子，闭上眼睛，一副平静入眠的模样。可她的眼角却闪烁出一抹水光，抓着被褥的手也抖得十分厉害。

凌晨的电话里，秦芷爱和顾余生没约好去顾家老宅的时间，挂断电话之前顾余生又把话说得那么难听，秦芷爱哪里还会自取其辱地再给他打电话过去问时间。

秦芷爱虽然不知道顾余生到底几点会去顾家老宅，却知道他是五点半下班。

所以，下午五点半不到，秦芷爱就等在了顾家老宅小区旁边的小胡同里。

一直到了六点半，听到不远处的街上传来一道刺耳的鸣笛声，秦芷爱侧过头去，就看到顾余生的车子打着双闪停在路边。

走到车前，秦芷爱才发现，今天开车的是顾余生，而不是他的司机。

车里的他嘴里叼着烟，一手撑在车窗上，一手搭在方向盘上，配上他身上穿着的白衬衣，姿态看起来很是清闲。

秦芷爱抬起手，轻轻地敲了两下车窗，提醒顾余生自己已经到了。

听到声响的顾余生微微掀了一下眼皮，略略地扫了一眼秦芷爱，然后就收回了视线，盯着正前方的道路，慢吞吞地吐出一个漂亮的烟圈。隔着烟雾缭绕，秦芷爱清楚地看见顾余生那张颠倒众生的俊美的脸蛋上，嘴角微抿，隐隐透出几分不悦。

她一出现，他的脸色就变得这么难看……秦芷爱在车子旁尴尬了几秒钟，才讪讪地伸出手，拉开车门弯身钻了进去。她人都还没有坐稳，顾余生就一脚油门踩到底，车子猛地蹿了出去。

秦芷爱的身体不受控制地往后重重一仰，她急忙抓紧一旁的扶手。等到身体稳住后，她才扯到安全带。扣上的时候，秦芷爱眼角的余光不经意地扫到了顾余生的侧脸。比起她上车之前，这个男人的神情又变得冷沉了许多。

秦芷爱像是被冰封住了口，原本还在踌躇要不要打声招呼的念头顿时烟消云散。

顾余生烦死秦芷爱了，恨不得她一辈子都不要出现在自己的眼皮子底下，自然是不会主动开口和她讲话的。

开着车的顾余生一支接着一支地抽着烟，除了打火机偶尔发出的声响，车内再无半点其他动静。

这种无声的沉默，一直延续到顾家老宅的院子里。

顾余生停车熄火的时候，顺手掐灭了烟，然后看都没看秦芷爱一眼，就一声不吭地推开车门率先下了车。

然后他站在车旁，并没着急离开，而是等秦芷爱下了车，才迈开步子，和她一起朝着门口走去。

快到屋前的时候，顾余生突然伸出手抓住了秦芷爱的手。他的动作来得毫无预兆，秦芷爱浑身一僵，本能地像是要抽回手。顾余生似是察觉到了她的躲闪，一边将她的手握得更紧、更用力一些，一边抬起另一只手按了门铃。

挣脱不掉的秦芷爱悄悄抬起眼皮，打量了一眼正在按门铃的顾余生。他的掌心温热，可他的脸却冷得像是结了冰，眼底流淌出类似于厌恶的情绪。

秦芷爱微微一怔，还没弄懂顾余生的表情是什么意思，门就被打开了。

开门的人是张妈，看到顾余生和秦芷爱，她欢喜极了，一边热情地招呼两个人进屋，一边给两个人拿了拖鞋，然后就一路小跑上了楼，通知顾老先生去："老爷，小少爷和少奶奶到了。"

顾余生和秦芷爱换完鞋，刚走进客厅，就见顾老先生从楼上走了下来。

顾余生忽地就侧过身，低头对着秦芷爱耳边有模有样地动了两下唇。

在旁人看来，顾余生像是在亲密地对着秦芷爱说着什么悄悄话，可只有秦芷爱知道，他什么话也没说。

只是伴随着他的靠近，他的气息喷洒在她的脖颈处，清浅而温暖，让她的心跳瞬间莫名加快，整个人一下子变得有些慌张无措。

"发什么呆啊？"顾余生突然用力捏了一把秦芷爱的掌心，她猛地回过神，下意识地转头看向顾余生。此时这个男子就像是换了一个人似的，脸上冰冷的神色变得一片平缓，眼底的厌恶和嫌弃早已消失殆尽，取而代之的是满眼平静。他继续开口的声音清雅动听："见了爷爷怎么也不知道叫人？”

听到“爷爷”两个字，秦芷爱瞬间就明白过来。

顾余生之所以这般前后判若两人，是因为他在演戏。

牵她的手而满脸厌恶的那个才是真实的他，此时不过是他伪装出来蒙骗爷爷的假象罢了。

而她刚刚竟然还傻乎乎地为他突然的亲近而走神、慌乱……秦芷爱拼命压下心底的自嘲，冲着在她刚刚走神时来到她和顾余生面前的顾老先生费力地挤出一个恬静的笑容，再乖巧地开口，喊了一声：“爷爷好。”

顾老先生早在看到顾余生和秦芷爱时，就已经将两个人进屋后的一切尽收眼底。他看到两个人这般亲密无间的样子很是高兴，一边喊两个人坐下，一边招呼张妈泡茶。

顾余生和秦芷爱到老宅没几分钟，张妈就跑过来说晚饭准备好了。

吃过晚饭，两个人又陪着顾老先生聊了好一阵子才从老宅离开。

车子刚驶出顾家老宅的大门口，前一秒和顾老先生道别时还面色温和的顾余生，下一秒脸上就没了任何表情。在进顾家老宅之前，被他刻意收敛起来的冷意瞬间从他的周身倾泻而出。

他冷着一张脸，将车子开得横冲直撞的。在快要接近秦芷爱傍晚上车的小胡同时，忽地大力踩了刹车，伴随着轮胎摩擦地面发出的刺耳的噪音，顾余生看都没看秦芷爱一眼，就直接冲她挥了挥手，做出一个“滚”的手势。

他的一系列举动来得太快，秦芷爱有些跟不上节拍，一时半会儿没反应过来他那手势的意思，睁着一双漆黑的大眼睛古怪地望了他一眼。

“怎么？你该不会不知道，在爷爷面前，我不过就是装装样子给你看的？难不成你还真以为我会开车把你送回家？”

说到最后一句话的时候，顾余生的语气里带着一丝嘲讽的挖苦。

秦芷爱瞬间明白，原来他刚刚那个手势是在赶自己下车……这个想法都还没从秦芷爱的脑海里完全落定，顾余生的声音又响了起来，还又狠又尖利："实话告诉你，想都不要想！那家因为你住过了，别说是让我送你回去，我就这么想想都觉得倒胃口！"

倒胃口……是嫌弃她住过的房子恶心吗？

秦芷爱的睫毛微微颤抖了一下，手下意识地抓紧了自己的包带。

她不敢乱动，生怕一动，眼泪就会砸下来，所以只能伸出靠窗的那只手，胡乱地冲着车门上摸去。她摸了半天都没摸到开门的把手，一旁坐着的顾余生看她迟迟不肯下车，顿时耐性全部耗尽。他连句话都懒得再开口跟她说，直接下了车，绕到副驾驶室旁，拉开车门，将秦芷爱从车里给扯了出来，往旁边重重地一甩，再猛力关上车门，大步流星地绕过车头，重新坐回了车上。然后他没有丝毫犹豫和停留地踩了油门，扬长而去。

顾余生的力道有些大，秦芷爱被甩得往后退了好几步。直到撞上街旁的广告栏，她才停了下来。

广告栏是特别坚硬的金属做的，撞得秦芷爱的后背生疼，眼泪险些都飚了出来。

她闭着眼睛倒吸了好几口冷气，贴着广告栏僵着身子站了很久，疼痛才终于缓解下来。

她慢慢地站直了身子，缓缓地走到路边。顾余生的车子早已不见了踪影，只有形形色色的不同的车辆，闪着红灯，忽快忽慢地从她面前的街道掠过。

不知怎么的，秦芷爱突然就想到了今晚在顾家老宅吃饭时，顾余生绅士地帮她拉开餐椅，贴心地给她夹她喜欢吃的菜，亲手盛她喜欢喝的汤。甚至在她吃鱼的时候，他还眼尖地把她快要放入嘴里的鱼刺给挑了出来。

他表现得无可挑剔，活脱脱一个溺爱老婆的好老公形象，哄得做梦都想让她和他安安稳稳过日子的爷爷甭提多开心了。

看到爷爷开心，顾家老宅里的用人也开心。而她呢，脸上也一直挂着笑容，看起来幸福而又满足。可是没有人知道，这一整晚，她的心里到底有多煎熬。

她知道，他只是在演戏。

可即使她知道他只是在演戏，在他装出对她好的姿态时，她的心还是按捺不住地悸动了起来。

因为，她喜欢他。

从很久很久以前，她就喜欢他了。

纵使两年前，他和她好不容易见了面，他不记得她了，她也还是喜欢他。

所以，即使她心知肚明他对自己的好是假的，她还是忍不住心跳加速，忍不住脸红无措。

就像现在，他把她丢在大街上，她也还是情不自禁地回忆起他和她的初相见。

第二章
往日时光

秦芷爱第一次遇见顾余生是念高一时，她的高一。

早在初中的时候，秦芷爱就听闻本校高中部有个赛过明星的大帅哥。因为不在同一个校区，秦芷爱一直只闻其名未见其人。

高一新生入学的那一天，秦芷爱在操场报完到，拖着行李箱找宿舍楼的时候，有一截长长的台阶要走。因为箱子太重，她拎不动。旁边人来人往许多穿着校服的男生，却唯独一个他，在经过她身边的时候，顺手帮她拎了一下，然后放在了台阶最上面的空地上。他连一句“谢谢”都没等她说，就和几个男生一起拐进了不远处的男厕所。

那天的秦芷爱，并不知道帮她的男生叫什么名字，只知道那个男生长了一张比画还要好看的脸。

第二次见顾余生，是军训的最后一天。

秦芷爱穿着丑到爆的迷彩军训服，顶着大太阳，汗水涔涔地正在扎马步。

他骑着自行车，在刺目晃眼的太阳下，由远及近，然后在前方的教学楼处拐了个弯，再不见了踪影。

第三次见顾余生，是正式上课后的第二个星期三。他站在食堂门口，正在接电话。

手里的饮料恰好喝完，饮料瓶子在他的掌心转了两下，然后随手一抛，就轻飘飘地落入距离他有一定距离的垃圾箱里。

他那样简单的举动，引来不少女生低声尖叫。

然后秦芷爱从她们的窃窃私语中知道，他叫顾余生。

原来，他就叫顾余生啊……那个高中部帅得简直不要不要的男生。

第四次见面，是在学校对面的开心网吧里。她恰好坐在他那群朋友的旁边，他在打游戏，是 CF。他的朋友激动得又是拍桌又是摔键盘的，还大声地吆喝。唯独他安安静静的，指尖飞快地按着键盘，爆了一个人头又爆另一个。

之后，有了第五次、第六次、第七次……直到她的同桌许温暖和他的室友吴昊认识之后，她和他才真正开始有了点交集。

那时，秦芷爱已经结束了高一上半学期的学习生活，正在放寒假。春节过后，她接到了许温暖的电话，喊她去溜冰。

等她到了那儿才知道，除了许温暖，还有几个男生，是吴昊带来的。

其中就有他。

刚开始秦芷爱并没有注意到顾余生，她在吴昊的介绍下，和他带来的那些男生一一打过招呼后，就被许温暖拉着准备去换溜冰鞋。一转身，她才发现后面站着他，背靠着墙，正在把玩着一支烟。

就在秦芷爱以为这只是一场再巧不过的偶遇时，吴昊开了口："生哥，这是秦芷爱。”

顾余生听见吴昊的话，并没有着急回应，而是垂着眼将烟点燃。他没吸，只是夹着烟侧头，往她站的地方睨了过来。

平日在学校里，只敢偷偷摸摸去注意的人，忽地就站在了自己面前，还如此猝不及防地看了她一眼。

秦芷爱感觉自己的心跳和呼吸在他的视线落到自己脸上的那一瞬骤停了。

他和其他男生不一样，没有上上下下地打量她，也没有笑得特别灿烂地喊她一声“小学妹”。他只是扫了她一眼，在她身上停留了一秒钟的时间都没有，微点了一下头，就收回了视线。

等到秦芷爱回过神来的时候，她已经被许温暖拖到了不远处的座位上，手里被塞了一双粉色的溜冰鞋。

许温暖一边换鞋，一边喋喋不休地跟她分享春节的那一天，吴昊跑到她家门口，送她礼物的事。

秦芷爱机械地换着溜冰鞋，大脑还没完全清醒过来，眼前时不时地晃过顾余生瞄自己那一眼的画面。快换完鞋的时候，秦芷爱忽地打断了许温暖的话，问：“吴昊认识顾余生？”

“啊？”大概是秦芷爱的话题转得有些快，许温暖愣了一下，才说，“对啊，他们是室友，而且从小就认识，在一个院里长大的……”

许温暖的话还没说完，吴昊就跑了过来。许温暖冲着她摆摆手，招呼她“好好玩”，然后就和吴昊手牵着手下了溜冰场。

秦芷爱换好溜冰鞋站起身时，不自觉地往顾余生站的地方看了一眼。

他没换鞋，还保持着背抵着墙的姿势在抽烟。

秦芷爱在场地里溜了一圈，又去瞄顾余生。除了他手里的烟变了一支新的以外，其他的没有任何变化。

玩了快三个小时的时候，秦芷爱碰到了许温暖。她指了指顾余生，悄悄地问："他都不玩的吗？"

"他这个样子的时候，就是心情不好的时候。你没看到大家都躲他远远的，谁也不敢凑上前去讲话吗？"

随着许温暖的解答，秦芷爱才发现，好像是这样的。一个下午，他的那些朋友在他面前溜来又溜走，却没一个跟他讲话的。

许温暖在顾余生的话题上并没扯太多，解决了秦芷爱的疑惑后，她想起了正事："晚上你有空吗？吴昊说请大家吃饭。"

"好啊。"秦芷爱一边不慌不忙地回答，眼角的余光一边往顾余生所在的地方瞟：吴昊请客吃饭，他应该也会去吧。

可事实上，最后还是让秦芷爱失望了。他们都还没从溜冰场散场，顾余生就提前走了。

因为顾余生的缘故，之后许温暖只要叫秦芷爱出去玩，秦芷爱准会答应。

倒不是次次都能碰上顾余生，但绝大多数时候他都还是在的。

和他们接触多了，秦芷爱渐渐发现，顾余生的那些朋友虽然有时候也会跟他开玩笑，但大家对他其实都是很注意分寸的。直到很久以后她才知道，他比其他人要特别很多。

然后秦芷爱才知道，顾余生和自己认知里的那些有钱人家的男生不一样，至于有多不一样，秦芷爱形容不出来。但她有亲眼看到过那些很厉害的人见到他时，会特意停下车跟他讲话。

也是那个时候，秦芷爱知道他和自己根本就不是一个世界的人。

他对她来说，是男神。

可她对他来说，就连灰姑娘都算不上。

她对他的那些喜欢，就那么一直不为人知地藏在心底，逐渐加深，变浓，直到他成了她生命的全部。

顾余生从未主动找秦芷爱说过话，而秦芷爱光看到他就紧张得心跳加速，更别提主动去跟他讲话了。

可是你知道吗？若是你真的喜欢一个人，你是不可能和他做朋友的。因为你每多看他一眼，你就会想去拥有他。

所以在一次集体聚会的时候，秦芷爱半夜去洗手间，正好经过顾余生的身边。他戴着耳机，懒洋洋地靠着椅背，正在看美剧。他手边放了一瓶绿茶，已经空了，他大概是没留意到，举起来昂着头等了一会儿后，才意识到是喝完了。然后他蹙了蹙眉，将瓶子往电脑桌上一扔，双手放在脑后，继续盯着屏幕看。

秦芷爱从来都不知道自己是个体贴的人，可是她从洗手间里出来后，神使鬼差地走向了网吧的前台。

她明明是想要去给顾余生买瓶绿茶的，可是她又怕被人识破了自己心底的小九九，于是她数了数人头，花了近半个月的生活费，给每个人都买了一瓶绿茶。

她借着一瓶绿茶，终于对着顾余生说出了她人生中跟他说的第一句话：“给你喝。”

简单的三个字，说得秦芷爱的掌心里都冒了汗。她看都不敢看他一眼，将绿茶快速地放在了电脑桌上。

顾余生看到绿茶后，蹙了蹙眉，然后就昂着头看着她。他的眼底划过一抹类似于不解的神色，过了大概五秒钟，他像是明白了什么一样，面色淡然地伸出手拿起了绿茶。

秦芷爱以为他接受了自己的绿茶，面上无动于衷，心里早已雀跃欢喜。

顾余生拧开了瓶盖，没喝，反而将绿茶塞回了她的手里。

秦芷爱愣住，一时半会儿没转过弯来。

顾余生的手机恰好在此时响起，他看了一眼来电显示，接听。

秦芷爱在他挂断电话的时候终于缓过神来，他刚刚戴着耳机，大概是没听清楚她说的话，误会了。她下意识地开口跟他解释："我不是……"

她还只说了两个字，他突然就从座位上站了起来，拿起外套，只言片语都没留下就跑出了网吧。

他永远都不会知道，那一天，有个女孩站在他的旁边，其实想跟他说的是："我不是让你帮我拧开瓶盖，我是送给你喝的。"

在秦芷爱的印象里，顾余生是那种完美到不能再完美的男生，就像是她上课偷偷看的日本漫画里的男主角一样，贵气，清雅，干净，禁欲。

可吴昊却说，顾余生的那张脸和那身气质骗过了所有人，他哪里跟完美和干净沾边，在这一伙人里，数他最不正经，脾气差，性格烂，也没什么耐心，嘴巴还很毒。当然，他仗着那张脸，就算是满身缺点，女生也不会说他坏，偏偏用什么词来形容？放浪不羁，痞得带感。

秦芷爱相信自己的眼睛，一点也不相信吴昊的嘴巴。

直到许温暖过生日，大家在 KTV 里给她庆生的时候，她第一次正正经经地见到了最真实的顾余生，也正正经经地体会到了吴昊说的"嘴巴还很贱"。

那天的顾余生好像心情很好的样子，谁跟他说话，他都会搭上几句。

后来大家都喝多了、玩嗨了，也不知道是谁提议的去外面的舞池跳舞。然后一眨眼的工夫，整个包间里的人"呼啦"全散了，只剩下了他和她。

他懒洋洋地靠在沙发上，低着头玩手机。

屏幕淡淡的光亮将他的五官照得立体而又柔和。

过了没一会儿，也许是手机没电了，他的手机屏幕忽地暗了下来。

他将手机随意地往一旁一丢，然后抬起双手，撑在脑后，往沙发上一靠，闭目养起了神。

秦芷爱以为他不会注意到自己，蹲在桌子前面，一边假装吃蛋糕的样子，一边时不时地往他那里偷瞄两眼。

在不知道秦芷爱是第几次偷看向顾余生的时候，他突然睁开眼睛，冲着她“喂”了一声。

包间里只有秦芷爱一个人，她虽然不敢置信，却知道他是在跟自己打招呼。她明明激动得要飞起来，却偏偏故作矜持地抬起头，带着几分天真茫然地冲着他“嗯”了一声。

他盯着她不吭声，漆黑的瞳仁撩拨得她的心“怦怦怦”直跳。

秦芷爱情不自禁地握紧手中的叉子，努力压住心底的波动，要多镇静有多镇静地又开口：“有什么事吗？”

顾余生继续瞅着她，也不说话，就在秦芷爱以为他不会理自己的时候，他忽地低笑起来：“没事，就是看你刚刚一直在偷看我，理你一下。”

原来，她刚刚偷瞄他，都被他发现了啊……

秦芷爱装出来的淡定渐渐有些撑不住，她的耳根泛起一抹淡淡的红。

顾余生没再说话，包间里瞬间安静下来，只有音量调得很低的歌声轻轻地环绕着。

过了不知多久，顾余生又开了口：“你叫什么名字？”

他和她见了这么多面，他连她的名字都没记住啊……

秦芷爱的心底生出一股淡淡的难过：“我叫秦芷爱。”不过随后，因为可以和他说话，她的情绪又变得好了起来，甚至还话多地补充了一句，“你可以叫我小爱，可爱的爱。”

顾余生忽地轻笑出声，慢条斯理地看了一眼被秦芷爱一个人吃了一半的大蛋糕，语气闲闲地说："还可爱的爱？明明是爱吃的爱吧？"

秦芷爱再傻，也知道顾余生这是在变相地说她能吃。她的脸一下变得通红，举着叉子，盯着上面刚刚被自己戳的一块蛋糕，往嘴里塞也不是，不塞也不是。

她那么蠢又那么纯的反应，大概真的取悦到了他，他没完没了地又开了口："你不喜欢爱吃的爱，那我换一个……"

说着，他就换了个姿势，像是在绞尽脑汁地思考。过了几秒钟，他抬起头，对上了她的眼睛："要不深爱的爱？"

那么厚重的两个字，说得秦芷爱的脸烫得仿佛要烧起来。她又气又羞，瞪着顾余生想要发火，最后却只说了个"你"字，然后就毫无威胁力地将叉子往地上重重地一丢，跑出了包间。

原来吴昊说的才是真的啊，顾余生的嘴巴真的是很毒很毒啊……

秦芷爱升入高一的时候，顾余生刚进高三。

许温暖的生日是四月底，第二天就是五一。顾余生和吴昊他们那一伙人已进入了备战高考的最后一个月的冲刺阶段，所以一伙人出来玩的次数比之前要少了许多。

秦芷爱至今都忘不掉顾余生和吴昊他们高考结束的当天那狂欢的那一晚。

高考结束了，吴昊和许温暖也开始了异地恋。

那时候，爱情总是占据了生命中很重要的分量。

所以和吴昊不是分手的分开，对于许温暖来说，却是他们爱情里的磨难。

估计是因为心情不好，两个人那晚借着酒劲吵了一架，吵得很严重。许温暖哭着转身跑了，秦芷爱急忙跟上去。

许温暖和秦芷爱刚走出KTV，还没来得及拦出租车，吴昊就从里面追了出来，拉住了许温暖。

两个人就像是演偶像剧一样，纠缠了好一阵子。然后吴昊也不管秦芷爱还站在旁边，霸气十足地低下头，堵住了许温暖的唇。而许温暖似乎也忘了秦芷爱还在旁边，竟然搂住了吴昊的脖子。一对男女，就这么在大街上激吻了起来。

那是秦芷爱第一次看人接吻，起先她真的是被震惊了。等她一回神，第一个念头就是低头避开。

谁知刚转过身，她就看到了顾余生。

他不知何时也跟了出来，靠在不远处的电线杆上，叼着烟，一脸兴味地盯着吻得热火朝天的吴昊和许温暖，眼睛眨也不眨的，然后还不正经地冲着秦芷爱来了一句点评："吻技一般。"

哪有这样的人，看人接吻还赠点评的……秦芷爱的脸烧了起来。

顾余生一点也不害臊地继续盯着接吻的画面看了片刻，然后就转头看向秦芷爱。他痞痞地看着她，眼里似是跳动着笑意，一边吐着烟圈，一边接着自己刚刚的话说："怎么？不信？要不要和……"

秦芷爱知道他接下来是要说 "和我试试"，可是不知道为什么，他忽地停了下来。他脸上挂着的还是那种似笑非笑的神情，盯着她看了一会儿，然后就掐灭了手中的烟，语气有些凉地转了话锋："走吧，送你回家。"

那是秦芷爱第一次坐顾余生的自行车，他即使载了她，速度依旧很快。

刚刚在KTV里玩的时候下了雨，夜风徐徐吹来，带着一股清新的潮气。

秦芷爱坐在车后座上，恍惚以为自己这是在做梦。

等到顾余生的车子停下来以后，秦芷爱才发现已经到自己家楼下了。

秦芷爱一下车，顾余生连句"谢谢"都没等秦芷爱说，就踩了脚蹬。

他的车还没动起来，秦芷爱就意识到，她都没告诉他自己家的地址，他是怎么把她送到家楼下的？

一种无法言喻的激动淹没了秦芷爱，顾余生……他会不会对她其实是有意思的？

那晚的秦芷爱顿时也不知道从哪里冒出来勇气，突然就叫住了顾余生："顾余生。"

顾余生停下车，转头看她。

秦芷爱紧紧地抓着自己的衣襟，眼睛四处瞟得厉害，嘴里的话说得磕磕绊绊："你……后天有时间吗？我、我、我想……请你看电影……"

路边突然响起的鸣笛声惊醒了秦芷爱的神游。原本车来车往的街道上，许久才有一辆车开过。她摸出手机，看了一眼时间。

竟然不知不觉到了晚上十一点钟。

她刚刚居然又一个人站在大马路边上，愣愣地回忆了两个多小时他和她的往日时光。

是的，又。

这些年来，她不记得到底有多少次，自己一个人的时候，突然因为某句话、某些事、某个场景就联想到了他，然后她就像是丢了魂一般沉浸在回忆里，不可自拔。

他和她的世界，隔得太远了，远得他和她根本不可能有半点交集，所以她只能靠着不断回忆他和她的那段往日时光来告诉自己，她爱的那个男人曾经真的来过她的世界。

她不是有多爱那段往日时光，而是爱那段往日时光里的他。

第三章
这么近那么远

等到秦芷爱拦了出租车回到家的时候，已经接近晚上十二点。

客厅的灯明晃晃地亮着，秦芷爱以为是管家还没睡，没想太多就输入密码，打开门进了屋。

屋里的人大概是听到了动静，迎了过来。秦芷爱仍以为是管家，也就没抬眼去看声源处，直接低着头去换鞋。换到一半的时候，迎过来的人才开了口："少奶奶，您回来了？"

秦芷爱换鞋的动作猛地停下，僵了片刻，才望向来人。原来迎来的人不是管家，而是顾家老宅的张妈。

秦芷爱的疑惑还没问出口，张妈就先给了她自己会出现在这里的答案："少奶奶，您在老宅吃饭的时候，把手链落在了洗手间里。"

说着，张妈就掏出一条精致漂亮的珍珠手链递给了秦芷爱。

接过手链，秦芷爱才想起。晚饭前去洗手，她嫌手链碍事，就摘了下来。后来因为顾余生喊她吃饭，洗完手就忘了拿：“一条手链，改天去老宅的时候给我就好了，何必大半夜的跑一趟。”

“是老先生晚上睡不着，想出来转转，索性就把手链给您送来了。”张妈跟着秦芷爱走进了客厅。

“爷爷也来了？”秦芷爱眉头轻皱了一下，还没等张妈回答，就看到管家端着一杯热气腾腾的安神茶，递给了坐在沙发上的顾老先生。

秦芷爱急忙又开口：“爷爷。”

“嗯。”顾老先生因为喝了一口茶，答得有些含混不清。等到茶咽下后，才出声说：“怎么回来得这么晚？”

说完，顾老先生才察觉到有什么不对劲。他皱了一下眉，然后冲着落地窗外的院子里望了一眼，没看到顾余生的车子，又继续开口问:“余生呢？他没跟你一起回来？”

随着顾老先生的接连询问，他的神情明显变得不悦起来：“他还和从前一样，把你一个人扔在家里，不管不顾，整天都不回来吗？”

“没有……”秦芷爱几乎没有任何犹豫地回了顾老先生的话。

顾余生之所以今晚在老宅那么认真地演戏，不过就是为了让爷爷以为他和她过得很和睦而安心。

若是让爷爷知道他和她并不像他看到的那样友好，定会责怪顾余生。而到头来，受罪的还是她。

更何况，上个月他那么残忍地睡了她又给她吃药，已经是对她极大的侮辱了，现在的她又怎么敢让爷爷知道他和她之间的真实情况，再去自取其辱呢？

秦芷爱的大脑一边飞快地转动找借口，一边冲着顾老先生扯出一抹不慌不忙的微笑：“余生他只是临时接了个电话，说是公司出现了一点小问题去加班了。

“余生本来是想要把我送回家的，是我自己想散散步，所以就让他把我放在了小区门口，我自己走回来了。”

面对顾老先生若有所思的眼神，秦芷爱没有半点紧张。她不紧不慢地又开了口，脸上的神情无比镇静，让人根本看不出半点撒谎的迹象：“余生没事的时候都有回家的，爷爷不信可以问管家。”

说着，秦芷爱还冲管家递了个眼色。

管家立刻知趣地开口附和：“是的，老先生，顾先生不忙的时候都有回家的。”

“那就好……”听到管家的话，顾老先生脸上的表情终于缓和了下来，一边说，一边站起身，“其实我来也没什么事，就是瞎转转。时间不早了，我也要回去了。”

秦芷爱知道顾老先生这是被自己蒙骗了过去，暗暗松了一口气：“爷爷，我送您。”

秦芷爱亲站在门口望着顾老先生的车开出院门以后，才转身进屋回了楼上。

管家先给秦芷爱泡了一杯热牛奶，然后才走出去锁大院的门。却没想到顾老先生的车竟然停在门外还没离开。

管家一愣，还没缓过神来，车窗就降了下来，只听张妈低声喊：“小杨，老先生找你。”

管家急忙走上前去，恭敬地冲着车里喊了一声：“老先生。”

顾老先生没兜圈子，直接开门见山地问：“真像你说的那样，小少爷一直都有回家？”

管家刚准备回“是”，顾老先生又开了口：“虽然你是小少爷请来的，但我也可以随时让你从这个家里离开，所以你最好掂量清楚再回答我的问题。”

管家变得有些迟疑，挣扎了片刻，最后还是答了一个“是”。只是他这个字还没完全落定，顾老先生就转头对上了他的眼睛。管家的话音一顿，下意识地就低下了头。过了片刻，他小声地开口说：“顾先生虽然不是每天都回来，但隔三岔五……”

“我看你是现在就想被辞退吧？”顾老先生突然出声，打断了他的话。

管家吓得立刻噤声，过了好一会儿才垂着脑袋，老实交代：“顾先生就回过家一次……”

顾老先生的脸色瞬间难看了下来。

“就是您去海南的头一晚。”

海南的头一晚？距离现在都一个多月了……顾老先生的脸色难看到了极致：“也就是说，小少爷一个多月都没回过家一次？”

“是。”管家的声音小得接近于无。

顾老先生眼底顿时有怒火冒出来，没再理会在窗外站着的管家，直接对前面开车的张妈出声道：“去找小少爷！”

可能是因为见了顾余生的缘故，心情波动太大，秦芷爱感觉格外疲倦，一回到卧室，她整个人就瘫软了下来，躺在床上动也不想动弹一下。

秦芷爱还没洗澡，没敢真的睡着，眯着眼睛休息了也不知道多久。待她感觉倦意没那么重了，就从床上爬了起来，进浴室放热水。浴缸快放满水的时候，秦芷爱发现换洗的内衣没带进去，便又折了出来。

更衣室在浴室的正对面，秦芷爱随便拿了一套内衣出来，冲着浴室门口走了还不到两步，卧室的门突然被人大力地一脚踹开，发出震耳欲聋的“砰”的一声。

秦芷爱被那个声响吓得全身打了个寒战，过了一小会儿才转过头，然后就看到几小时前把她赶下车的顾余生此时正站在门口，双眼泛红地盯着她看。

他没开口说话，唇抿成一条线，只是一味地盯着她看。他漆黑的眼底有怒意在不断地翻滚，周身上下透着一股戾气，强大而又骇人。

这样的顾余生，震得秦芷爱大气都不敢喘一下，只能僵在原地，侧脸和他眼对眼地对峙着。

楼下的管家大概还没睡下，听到动静，以为是秦芷爱出了什么事，一边喊着“小姐”，一边急匆匆地往楼上跑来。

管家跑到拐角处的时候就看到了顾余生，脚步顿时变得缓慢下来，开口的声音也变得格外谨慎小心：“顾先生，您……”

管家的问好还没说完，顾余生头也没回地冲着身后的管家冷沉着声音回了句：“回你的房间，别出来！”

管家就像是被人操控的机器，忽地就停了下来。她看得出来此时的顾余生愤怒到了极致，她有些不放心秦芷爱，站在楼梯上挣扎了一会儿，又大着胆子开口，企图劝劝顾余生：“顾……”

“滚！”

顾余生简简单单的一个字，听得管家全身仿佛都炸了起来，转身逃也似的冲下了楼。

随着管家的房门重重地关上，站在门口的顾余生忽地迈开步伐，直直地冲着秦芷爱走去。

他的步子走得很慢，踩在厚重的地毯上，没有发出半点声响。

平日里的顾余生就给人一种畏惧的感觉，此时的他，更是恐惧得让人下意识地想逃。

秦芷爱看得心惊胆战，一边用力抓紧怀中的换洗内衣，一边颤抖着双腿往后慢慢地退去。

她的速度远比不上他，于是她只能眼睁睁地看着他一步一步走向自己，最后站定在她面前。

他的靠近，让她变得越发惊恐。她不敢跟他对视，只能垂着脑袋，眼神胡乱地飘散着。

她比他要矮很多，他低着头，盯着她的头顶看了一会儿，突然毫无征兆地伸出手，揪住她后脑勺的头发，往下一拉，将她的小脸扯得仰了起来。

突如其来的疼痛让秦芷爱没忍住，脱口而出喊了一声："余生……"

简单的两个字，却惹得顾余生瞳孔不断地收缩，抓着她头发的力道忽地加大："你喊我什么？"

秦芷爱疼得面色泛白，动了动唇，艰难地改口："顾……顾先生……"

顾余生的眼底划过一抹冷笑，他没再跟她继续纠缠这个问题，直接俯身吻住了她的唇。

其实不是吻，确切地说，应该是咬。

他压根儿不理会她的感受，带着报复性质地撬开她紧闭的双唇。他使的力气很大，不过两三下就将她的舌头咬出了血，血腥味迅速在两人的唇齿间蔓延开来。

秦芷爱吃疼，舌头下意识地想要躲开他。可是她越躲，他的力道就越霸道，两个人嘴里的血腥味就越重。

到了后来，秦芷爱都有些泛起了恶心。尽管她的力道抵不过顾余生的力道，却还是死命地挣扎了起来。

顾余生根本不理会她的挣扎，逮住她的舌头又狠狠地咬了一口，直到感觉身前的秦芷爱疼得身体发僵，他才放过她肿胀的嘴唇，凑到她的耳边。他嘴里的话语气旖旎，音量微浅，像是在说着情话，可他的话语却把他吐出的温热气息冻得寒意十足："你当我说过的话是放屁？"

"我是不是告诉过你，我和你之间的事，最好别让爷爷知道？"

他眯了眯眼睛，又开口："还是，你一个人待在家里寂寞，爷爷一回来，就迫不及待想要故伎重演用爷爷逼我回来陪你？"

故伎重演？

秦芷爱的眉头轻皱了一下，本能地开口替自己辩解："我没有……"

刚说了不过三个字，不明白顾余生刚刚那话里到底是什么意思的秦芷爱就停了下来。她望着顾余生，茫然又犹豫，不知该从哪里解释起。

她的迟疑落在顾余生的眼里，更像是苍白而又无力的狡辩。

"没有？"顾余生忽地轻笑出声，"好得很，都学会睁着眼睛说瞎话了！"

他抓着她头发的手忽地加了力道："那好，你告诉我，手链早不丢晚不丢，为什么偏偏就丢在老宅里？你再告诉我，爷爷为什么跑来给你送了一趟手链，就知道了我这一个多月都没回过家？"

听到这里的秦芷爱，终于有了些头绪。

原来是爷爷知道自己去海南后，顾余生再也没有回过家……可是今晚，不管是在老宅还是在家里，她明明都蒙骗过了爷爷呀……所以，爷爷到底是怎么知道的呢？

不过只是一刹那的工夫，秦芷爱就想通了。

是管家……这个家里只有她和管家两个人，除了她之外，管家是最了解她和顾余生情况的那个人。既然她没告诉爷爷，那么就只能是管家了……难怪刚刚管家跑上楼的时候，看着她的眼神充满歉意……

"怎么不吭声了？刚刚不还一口咬定你没有吗？"顾余生大概是气急了，才会又笑起来，"行啊，没看出来你还挺有脑子的，知道我不会跟你回家，所以才故意把手链丢在爷爷家，引得爷爷过来一趟？"

秦芷爱动了动唇，最后还是忍住了，没吭声。

在他的脑子里，早已先入为主地认定这件事就是她做的，所以即使现在她告诉他手链不是自己故意落在老宅的，他应该也不会相信她吧。

既然他不会相信，那她又何必浪费口舌呢？搞不好他还会说出更难听的话来挖苦她。

“今晚这事干得漂亮，真漂亮！”顾余生像是真的在夸赞秦芷爱一样，还猛地松开了秦芷爱，自顾自地鼓起了掌。

随着三声掌声落下，顾余生的眼底有着一丝狠意掠过，脸上的笑意也跟着消失殆尽，开口的声音透着森冷的寒意：“既然你这么费尽周章地把我弄回家，那我可一定得好好招待一下你！”

说着，他又伸出手，把她揪到了自己身前，再有些粗鲁地摁倒在床上。

他的反应很激烈，像是要把她生吞活剥了一般。

她一下子就想起一个多月以前的那个深夜，纵使她喜欢他，却并不代表她喜欢被他这般欺负。她反抗，是要多激烈就有多激烈地反抗。

可是她越挣扎，他下手就越狠，床单和被褥很快就被扯得一团乱，枕头一个在床上，一个在地上。

她的力道本来就比不过他，很快就不是他的对手，被他死死地压着，动都无法动弹，像是砧板上等待宰杀的一条鱼。

和上次一样，顾余生就像是一只凶猛的野兽，粗鲁地占有着她。

他的肌肤炙热滚烫，贴在秦芷爱的身上，却让她一路凉到了心底。

她其实很想逃，可她被他用力地掐着腰，无处可逃。

他的每一下动作都很粗鲁，就如同凌厉的刀，一下一下地凌迟着她的身体，让她疼痛难忍。

她怕自己一不小心会出声求饶，狠狠地咬紧牙关，冷着一张脸，沉默无声地承受着。

疼到最后，她浑身上下的细胞都叫嚣着疼，时间仿佛被无限拉长，变得十分难熬。秦芷爱生怕自己会坚持不下去，会哭出声，便开始强迫自己在心底默默地数数。

刚开始还管用，到了后来，疼得她思绪一直中断，心底默念的“59”一下子就变成了“95”。

秦芷爱不知道自己到底在心里颠三倒四地数了多少遍数字，顾余生终于饶过了她。

一结束，顾余生就从床上抽身而出，扯了被单裹在身上，进了浴室。

留下的秦芷爱就像是丢了半条命似的瘫在床上，连呼吸的力气都使不出来了。

就在秦芷爱就这样快要睡过去的时候，浴室的门突然被打开，洗过澡的顾余生换了一身干净的衣服，衣冠楚楚地从里面走了出来。

他一边走，一边系着衬衣袖口的纽扣，看起来清雅贵气。在经过床边的时候，他略略扫了一眼秦芷爱。

她反抗他的时候出了许多汗，将她脸上的妆容弄得有些花，让人根本看不出她本身的模样。她的头发湿漉漉地贴在脸上，裸露在外的肌肤上布满了或深或浅的痕迹。有些地方可能是他下手比较重，还泛着青紫色。

看着她被他折磨得这么狼狈的模样，他脸上的神情没有丁点变化，直截了当地收了视线，朝着门外走去。走了两步后，他突然停了下来，再往后退了几步，停在了床边。他伸手捏住她的下巴，将她的脸扳正面对着她，然后微微低头，凑向她的耳边。

随着他的举动，他的眼神变得格外锋利，凌厉的气息直冲着秦芷爱迎面逼来。他开口的语气波澜不惊，字里行间却带着露骨的威胁：“如果你很享受我刚刚对你的招待，那你尽管继续去找爷爷告状，我随时奉陪！”

“不过，梁豆蔻，丑话我先说在前面，下次肯定不只是今天这样。我有的是花样，你要是想一个接着一个试试，尽管来！”

扔下这句话后，顾余生重重地摔上门，扬长而去。

顾余生的车的发动机声刚消失在院里，卧室的门就被敲响，还伴着管家怯怯的声音：“小姐，你还好吗？”

秦芷爱疲惫得很，不想说话，可管家又敲了敲门：“小姐，我可以进来吗？”

秦芷爱怕管家真进来会看到自己这副狼狈不堪的样子，只好打起精神回：“我没事，就想一个人待一会儿。”

门口安静了好一会儿，才又传来管家的声音：“小姐，对不起，是顾老先生逼问我的。”

秦芷爱知道管家指的是她告诉爷爷顾余生一个多月没回来的这件事，其实这事也怨不得管家。她对爷爷撒谎的时候，爷爷本就没信。若是信了，后来也不会再问管家。所以即使管家不说实话，爷爷照旧还是会去找顾余生，到时候仍旧会是现在这样的局面。

“事情都过去了，就不要再提了。时间也不早了，你快去休息吧。”

“那小姐，您也早点休息。”管家顿了顿，又说了一遍，“对不起。”

秦芷爱没出声。

门外的管家也没出声。

过了几分钟，秦芷爱听见管家离开的脚步声。

整个二楼一下子变得安静下来。

秦芷爱很累，可她却睡不着。她拥着被子坐在床上发了一会儿呆，然后起身下床去了浴室。

每走一步，秦芷爱的身体就传来一阵剧痛。等她走到浴室里的时候，脸都疼得苍白了。

顾余生洗澡用的是淋浴，浴缸还保持着顾余生回来时的状态。水龙头里的热水“哗哗”地流着，散发出来袅袅的热气，缭绕了整个浴室。

秦芷爱关了水龙头，钻入浴缸里。热水包裹住她的身体，缓释了许多疼痛和疲倦。

秦芷爱一直泡到水泛凉，才从浴缸里出来。

擦干身体，再裹上浴袍，秦芷爱拿着吹风机走到了洗手台前。透过镜子，她盯着里面倒映出来的一张干净精致的小脸，脑海里忽地闪过顾余生临走前扔给她的那句："梁豆蔻，丑话我先说在前面，下次肯定不只是今天这样。我有的是花样，你要是想一个接着一个试试，尽管来！"

顿时，她就恍了神，忘了自己站在这里是打算吹头发的。

第四章
那时喜欢你

她是秦芷爱。

可是现在的她，在众人的眼里，却是大名鼎鼎的梁豆蔻。

梁豆蔻是尽人皆知的女神，凭借着一部仙侠古装剧创下收视记录，红遍大江南北，可谓是一夜成名。

秦芷爱是不为人知的路人，仗着和梁豆蔻的容颜、身材有几分相似，有幸被梁豆蔻的经纪人选中当梁豆蔻的替身演员。

最初的开始，秦芷爱真的只是梁豆蔻戏里的替身。

虽然她是梁豆蔻戏里的御用替身，可梁豆蔻风光无限高高在上，而她这个不起眼的小透明，和万人追捧的女神梁豆蔻根本没有任何交集。甚至在她一年多的替身演员生涯里，她和梁豆蔻交流的次数十根手指都能数得过来。

大概是梁豆蔻太过一帆风顺，老天爷都看不下去了，在一个多月以前，她的体检报告显示她的胸腔里长了一颗肿瘤。

肿瘤是恶性的，未扩散，可以痊愈，但需要放化疗加手术治疗，耗时有些长。

这份体检报告对于正处于事业巅峰的梁豆蔻来说，无疑是晴空霹雳。

娱乐圈如战场，残忍而无情，谁都无法预知，长达一年的治疗期后，重返娱乐圈是否依旧可以红红火火。

思来想去，梁豆蔻最后将目标对准了自己的替身演员秦芷爱。

方法其实不是梁豆蔻想出来的，而是梁豆蔻的经纪人提出的。

梁豆蔻能走到如日中天的今天，经纪公司早期当然投入了重金。现如今她大红大紫，正是公司从她身上大笔捞金获得收益的时候，当然不会眼睁睁看着她生病而无动于衷。

更何况，那时的梁豆蔻刚敲定了一部片酬一亿的电视剧。

其实秦芷爱卸完妆和梁豆蔻是有些相似的，但并非完全相似，仔细辨认还是很容易就分辨出来的。

在电视剧里，之所以可以达到以假乱真的地步，靠的全是可以媲美整容的化妆术。

秦芷爱和梁豆蔻最像的是鼻子和嘴唇，尤其是鼻子，简直就像是一个模子里刻出来的，一模一样。很多时候遮住眉眼，秦芷爱自己都有点分不清哪个是她，哪个是梁豆蔻。

秦芷爱和梁豆蔻最不像的地方就是眼睛，秦芷爱的眼睛生得美，是人见人夸的那种美。可梁豆蔻不一样，梁豆蔻的眼睛是动过刀子的，化完妆是很美，却没有秦芷爱的眼睛那般灵动澄澈。

不过好在化妆后，变化最大的是眼睛。因此秦芷爱才可以在后来顶着梁豆蔻身份过日子的时候，竟然没被人发现破绽。

刚开始梁豆蔻的经纪人提出让秦芷爱顶替梁豆蔻的时候，梁豆蔻是强烈拒绝的。

后来不知道究竟发生了些什么，梁豆蔻又同意了，然后还提出和秦芷爱单独聊一聊的要求。

没有人愿意当替身，去做别人的影子，秦芷爱也不例外。而她之所以会答应，原因很简单，她缺钱。

可能有人会觉得这个借口很可笑，但在这个世界上，缺钱的人多得是，秦芷爱就是其中一个。否则她也不会放着好端端的大学不读，去当辛苦而又危险的替身演员了。

她爸爸在两年前染上了赌博的恶习，输光了家里所有能卖的东西。她爸爸死在了赌桌上，临死前还给家里留下一大笔高利贷。

她、妈妈和弟弟，被追债的人骚扰得不能过一天的安稳日子。而身为长女的她于是只能辍学，赚钱还债。

梁豆蔻提出单独和秦芷爱聊一聊之前，已提前调查好了她。

所以她开门见山的第一句话就是："我可以把你们家欠的外债全都还上，但除了经纪公司提出的当我演艺事业上的替身以外，我还有一个要求，那就是替我结婚。"

条件真的很诱人，不是吗？毕竟秦芷爱真的是过够了那种东躲西藏提心吊胆的日子。

梁豆蔻说完那些话后，还给秦芷爱递了一张照片过来："我要嫁的人就是他，顾氏企业的唯一接班人，顾余生。"

顾余生……那个她第一次遇见，就想要共度余生的顾余生。

那个两年前，他和她恰好碰上，她刚想问他当初的约会为什么没来，而他望着她，对着身边的人客套而又平静地问了一句"她是谁"的顾余生。

那个她以为自己这一生都不会再有任何交集的顾余生。

尽管秦芷爱很难过，余生里只想爱的顾余生要娶别的女人了。

可秦芷爱不得不承认，本来就很诱人的条件，现在变得更具诱惑了。

她和梁豆蔻一拍而合，第二天，梁豆蔻在经纪公司的安排下秘密飞往国外接受肿瘤治疗，而她则化身为梁豆蔻住进了顾余生的家。

关于顾余生和梁豆蔻的故事，秦芷爱知道得并不多。

住进顾余生的家里后，她才慢慢从管家和顾家老宅用人的嘴里旁敲侧击地了解到，梁豆蔻的爷爷和顾余生的爷爷是战友。当初在部队的时候，梁豆蔻的爷爷曾救过顾余生的爷爷一命，所以顾老先生对梁豆蔻比对顾余生要溺爱许多。

梁豆蔻仗着顾余生爷爷的宠爱，变着法子地纠缠顾余生。也不知她到底是用了什么方法，哄得顾余生的爷爷鬼迷心窍地在今年逼着顾余生娶她为妻。

梁豆蔻和秦芷爱谈话的时候有跟秦芷爱说过，让她务必坐稳顾太太的位置。如果出现了差池，她休想从她那里拿到一分钱。

所以秦芷爱推测，梁豆蔻可能是好不容易可以如愿以偿地嫁给顾余生了，怕自己生病的事情败露了婚事会作废，才临时找她做替身嫁给顾余生的吧。

在住进顾余生的家里，还没有见到顾余生之前，纵使秦芷爱知道自己这一生和顾余生可能都没有在一起的机会了，可她心里还是有些小欣喜。

她喜欢的男子，并不喜欢他娶的女子。

那时的她还以为自己是童话世界里穿上水晶鞋变身成公主和王子午夜约会的灰姑娘，要展开一段旖旎的梦了。

虽然最终会梦醒，但偷偷喜欢了顾余生那么多年的她，心里还是有些小期待的。

直到那一晚，他回家，不由分说地强睡了她，第二天还吩咐管家给她吃避孕药，她才知道……原来只是一场噩梦。

她知道，顾余生所有的残忍针对的都只是梁豆蔻。

她只是一个拿钱办事的替身，与她无关，她没道理去难过。

可他给的嘲讽、嫌弃、厌恶全都是她在承受，尤其是他在床上给她的那些发泄性的侮辱和欺凌，是她最难承受，也是最让她难过的。

毕竟没有人喜欢被那么欺负，更何况他还是她爱的人。

秦芷爱是被窗外突如其来的雷声惊回神的。

她应该走了很久的神，湿漉漉的头发都已经半干了。

她收敛了所有情绪，恢复到一贯平静的神情，拿着吹风机快速简单地吹走了头发上的潮气，然后回到床上。

进浴室前还是风平浪静的天气，此时雷雨交加，恶劣到了极点。

可能是因为顾余生今晚回来了的缘故，秦芷爱盯着密密麻麻拍打在窗户上的雨点迟迟都没能入睡。直到最后雨渐渐转小，她才迷迷糊糊入了眠。在梦里，她又梦见了他和她的往日时光，美好得让她的嘴角都情不自禁地扬了起来。

有句话是怎么说的？

有多期待，就有多失望。

秦芷爱想，这句话一点也不假。

她和顾余生约好看电影的那天是个周末，也是入夏以来最热的一天。

约的是下午三点，秦芷爱一点钟就出了门，那是入夏以来最热的一天中最热的时刻。

她搭乘公交车到达的时候，不过才一点四十五分，距离顾余生来还有一个小时十五分钟。

电影院没有票是不让入内的，她不确定顾余生想看哪部电影，就找了一个阴凉处等着。

天真的很热，她出了一身又一身汗，可她却丝毫不觉得有多难受。相反，随着时间越来越接近三点钟，她整个人的心情也跟着越来越雀跃，越来越紧张。甚至到两点五十分的时候，她想着马上就可以见到顾余生，脸都红了起来。

她的期待和欢喜随着时间一点一滴地流淌，渐渐变成不安和担忧，直到最后，变成浓重的失望。

三点钟，他没出现。她想，迟到是很正常的。

三点半，他没出现。她想，或许他是被什么事情耽误了。

四点钟，他没出现。她想，他或许是临时有什么事吧？

五点钟、六点钟、七点钟……

她等得眼泪都忍不住掉了下来。她一边哭，一边继续等，等到晚上十一点钟电影院关门，顾余生还是没有出现。

如果故事截止到那一刻……戛然而止。

秦芷爱想，很多年后，她或许会忘记自己曾迷恋过一个叫顾余生的男生；或许会在某个阳光明媚的午后忽地想起，年少时她迷恋的那个男生有着世界上最惊艳的侧脸和最干净的气质；又或许她会在大街上看到某个和他想像的身影时，愣神呆滞，然后想到他心生感慨和遗憾；更或许她会把这当成年少时的一段成长的插曲，把他藏在心底，然后遇到新的恋情，开始新的人生。

可是，直到很多年后，秦芷爱才知道，那一刻不是故事的结束，而是故事的真正开始。

顾余生爽约了，她高一的期末考试发挥失常，考得一塌糊涂。

对于那时的她来说，那段日子简直就是天崩地裂的灰暗。

吴昊还没去上大学，许温暖和他暑假里经常厮混。每次厮混的时候，许温暖都会叫上秦芷爱一起。秦芷爱怕碰见顾余生，每次都会想各种不同的理由拒绝。

可能是因为即将分隔两地的缘故，许温暖和吴昊经常会闹别扭。那天许温暖哭着跑到秦芷爱的家里，一直待到晚上。许温暖哭得饿了，说要化悲愤为食欲请秦芷爱吃大餐，硬拉着她出了门，去到一家西餐厅。

那天真的好巧，许温暖和秦芷爱进了西餐厅，刚准备找位子的时候，就碰见了吴昊的邻居。邻居根本没给许温暖和秦芷爱说话的机会，就大着嗓门冲着一个包间里喊了一句：“昊哥，你媳妇来了！”

许温暖当时本来是要掉头就走的，结果吴昊从里面蹿出来拉住了她。两个人扯扯拉拉了好一阵子就和好了，然后秦芷爱就被许温暖拉着进了吴昊他们的包间。

包间很大，里面坐了二三十个人，光线有点暗，秦芷爱一时半会儿根本没看清楚谁是谁。

等吴昊给她和许温暖特意点的进口牛排吃到一半的时候，秦芷爱才发现，顾余生也在。

他坐在包间最角落的沙发上，手里夹着一支烟，火光在他的指尖明明灭灭。

面对一屋子人的欢声笑语，他就像置身事外的存在一般，眉眼平静得没有半点波澜。

秦芷爱只看了一眼就匆匆收回了视线，她低头拿着叉子戳牛排的时候，想到那天自己站在烈日下等了他足足十个小时的场景。她的眼眶变得涩涩的，又有点想哭。

顾余生那天的心情大概很糟糕，他一直都在闷不吭声地抽烟，谁都没去扫一眼，也不知道秦芷爱来了。

牛排快吃完的时候，坐在秦芷爱身边的许温暖凑到了吴昊的耳边，好奇地指了指顾余生，问：“他心情又不好？”

吴昊喝了点酒，没管住嘴，说了句：“生哥估计又被他爸给打了。”

“啊？为什么？”随着许温暖惊讶的问话，秦芷爱的耳朵竖了起来。

“他爸这些年就这样，一回家就喜欢打他和他妈。他爸下手也特狠，那叫一个惨不忍睹……”吴昊说到一半，突然顿了顿，然后压低声音，“生哥不喜欢别人说他家里的这些事，你就当不知道。待会儿他要是听见了，准得发火……”

吴昊后来就转了话题，秦芷爱情不自禁地转头，看了一眼还在吞云吐雾的顾余生，握着刀叉的手莫名地加大了力气。

她从来都不知道，自己喜欢的那个男生看起来像是宛如白马王子一般干净的男生，拥有着旁人羡慕不已的出身的男生，竟然有着这样不为人知的经历。

那是秦芷爱遇到顾余生后，第一次尝到心疼的滋味。

那晚人贼多的聚会在快结束的时候发生了一个小插曲。

那插曲最开始是由蒋纤纤和许温暖引发的。

是的，没错，梁豆蔻的小表妹蒋纤纤，是吴昊的高中同班同学，追了吴昊三年。所以等到许温暖当了吴昊的女朋友后，她对许温暖简直是恨之入骨。

那天蒋纤纤是跟着她哥一起来的，她哥是高中部的老大，她就是仗着她哥才格外任性，加上又喝了点酒。等到快散场的时候，她对许温暖说话就特别不客气，其中有一句尤其难听。

秦芷爱是典型的乖乖女，从没说过脏话，可许温暖是她在这个世上最好的朋友，她想都没想就回了嘴。结果秦芷爱的一句话把蒋纤纤给惹毛了，她二话不说就冲着秦芷爱扑了过来。还好许温暖反应够快拦住了蒋纤纤，然后两个人就扭打在了一起。

秦芷爱当然不会袖手旁观，她想都没想就扑上去帮许温暖的忙。

那天秦芷爱齐腰的长发没梳成马尾，被蒋纤纤胡乱还击时抓住了头发。

她疼得倒吸了一口凉气，失声尖叫起来，引得一旁没把注意力放在她们这边的正在喝酒的男生纷纷扔下酒杯，然后快速冲过来将三个女生给拉开。

蒋纤纤被他哥护在身后告着状，许温暖被吴昊搂在怀里讲着事情的来龙去脉，唯独秦芷爱一个人没亲戚也没依靠，只能闷不吭声地在一旁站着。

蒋纤纤和许温暖几乎是同步诉完了苦，然后蒋纤纤她哥和吴昊几乎没有丝毫犹豫地同步开了口——

“耗子，让你女朋友给我妹道歉！”

“老蒋，让你妹给我媳妇道歉！”

下一秒，蒋纤纤他哥和吴昊就像是提前彩排好了一般，又异口同声地说：“不可能！”

这一次，两个人不但连话都说得一模一样，就连语气都相同得没得商量。

包间里的这群人时常在一起玩，熟得很，怕蒋纤纤他哥和吴昊就这么翻了脸，立刻便有人站出来调解。

蒋纤纤一个人哪是秦芷爱和许温暖两个人的对手，吃了不少亏，所以许温暖在大家说“就这样算了”的时候没吭声。倒是蒋纤纤，抬手将桌上的一个酒瓶子往地上一摔，回了一句：“想都别想，这事绝对没完！”

兴许是蒋纤纤还喜欢吴昊，不想让吴昊厌恶自己，在大家又继续劝了一会儿后，转头对着她哥也不知道说了什么，然后她哥就指了指秦芷爱说："那她道个歉，这事就算是过了。"

秦芷爱都还没开口，许温暖就"噌"的一下从吴昊的怀中挣脱开，怒气冲冲地看向了蒋纤纤："蒋纤纤你别太过分，我告诉你，这是咱们俩的事，你别扯上小……"

许温暖连秦芷爱的小名"小爱"都还没说全，就突然有只手抓住秦芷爱的手腕，将她一把就拉到了蒋纤纤的面前。紧接着，一个酒杯就强塞进了秦芷爱的手中。

秦芷爱被这样突如其来的举动搞得一愣，过了一会儿才转过头，看向抓着自己手腕的人。

那是从她一进包间到现在都没说过一句话，也没抬过一次眼皮，只顾着抽烟的顾余生。

他嘴里咬着一支烟，像是没看到她在看自己一样，自顾自地从一旁拎了一瓶白酒，拧开盖，倒进了秦芷爱手中那个刚刚被自己强塞进去的空酒杯里。

顾余生足足倒了满满当当一杯酒才停下，再将酒瓶随意地往一旁的桌子上一放，抬起头，望向面前的蒋纤纤："真要她道歉？"

蒋纤纤仗着自己哥哥在学校里横行霸道惯了，面对顾余生的问话，抬了抬下巴，"嗯"了一声，一副"绝对要秦芷爱道歉"的模样。

顾余生轻点了一下头，下一秒就转过头去，冲着秦芷爱开了口。因为嘴里叼着烟，他话说得略有些含糊，却足以让整间屋子里的人听清："那就去给她道歉。"

顾余生的话，让许温暖从刚刚的愣怔之中回了神："为什么要让小爱道歉，错的又不是小爱……"

吴昊是真的挺喜欢许温暖的，连带着对秦芷爱也关照三分："生哥……"

"闭嘴！"顾余生微微偏头，冲着吴昊和许温暖低声回了一句，然后又冲着秦芷爱重复了一遍："去道歉。"

蒋纤纤让秦芷爱道歉的时候，秦芷爱除了有些愤怒，并没什么其他的感觉。

可是此时，顾余生二话不说就给她倒了一杯酒，还让她去道歉……她喜欢的男生让她去给别人道歉。

秦芷爱从未奢望过顾余生会站出来维护她，但她也从未想过顾余生会站出来落井下石。

她被蒋纤纤抓头发抓得那么疼都没哭，可是在她听见他说出"去道歉"三个字时，眼眶蓦地就泛了红。

那时的顾余生虽然还很年少，可是在他重复第二遍的时候，那股盛气凌人的气势已经从体内蔓延了出来。

秦芷爱虽然很难过，却也被顾余生的气势给唬住了，整个人不受控制地就冲着蒋纤纤举起了酒杯。

她还没来得及开口说话，站在她身边的顾余生突然就握住她的手腕，狠狠地一用力，将酒杯里的酒冲着蒋纤纤的脸就泼了过去。

随着蒋纤纤一道尖锐的叫声，秦芷爱整个人都还没从这样突兀的转变中缓过神来，她就被顾余生一把推到了身后。

然后她看见顾余生拎起一把椅子，冲着蒋纤纤她哥的身前就砸了过去："行啊，不是要道歉吗，你看我这个道歉够不够诚意！"

顾余生的心思太难琢磨，前一秒大家都还以为他是要让秦芷爱道歉，下一秒他就为秦芷爱动了手。整个包间里的人愣了足足有两分钟，然后才纷纷缓过神来。帮蒋纤纤他哥的帮蒋纤纤他哥，帮顾余生的则帮顾余生，分成两帮，还起了争执。

秦芷爱在第一次看见顾余生的时候就对他心生悸动。

可是那一晚，她看着顾余生一副霸气凛然为自己出手的模样，她的心就“砰砰砰”跳得格外厉害。

很久很久以后她才明白，那一晚那么快的心跳， 代表的是心动。

等到架打完了，顾余生和吴昊等人都准备离开了，秦芷爱还站在被顾余生最初推开靠着墙壁的角落里发愣。

顾余生走到门口，看她还没动，又折了回来，拍了拍她的脑袋，喊了一句：“小深爱，走了。”

喊谁小深爱呢？秦芷爱脸红地低下头，乖乖地跟上了顾余生离开的脚步。

从西餐厅出来，顾余生拦下一辆出租车，去了他家。

他家没人，他开了灯，拿了医药箱扔给许温暖，让她给吴昊上药。

他对自己身上的伤口倒觉得无所谓，猫着腰，在茶几里找了一支烟。正准备点燃的时候，他看了一眼一本正经地坐在单人沙发上的秦芷爱，摁打火机的动作稍微顿了一下，然后就快速地点燃烟，再去厨房给秦芷爱端来一杯果汁。

果汁刚放在秦芷爱的面前，顾余生连句话都还没说，落地窗外忽地就闪过一道刺眼的光柱。他的眉微蹙了一下，抬起头，朝着窗外看了一眼，下一秒就凶巴巴地冲吴昊开了口：“耗子，我爸回来了，你带着她们俩赶紧从后门走！”

吴昊听到这话，“噌”地站起身，抓住许温暖，招呼着秦芷爱，轻车熟路地带着她们俩往后门跑去。

跑到后院的时候，许温暖想起自己的包拉在了顾余生家里，吴昊抓着她的手腕，头也不回地往外冲：“改天再说吧，现在回去就是找死！”

找死？秦芷爱突然就想起在西餐厅吃饭的时候，吴昊对许温暖说过的话——

“他爸就这样，一回家就喜欢打他和他妈，他爸下手还特别重……”

秦芷爱的脚步缓缓停了下来，她回头望了一眼身后华丽奢侈的别墅，犹豫了一下，还是转身跑回去。

吴昊带着她和许温暖跑出去的时候没关上后门，秦芷爱悄悄地迈步走了进去。她还没走到客厅，就听见里面传来噼里啪啦的声音，还伴随着一个中年男子的叫骂声：“看到你我就不爽，我今天非打死你不可……”

“你跟你妈一样，就是一祸害！

“我踹死你个小混账！你还躲，我看你往哪里躲！”

紧接着是“哐当”一声，然后是玻璃碎裂落地的哗啦声。

秦芷爱的脚步停滞了一下，下一秒快速地冲进了屋里。

她看到一个中年男子拿着一根高尔夫球杆，冲着顾余生就挥过去。

秦芷爱从来不知道原来自己是那么勇敢，她看到那一幕时，想都没想就冲着顾余生扑了过去，护在了他的身上。

顾余生的身体明显一僵，下一秒就低吼了一句：“不是让你滚了吗？你又滚回来干什么？活得不耐烦了？”

他一边训斥着她，一边将她从他的身后拉到了他的怀中，用后背挡住了他父亲重重地打下来的那一高尔夫球杆。

那一下打在了顾余生的身上，可感受到撕心裂肺的疼的却是秦芷爱。

她想从他的怀里挣脱出去，可他却紧紧地扣着她的胳膊，不让他动。

他说：我爸发起来疯六亲不认，你再胡闹，等下被打的就是你！

他还说：你能不能老实点，别动来动去的！

他嘴里咬牙切齿地骂着她，可他父亲那又是打又是砸的疯狂举动却丝毫没有伤到她。

大概是因为她连累了他的缘故，他躲不开他爸的暴力，身上挨了很多下。

她忍不住开口求他爸，可是她越求，他爸就跟疯了一样，越是没完没了，最后她只能抽泣着闭上嘴。

“果然跟你妈一样，小小年纪就学会勾搭人回家了！”

他在被他爸骂的整个过程中都没理会过，可他爸的这句话却让他突然暴躁地回了一句：“你嘴巴放干净点，你说谁呢？！”

他爸被他吼得更生气了，下手也更重。

他很硬气，即使那么疼，却没有发出一点声响。

直到最后他爸打累了，离开了，整个房间才安静了下来。

刚刚她来时还干净整洁的室内，此刻乱得像是被洗劫过。

他放开她，一句话也没说，只从一片狼藉里拿了烟盒，然后出了屋子。

秦芷爱从未见过这样的阵仗，在原地呆愣了好一会儿才回神，然后红着眼眶也出了屋子。她在院子里找了许久，最后才找到躺在花园最里面的草坪上，正盯着天上的星星在抽烟的他。

他知道她来了，没抬眼皮，也没动。

她站在他身旁盯着他看了许久，然后才蹲下身，轻声问了句：“你还好吗？”

她刚问出口，眼泪就落了下来。然后她看见他被他爸打得破碎的衣服下的肌肤上到处都是淤青，新的，旧的，刚结疤的，还有疤痕淡得快看不见的。

她的眼泪顿时就像绝了堤的河水一样，一颗接一颗地掉个不停。

“哭什么？难不成我爸打到你了？”他说着，就蹙起了眉。

她摇了摇头，眼泪还在往下流。

他叼着烟上下打量了她一遍，估计是确定了她没事，整个人变得慵懒了许多："别哭了。"

她是在为他哭，可他却表现得格外轻松，似乎刚刚挨打的人不是他一般，她心疼的眼泪就流得更多了。

"小深爱，你是不是想让我哄你才这么一直哭的？"

他跟她开起了玩笑，他想逗她笑。

可他越是这么风轻云淡满不在乎，她心里就越难受，眼泪也流得越欢。

"小深爱，我可是告诉你啊，我不会哄女人，我只会亲女人。"

他怎么这样啊，每次跟她说话都讲这么污、这么不正经的话题……秦芷爱脸红了，眼泪渐渐少了。

"小深爱，你还哭？你再哭，我真亲你了啊，就在这里……"说着，他就将嘴里的烟吐了出来，一个翻身，作势要冲着她扑过来。

她吓得"噌"的一下站起来，本能地往后退了两步，止住了哭。

他垂头，低笑了两声，然后重新躺回了草坪上，又摸出一支烟，点燃，望着天边，狠狠地抽了起来。

秦芷爱从刚刚被他不正经的话语挑逗得脸红心跳的状态中回过神来以后，望着他咬了咬唇，羞怯得不知道该离开还是该留下。她害羞了好一阵子才出声问："要不要我陪你去医院？"

"不用，我已经习惯了。"他神情平静地吐了一个漂亮的眼圈，回她。

习惯了……这是代表他爸爸经常打他吗？秦芷爱的视线忍不住又落到他裸露在外的肌肤上，那些错杂的伤痕刺得她的眼眶又一酸。

顾余生没看她，却像是猜出来她又要哭了一样，拍了拍自己身边的草坪："坐下待一会儿吧，等一下我送你回家。"

因为太喜欢，所以她看到他就会紧张，然后心跳加速，还会有千言万语想说却又不知该从何说起。

他的话一直都少，支默默地抽着烟。

沉默环绕着他和她许久许久，就在她觉得时间已经很晚，打算回家的时候，他开了口：“小深爱，你有什么梦想吗？”

梦想？刚不过高一毕业的秦芷爱对于这个词，距离还真是有点太遥远。她一下子语塞，不知该如何回答。

顾余生似乎也没想要听她的答案，过了片刻，又点了一支烟，自顾自地开了口：“小深爱，你知道我的梦想吗？”

秦芷爱永远都不会忘记那一晚，顾余生跟她说这句话时的画面。

他一向清冷的神情在那一刻变得格外柔软。

他说出来的梦想，是她想都不敢想的，她一直觉得那是在小说和电视剧里才会存在的。

就是他的那个梦想，让她从此以后，一梦八年，全是他的颜。

也是那个梦想，让她从此以后，遇上再多的男人，都觉得索然无味。

顾余生问完她后望着夜空的神情变得格外庄严，他的字句吐得特别清晰，那道不算重的声音里仿佛蕴藏着一股强大的力量：“我有一个山河梦。”

随着他的话音落定，他将烟递到嘴边，缓缓地吸了一口，然后吐了一个不算漂亮的烟圈，一脸正色地将刚刚的话又重复了一遍：“一个‘一寸山河一寸血’的山河梦。”

顿了顿，他大概是怕她听不懂，又换了一种说法：“就是那种保家卫国的山河梦。”

秦芷爱在顾余生问她知不知道他的梦想时，脑海里就已经闪过了很多种梦想。

考哈佛，当伟大的科学家，成为最年轻有为的商场精英……可是她没想到，他的梦想竟是这样的。

兴许是连续说了三句话都没听到身边的小姑娘吱声，顾余生咬着烟转头望了一眼秦芷爱。在看到她正定定地盯着自己看时，他整个人也一下子愣住。他们俩对视了许久，直到嘴里叼着的烟的烟灰落了他半张脸，他才猛地回过神来。然后他抬起手胡乱地抹了两下脸，转移了视线，清了清嗓子，继续开口说："我就这么一个梦想，可能很多人会觉得装，但我是真心的。"

后来顾余生还跟她说了很多很多话，都是关于他的梦想。

那一瞬，秦芷爱望着那么认真地讲述自己梦想的顾余生，只觉得全身热血沸腾。

她从未想过这个外表看起来那么干净的男孩，一开口就不正经，还有点痞的男孩，对父亲家暴摆出无所谓态度的男孩，心底竟然藏着一个那么热血的山河梦。

那晚，顾余生一句"随便待会儿"，就待了足足两个小时。

等到顾余生将秦芷爱送回家的时候，已经是深夜十二点。

那晚，顾余生送秦芷爱回家，骑的不是上次送秦芷爱回家的自行车，而是从车库里开出的一辆汽车。

那时的秦芷爱对汽车的了解并不多，只是觉得那辆车看起来很炫酷。很多年后她才知道，那辆车的牌子是奥迪，价值好几百万的那一款。

抵达秦芷爱家的楼下后，秦芷爱推开车门，对着顾余生说了声"再见"，然后下车，再关上车门。刚往楼里走了两步，身后的车窗就降下，传来顾余生的声音："小深爱？"

那晚的他，喊了她好多声"小深爱"，可是每次听，她都还是会脸红。她背对着他停下了脚步，害臊得不敢转身去看他。

她听见他推开车门下车的声音，然后就是打火机点烟的动静。隔了大概半分钟，他的声音从她的身后再次传来："上次看电影的事，很抱歉，被家里的事情耽搁了。"

秦芷爱晚上不是没想过要问顾余生，那天约好了看电影为什么没来，可她怕他只是随口一应，根本就没在意，所以好几次想问却都没敢问。他此时突然跟她解释，让她的心底冒起了丝丝喜悦。

“如果你这周日没事的话，还是下午三点半，我们去看电影吧。”

秦芷爱还没回头去看顾余生，顾余生又说了一句。

他说，周日的下午三点半，约她看电影。

秦芷爱心底无数朵喜悦之花瞬间绽放。

她太欢喜了，欢喜得一时半会儿忘了回他。于是他又喊了她的名字：“小深爱？到底周日你有没有空啊？”

“有！”她本能地应了他以后才意识到自己回答得那么心急，然后身后就传来他的心跳声。她的脸一下子变得有些红，害羞地说了句“周末见”，就冲着楼里跑去。才跑了没两步，她就被他抓了手腕，往她手里塞了一张字条：“我的电话号码，免得到时候有事没法联系。”

她被他的掌心烫了一下，挣脱了他握着自己手腕的手，然后“哦”了一声，将字条抓得更紧了些。

他在原地站着，没说话。

她垂着头，在他面前站了一会儿，说：“我进去了。”

他没吭声，她等了半分钟，迈开步子。

刚走过他的身边，他又叫了她一声：“小深爱？”

秦芷爱停下脚步，鼓着腮，刚准备转头对他恼火地说一句 “你能不能不要总叫我小深爱”，可那句话还没说出来，他就先开了口：“我下周三要入伍了。”

秦芷爱转头的动作瞬间定住。

入伍……是去当兵吗？他高中毕业后不读大学，竟要去当兵？他告诉她的那些梦想原来不单纯只是梦想，而是他真的要去实现。

过了好一会儿，秦芷爱才回过神来，慢慢地看向顾余生。原本刚刚要气鼓鼓地说给他听的那句话，被“入伍”这两个字挤出了脑海。

秦芷爱看向顾余生的时候，顾余生正好刚吐出一口烟，缭绕的烟雾遮掩住了他的面孔，让秦芷爱看不清他的神情。他的声音清淡而又优雅，在夜晚显得格外悦耳动听：“一走五年，至少五年，我回不来北京。”

五年……五年，回不来北京？也就是说，五年，五年时间他和她都见不上面？

秦芷爱的手猛地抓紧了衣服下摆，她紧盯着顾余生，连大气都不敢喘一下，生怕眼泪立马落下来。

顾余生微微撇了一下头，盯着不远处的路灯看了一会儿。他像是还有什么话要跟秦芷爱说，可最后却只是回头对秦芷爱说了句：“周末见。”

然后，他就将嘴里的烟猛吸了两口，掐灭，扔入了一旁的垃圾桶，转身回了车上。

第五章
念念数年

等到秦芷爱从顾余生说的“一走五年”中回过神的时候，顾余生的车子已经不见了踪影。

那几天的秦芷爱，一边欢喜着，一边难过着。

欢喜着和顾余生的约会，难过着顾余生马上就要离开北京了。

那时的秦芷爱一直觉得，顾余生对自己或许是有点意思的，要不然他为什么会知道她家在哪里？要不然他为什么会在蒋纤纤让她道歉的时候为她出头？要不然他为什么会全力护着她不让她被他爸打到？要不然他为什么会给她讲述他热血的梦想？要不然他为什么会在离开北京之前单独约她见一面？甚至还给了她电话号码……可是，你知道吗？周日的那天下了大雨，她和上次一样，早早地去了电影院门口。她等了好久都没等到他，她在大雨里走了一个多小时，终于找到了公共电话亭。她给他打电话，可那头回应她的是：您拨打的电话是空号。

她不敢置信，也不愿相信。她一遍又一遍地拨打他的电话号码，打到那十一个数字烂熟于心，回应她的始终是那一句：您拨打的电话是空号。

那天的她真的很难过，难过到不敢去面对顾余生连续两次的爽约。

难过得她有点不敢接受，她以为只要自己一直打电话，就一定会打到他接听。可是一直到夜幕降临，到灯火阑珊，她得到的回应依旧是空号。

终于，在不知道听了多少遍“您拨打的电话是空号”后，她整个人像是泄了气的皮球一样，绝望地握着听筒，蹲下身，“呜呜呜”地哭了起来。

虽然是在梦里，可那哭声却格外清晰，甚至是越来越清晰。清晰到最后，秦芷爱被人狠狠地摇晃了起来：“小姐？小姐？”

好一会儿，秦芷爱才慢慢地睁开眼睛。然后，她就看见了站在床边一脸紧张的管家。

管家看到秦芷爱醒过来，长长地松了一口气：“小姐，您可真是吓死我了。我看您这么晚都没起床就上来看看您，结果发现您一直在哭。”

秦芷爱眨了眨眼睛，急忙抬手摸了摸脸，触手湿漉漉的。

原来刚刚她听见那么清晰的哭声不是在做梦，而是现实中也跟着哭出了声……“小姐，您是想到了什么伤心事吗？哭得那么难过？”管家递给秦芷爱一杯温水。

秦芷爱接过水杯，说了一句“谢谢”。喝了小半杯水后，她才说：“没有，做噩梦了。”

“做了什么噩梦呀，把自己吓成这样？”管家还在好奇。

秦芷爱却没再回她，而是望了一眼窗外已经接近中午明晃晃的阳光，答非所问地开口：“我饿了，你下楼给我准备点吃的，我洗漱一下就下去。”

管家看出秦芷爱不想说，没再继续追问，应了一声后就拿着水杯出了卧室。

管家离开后，秦芷爱靠在床头发了一会儿呆，才抬起手拍了拍脸，下床进了浴室。

昨晚她没卸妆，又哭过，现在脸上就跟调色板一样惨不忍睹。

秦芷爱洗了好半天脸才洗干净，然后坐在梳妆台前，顺手拈来地化了一个梁豆蔻的眼妆，再起身下了楼。

踩着楼梯走到一楼的时候，恰巧电话铃声响起。管家正在厨房里泡水果茶，秦芷爱刚巧坐到客厅的沙发上看电视，以为是老宅那边打来的电话，也没去看来电显示，顺手就接了起来。

听筒都还没举到耳边，电话那头就传来一个简练的吩咐：“让她准备一下，今晚六点，我去接她。”

是顾余生的声音……秦芷爱举着话筒的动作蓦地停了下来。

他这是把接电话的人当成管家了吧？他嘴里的“她”指的应该是自己吧？

就在秦芷爱犹豫着是自己回个“哦”，还是拿着听筒去厨房，找管家回个“哦”的时候，电话那投的顾余生似乎察觉到了什么不对劲，忽地又出声，话语明显冷了许多：“怎么是你接的电话？”

他压根儿就没给她回答的机会，紧接着又开了口：“是爷爷的吩咐，今晚在北京饭店举办慈善晚会，让你务必参加！”

他在说这句话的时候，刻意咬重了“爷爷”两个字。尽管他除了通知她，没有任何多余的话语，但秦芷爱还是听懂了他话里的含义。

他以为这次的慈善晚会是她去找爷爷让他带她去的……就像是应验她的猜测一样，顾余生低沉着嗓音又出了声：“你的时间掐得可真好，我刚出差回来，爷爷的电话就打过来了……呵……”

说着，他轻笑出声。那声音很低，也很短促，秦芷爱隔着电话都能感受到他满满的嘲讽。

随后，电话就被他快速挂断。

难怪这一周很清静呢，老宅那边一个电话也没有，原来是顾余生出差了啊。现在他一回来，爷爷就立刻逮着机会，把她和他往一起拽。

秦芷爱知道，爷爷是一番好心，可是……偏偏就是爷爷这样一次又一次的好心害惨了她！

一周之前的那场噩梦到现在都还让她心有余悸，若是今晚她真和顾余生见了面，都不知道他会使出什么样的法子折磨她。

前两次事情发生得太突然，她避都没机会避，可这次不一样……她不能明知道自己今晚会很惨，还送上门去接受那种惨的局面。

秦芷爱面色平淡地歪着头，盯着窗外午后明晃晃的阳光看了片刻，脑海里突然掠过顾余生刚刚跟自己说的“出差”二字。然后她就像是想到了什么一样，迅速拿起座机，拨了一个电话。

秦芷爱拨的是老宅的电话，响了没两声就被人接起，听筒里传来张妈的声音：“你好，这里是顾宅。”

秦芷爱先跟张妈问了好，然后才切入重点：“爷爷在吗？”

“老先生吗？在家，刚刚午休完，我去叫他。”张妈说完，电话那端就传来了一串渐行渐远的脚步声，然后秦芷爱隐隐听见张妈和顾老先生的对话：“是少奶奶打来的电话。”

又过了一小会儿，顾老先生的声音就在听筒里响起：“小蔻。”

即使秦芷爱顶着梁豆蔻的身份已经过了一个多月，可是每当有人喊她“梁小姐”、“小蔻”的时候，她总是会迟半拍才反应过来那是在喊她。

这次的秦芷爱也不例外，在顾老先生的“小蔻”喊出一会儿后，她才回过神来，急急忙忙地回了一句：“爷爷。”然后她就直奔主题，“爷爷，刚刚余生给我打电话了，说今晚有个慈善晚会，您让我和他一同过去。”

顿了一下，秦芷爱又继续说："爷爷，实在很抱歉，我待会儿的飞机去美国，这两天那边有个通告，所以今晚的慈善晚会我可能不能参加了。"

电话那端的顾老先生沉默了好一会儿才出声："小蔻，是不是余生不让你来？"

"没有，爷爷，是真的赶巧了……"秦芷爱尽量让自己说话的声音染上一抹撒娇的味道，"再说了，通告都是很早之前就定下来的，爷爷您可以在新闻上看到的，就算是我想拿着工作来骗您也骗不了啊。"

顾老先生被秦芷爱逗得低笑起来："有工作当然要先忙工作，我就怕是顾余生那小子犯浑，你们之间又闹了什么不愉快。"

挂断电话，秦芷爱就上楼去收拾行李了。

她真没骗顾老先生，后天在美国真有一个通告，只不过订的机票是明天的罢了。

收拾完行李，秦芷爱给梁豆蔻的经纪人打了个电话，让她帮忙把机票改签成今天，然后就拖着行李箱下了楼。

出门之前，秦芷爱没忘记告诉管家给顾余生去个电话，告诉他她临时有工作要忙，晚上不用他来接她了。同时她也没忘记提醒管家，记得跟顾余生说，她已经跟爷爷那边打过招呼了。

管家的电话打来的时候，顾余生正坐在宽敞明亮的办公室里批阅文件。

他瞄都没瞄一眼手机屏幕，一手流畅地在文件上签字，一手拿起手机滑动屏幕接听电话，并举到了耳边。

"顾先生，是小姐让我给您打的电话……"

在听到"小姐"两个字的时候，顾余生微皱了一下眉，眼底闪过一抹明显的厌恶，没好气地用鼻子冷哼出声。

电话那端的管家吓得手一哆嗦，按照秦芷爱出门前的嘱托，颤抖着声音原原本本地转述："小姐说她临时有工作要忙，需要飞去美国一趟，今晚的慈善晚会去不了了，所以不用您来接她了。"

顾余生翻阅文件的动作停滞下来。

"小姐还说，顾老先生那边她已经打过招呼了。"

这句话像是出乎了顾余生的意料，他先是一愣，然后就有些意外地偏头看了一眼自己手中的手机，似是在辨认是不是自己听错了。过了好一会儿他才开口，不带任何情绪地对着电话那头"嗯"了一声，表示自己知道了。

管家早已习惯了他这种待搭不理惜字如金的反应，客客气气地说了"再见"，然后就挂断了电话。

顾余生举着手机在耳边放了好一阵子才回过神来，然后将手机反扣在桌面上，仿佛什么都没发生过一样，面色未动地继续忙碌了起来。

十天后，秦芷爱从美国飞回北京。

飞机降落在北京国际机场的时间为北京时间上午十点十分。

不知道是谁泄露了这次的行踪，机场里早早地汇聚了许多等待接机的梁豆蔻的粉丝。

尽管秦芷爱戴了口罩，可当她从机场出来的时候，还是被梁豆蔻的一位女粉丝一眼认出来。

那女生激动地尖叫了一声"啊，梁豆蔻在这里"，那些等候在机场多时的粉丝随后就冲着秦芷爱如潮水一般地围拢过来。

刹那间，秦芷爱前行的道路被堵得水泄不通。

一群人聚在一起本就扎眼，偏偏还有许多粉丝不断地叫着"梁豆蔻"，惹来不少机场的路人也跟着凑过来看热闹。

在经纪人、保安和机场工作人员的帮助下，秦芷爱费了好一会儿劲才从人群中挣脱出来，上了保姆车。

不少粉丝围在车旁不断地拍着车窗，司机怕刮到人，只敢一点一点地移动。直到机场的工作人员将粉丝从车旁驱散开，车子才加快速度迅速驶离了机场的停车场。

刚刚在机场被粉丝围堵的时候，秦芷爱被挤出一身汗。车里开了冷气，可温度还没下来，有点闷，秦芷爱就将车窗降了下来，想要透透气。

大概是这个点降落的航班有些多，离开机场的道路格外拥堵，保姆车走走停停的，行驶了不过几百米。车内的温度逐渐降了下来，秦芷爱刚准备关车窗，眼角的余光就瞥见了一辆熟悉的车。

秦芷爱的动作蓦地停了下来，定了几秒钟，然后缓缓转过头去看向了那辆车子。

对着她这一边的车窗没关，顾余生坐在驾驶座上，一手夹着烟，一手控制着方向盘。

他的侧脸线条格外优美，明媚的阳光透过窗户打在他的半边脸上，将他的皮肤照得细腻而又柔滑。搭配上他指尖忽明忽暗的那抹光，画面精美得像是秦芷爱年少时看过的漫画。

秦芷爱顿时忘了关车窗，望着顾余生，呆愣着出了神。

因为道路拥堵，秦芷爱坐的保姆车和顾余生的车子一直都保持在一个水平线上。

秦芷爱盯的时间久了，顾余生似乎有所察觉，在用打火机点烟的时候，往秦芷爱这边斜了一眼。

他的目光无波无澜，秦芷爱不确定他到底看见了自己还是没看见，抑或是看见了也假装没看见。总而言之，他只是略略地一扫，然后就收回了视线，再将点燃的烟递到嘴边咬住，伸出手往车门上摸了一下。车窗随即缓缓升起，一直升到了最高点。

顾余生的车窗贴了防偷窥膜，秦芷爱眼底原本倒映着的他那张精致的脸，立时变成一片灰黑的颜色。

过了机场收费站，道路一下子变得通畅了起来。顾余生像是生怕秦芷爱的保姆车再靠近自己的车子一般，猛地加速，左拐右拐，接连并了好几次道，然后就融入前方的车流中不见了踪影。

不管是两年前他忘记了的那个她，还是两年后披着别人的身份住进他家里的她，都有着一个相似点——那就是她和他之间的距离，犹如隔了千山万水般遥远。

秦芷爱维持着刚刚盯着窗外发呆的模样定了许久，才轻轻地眨了眨眼，似是根本没有偶遇到顾余生一般，面色淡淡地关了车窗，靠着真皮靠背闭上了眼睛。

保姆车开进市区的时候，梁豆蔻的经纪人周婧的电话响了起来。她对着手机“嗯”、“好”了一阵，然后挂断电话，对司机说：“去金碧辉煌。”

闭目无声的秦芷爱听到这几个字，强压下眼眶的酸涩，睁开眼睛，狐疑地望向周婧。

她都没开口，周婧就已经懂了她的意思，对着她简单地解释说：“陆半城的局。”

停了一小会儿，周婧意识到对方是秦芷爱，而不是梁豆蔻，便又补充了一句：“梁豆蔻的富豪朋友。”

收钱办事的道理秦芷爱是懂的，即使周婧现在让她去参加的局她很不习惯，却还是“嗯”了一声，没有任何异议地答应了下来。

周婧接到电话的时候，金碧辉煌的局差不多已经开始了，所以等秦芷爱和周婧到的时候，包间里的气氛早已经热火朝天。

今天参加这个饭局的人有点多，将近五十平方米的包间里，两张直径长达两米的圆桌，坐得满满当当的，没有一把空椅子。

组局的陆半城立刻喊来服务员加了两把椅子。

鉴于两把椅子加在一起实在是太拥挤，所以服务员只能各给一张桌子加了一把椅子。

周婧就近坐到面前的那个空位上，秦芷爱只好去了另一桌。

等她坐下后，她才察觉到不对劲。转头往右看，发现顾余生就坐在她旁边，手里夹着一支烟，半靠着椅背，歪着头，正听着他另一侧的人讲话。

包间里太乱，秦芷爱虽然就坐在顾余生身边，却根本听不清两个人在交谈些什么。

顾余生所有的注意力都在跟自己说话的人身上，完全没意识到身边多了一把椅子。

直到有认识梁豆蔻的人举着酒杯跑过来和秦芷爱打招呼，喊出“梁豆蔻”的名字，顾余生冲着烟灰缸里正摁灭烟头的动作忽地停了下来。

过了几秒钟，他慢慢地转过了头，朝着秦芷爱不动声色地看了过来。

察觉到顾余生的眼神，秦芷爱正准备站起身和人碰杯的动作一下子变得有些僵硬。

不过还好，和从机场出来时一样，顾余生的视线并没有在她身上停留多久，很快就收了回去。

顾余生没有跟秦芷爱讲话的意思，秦芷爱自然没有胆量主动去招惹他。

他就当她不存在似的，依旧跟身旁的人扯东扯西。

秦芷爱故作镇定地跟和自己打招呼的人碰杯，一饮而尽杯中酒。放下杯子的时候，她拿余光悄悄地往顾余生那边瞟了几眼。

不知道是不是她的错觉，她感觉刚刚还显得漫不经心的顾余生此时的神情变得有些薄凉。

和顾余生聊天的那个人捕捉到了秦芷爱投向顾余生的视线，在顾余生从烟盒里摸烟的时候，突然出声，问了句：“你们认识？”

顾余生刚把烟塞进嘴里，听到身边人的问话，一边拿打火机点烟，一边含混不清地回答："不认识。"

"这样啊，我还以为你们俩认识呢，刚刚她都看了你好几眼。"大概顾余生旁边的人以为和旁人正寒暄的秦芷爱听不见他说的话，多嘴地又说了一句。

顾余生吸了一口烟，才用手指将烟从嘴边夹了下来，嗤笑了一声，带着几分明显的反感开口说道："能不能别竟扯些让人倒胃口的话题。"

将两个人的对话尽收耳中的秦芷爱在听到顾余生最后一句话的时候，一时间没忍住，指尖狠狠地哆嗦了一下。酒从杯子里溅了出来，洒了顾余生一袖口。

"对不起……"秦芷爱连忙抽了纸巾，冲着顾余生的袖口擦去。

她手中的纸距离顾余生还有很远的一段距离，顾余生就避如蛇蝎一般将手猛地挪开，然后踢开椅子站起身，对着刚刚和自己讲话的人丢下一句"失陪"，就快速地转身离开了包间。

顾余生那一走，就没再回来。

秦芷爱当然知道，是因为她在场，顾余生才没回来的。

饭局接近尾声的时候，秦芷爱拿长途飞行太累为借口，跟周婧打过招呼后，先行离开了。

因为喝了酒的缘故，秦芷爱回家后倒在床上就睡着了。

快到傍晚的时候，秦芷爱被周婧打来的电话吵醒："喝多了，你过来接我一下……"说完，周婧就口齿不清地报了个地址，然后就挂断电话。

周婧说的地址是一栋私人别墅，秦芷爱去过一次，所以轻车熟路地找到了地点。

秦芷爱一下车，就透过别墅的栅栏看到顾余生倚着别墅院里的一棵梧桐树，正在接电话。

这已经是今天第三次和他毫无征兆地不期而遇了。

上午在机场的道路上，他一发现她在看自己，立刻就升了车窗。

中午在饭局上，她不小心将酒洒在了他的袖口上，他条件反射般地抽身离开。

前两次的不期而遇，足以证明他是那么反感她出现在自己面前。

有句话叫事不过三，而他对她向来又没什么耐性……想到这里，秦芷爱本能地想要重新钻回车上。

谁知打电话喊她过来的周婧忽地从别墅里走了出来。她一眼就看到了站在别墅门口车旁的秦芷爱，立刻抬起手，一边用力地摇晃，一边扯着嗓门喊："小蔻，这里！"

接电话的顾余生的眉心微皱了一下，然后就偏头冲着秦芷爱站的地方扫了过来。

尽管隔了很长的一段距离，秦芷爱还是清楚地感觉到顾余生的视线在触碰到自己面容的那一瞬明显一沉。

秦芷爱的心"咯噔"了一下，忘了回周婧的招呼。

周婧是个急性子，看她没反应，就迈着摇摇晃晃的步伐走了过来。

周婧是真的喝得有点多，步子都开始发软。在走到半路的时候，一个踉跄就冲着地上栽去。

尽管秦芷爱因为顾余生而心生畏怯，却还是没有丝毫犹豫地快速跑进了院里。

还好，周婧倒在了别墅的草坪上，摔得并不严重。秦芷爱吃力地搀扶起周婧，看都没敢看身后约莫一米远的顾余生，而是简单地拍了拍周婧身上沾染的灰尘，带着她就想离开。

周婧虽然醉了，但意识却很清醒："等下，我的包，包……"

说着，周婧指了指身后的别墅。

秦芷爱只好扶着周婧，转身冲着屋里走去。

别墅的房门大敞着，偌大的客厅布置得俨然就是一个舞场，一群五花八门的人在里面扭来扭去。

“你的包放在哪里了？”

周婧听到秦芷爱的问话，指了指楼上。

周婧个子高，微胖，秦芷爱撑着她走得有些吃力。好不容易快到楼梯处的时候，周突然就推开了秦芷爱，冲着洗手间的方向跑去。

秦芷爱急忙跟上，等她追上周婧的时候，周婧正撑着马桶吐得昏天黑地。

秦芷爱拍了拍周婧的后背，让她稍微舒服一些。等到她吐好后，秦芷爱折回别墅大厅，拿了一瓶冰镇的矿泉水，再重新回了洗手间。

周婧人已经不在洗手间了。

秦芷爱皱了皱眉，只能继续折回大厅。

大厅里人有点多，秦芷爱找了好一阵子才找到了周婧。

周婧喝醉了酒就喜欢发疯，秦芷爱刚拉了她的胳膊，她立刻就拽着秦芷爱摇摆了起来：“小蔻，陪我跳舞，陪我跳舞！”

说着，周婧还将秦芷爱的手举高，左右摇晃了起来。

秦芷爱使了好大的力才将手腕从周婧的掌心中挣脱，然后她费力地拽着她往跳舞的人群外走去。

周婧还没玩够，死活不肯离去，不过因为她喝了酒，用不出力来，只能被迫跌跌撞撞地跟在秦芷爱的后头。

快要走出人群的时候，不知道是谁撞了周婧一下，周婧顺势就撞在了秦芷爱的后背上，秦芷爱拉着周婧本就向前用了力，所以当周婧撞上她时，她整个人就冲着前面扑去，一不小心就撞入了一个结实的怀抱中。

秦芷爱下意识地抬起头，嘴里准备脱口而出的“对不起”刚说了一个

“对”字，顾余生冷得仿佛凝霜般的俊脸，就跳入了她的眼帘，她的脖颈仿佛被什么东西狠狠地扼住一般，后面的“不起”两个字，就再也没发出音来。

秦芷爱看得出来，顾余生望着自己的目光凌厉尖锐得恨不得在自己身上戳出两个洞；熬。

甚至有那么一瞬间，她以为顾余生下一秒就会当着整个屋子的人跟她突然翻脸。

秦芷爱吓得一下子屏住呼吸，不敢动弹。

醉得不省人事的周婧完全没有意识到此时气氛的僵硬，突然打了个酒嗝，继续碎碎念：“小蔻，跳舞，跳舞！”

秦芷爱猛地回神，意识到自己的脸还贴在顾余生的胸膛上，急忙往后退了两步。

她一离开他的身体，他就跟她刚刚一样，也往后退了一步。

他和她唯一不同的是，她还站在原地，而他已经转身离开。

这么往顾余生的怀里一撞，秦芷爱原本想要带着周婧立刻离开的态度强势了起来。

她拖着周婧不好上楼，恰好经过陆半城身边的时候，她便将周婧托付给陆半城照看一下，然后又问了周婧的包在楼上的哪个房间，再快速地跑上了楼。

周婧的包所在的房间，位于别墅二楼的最西头。

门半掩着，没关。

相比较楼下的热闹非凡，这里显得异常安静。

秦芷爱透过门缝往屋里瞧了一眼，空荡荡的，没有一个人。正对着门口的沙发上放着好几个包，其中那个红色的LV秦芷爱认的，是周婧的。

秦芷爱确定自己没找错房间才推开门，快速地冲着屋里跑去。

等她快跑到沙发前时，她才发觉，房间最里面独立的单人沙发上坐了一个人。

是刚刚在楼下，她不小心撞到的顾余生。

一次两次可以说是巧合，可三次四次的接连碰面，别说是顾余生，就连秦芷爱都觉得有些刻意。

可她人已经进来了，现在再退回去，会显得更刻意……秦芷爱咬了一下唇，索性一不做二不休，干脆直接装成没发现顾余生的样子，快速地冲到沙发前，抓起周婧的包，转身就往门外跑。

秦芷爱跑了没两步，顾余生的手机就在身后响了起来。

电话很快被接听，不知道是谁打来的，也不知道电话里的人具体说了什么，顾余生的脾气突然就大了起来，二话不说地将手中举着的手机冲着秦芷爱摔了过去："梁豆蔻，你究竟想干什么？到底还有完没完！"

手机带着一阵烈烈的风，紧擦着秦芷爱的耳边掠过，然后砸到秦芷爱正前方的玻璃装饰柜上。

伴随着"砰"的一声巨响，玻璃碎片"哗啦啦"散落一地。

最担心的场面，终究还是来了……秦芷爱吓得腿本能地一软，险些跌倒，她连头都不敢回看一下，颤抖着步伐冲着门外跌跌撞撞地跑去。

还没跑到门口，她的胳膊就被顾余生抓住，带着一股凶狠的力道，将她硬生生拉回屋里："行啊，一次比一次手段玩得高明，都学会欲擒故纵，双管齐下了？在我面前晃悠了一天还不够，现在竟然还……"

他像是气坏了，胸口起伏得厉害，怒气腾腾的话说到一半就停了下来。

他沉默了不过几秒钟，突然就狠狠地握着她的手腕，拽着她大步流星地进了洗手间。

他将门反手一关，上了锁，然后就冲着她扑了上来。

这次重逢以来，秦芷爱几乎每次见顾余生，顾余生的脸色都很难看，却都不如此时此刻来得吓人。

他的眼眶泛红，额头上暴起青筋，那模样暴戾得像是随时随地都能把她生吞活剥了一般。

他弄得她很疼，比前两次疼多了。

她知道，他是故意的。

她想要和上次一样，用数数来转移他带给自己的疼痛和屈辱。可是这一次却根本不管用，她好几次疼得险些落了泪，下意识得出声求饶。但每一次在最后关头，她总是可以硬生生地忍住。

那样漫长而又难熬的折磨，她愣是倔强得没有发出一点声响，哪怕是最低弱的一句因为疼痛而溢出的声响都没有。

像是过了一个世纪一般，他终于放过了她。

秦芷爱面色苍白地从顾余生身边快速地逃开，奄奄一息地蜷曲在洗手间的角落里。

和前两次不一样的是，这次结束后，顾余生并没有像回避垃圾一样迅速从她所在的地方撤离。

相比较她身上被他撕得破碎不堪的衣衫，他身上的衣服只是有些凌乱和发皱。

他垂着眼帘，站在秦芷爱面前的不远处，什么也没看。不知道是不是洗手间灯光的缘故，他的脸看起来格外苍白。

过了好一会儿，他才抬起头，看向了缩成一团的秦芷爱。

他的视线是一如既往的冷淡，开口的语气也是一贯的狠：“你要是觉得刚刚那样还不够，你尽管让爷爷去我那儿住……”

顾余生似乎还有什么想接着说的，可是不知道怎么回事，忽地就这么硬生生地停了下来。

他像是陷入了自我恍惚中一样，有着一阵茫然，随后蓦地回了神，勾唇冷笑了一声。

他的笑声很短促，和从前冲着秦芷爱发出的嘲讽和冷笑有些相像，却又有些不像。

伴随着他的笑声，他的眼底隐约泛起了一抹似是被逼到无路可走般的颓废和悲凉。不过很快，那抹情绪就被他冷淡疏离的神采所淹没。

他扬起手整理了一下衣衫，打开门，走掉了。

随着门关上，秦芷爱的睫毛颤了颤，将埋在膝盖上的头抬了起来。

她怕突然有人进来洗手间，勉强撑起酸痛的身体，颤抖着脚步走到门前，将门重新反锁上。

就这么一个简单的行动，几乎耗尽了此时她体内所有的力气。她虚脱地靠着冰冷的门板，又缓缓地蹲在了地上。

秦芷爱僵坐了许久，才慢慢缓过来一点劲。

她的衣服，就像是一块块的碎布，根本遮掩不住她的身体。

她被顾余生强拉进洗手间的时候，周婧的包落在了外面，她身边连部手机都没有，根本无法联系上旁人。她不确定楼下的聚会散了没有，又不敢随便出去，生怕被人撞见她这副衣衫不整的模样。

洗手间的浴缸旁有一扇小窗户，秦芷爱一个人在洗手间里盯着那扇窗户，一直看着外面的天色从黄昏变得漆黑，洗手间的门外终于有了些许动静。

敲门的是来打扫别墅的用人，秦芷爱从她的话语里知道聚会已经散了，这别墅现在除了她，已经没旁人了。

秦芷爱这才放下心来，然后麻烦用人给自己去拿了套衣服。

临走之前，秦芷爱没忘了把被顾余生撕碎的衣服也带走。

回到家，秦芷爱连晚饭都没吃，就直接上楼洗澡睡下了。

说是睡觉，其实她哪里睡得着。她闭着眼睛，胡思乱想了很久，不知怎么的又想到了他和她的过去。

被顾余生第二次爽约后的那一别，她足足四年都没再见过顾余生。她不知道他去了哪里，也不知道他在做什么。

她偶尔会来顾家老宅周围逛一圈，却从来没能运气好地撞到过他。

四年后，她之所以能见到他，是因为他的父母去世了。她是从许温暖那里听到的消息，当然，许温暖是从吴昊那里得知的，顾余生的父母去世了。

那时的她在上海读大学，得知他回北京送葬，连夜从上海赶回北京，来看他。

顾家家大业大，人太多，她出身清贫，不起眼，根本进不去顾家。尽管她在顾家的门外守了三天三夜，也只是远远地看了他一眼，然后再见面就是两年以后。

她跟着她的研究生老师有幸参加了一个慈善晚会。

那天他恰好也在，穿了一身修身的黑色西装，搭配着最简单的白衬衣，衣领规整，袖口紧系，看起来清雅高贵。

他身边围绕了很多高官显贵，和当初他父母的葬礼一样，她根本凑不上前去。

直到她去了洗手间，出来时，看到他和一名男子在讲话。她站在远处，贪婪地看着他，想把那错失的六年时光都看回来。后来她不知道从哪里来的勇气，冲着他就走了过去。

她有许多话想问他，问他这些年过得好不好？问他有没有女朋友？问他……最后千言万语，只化成一句——当年，我们的约会，你为什么没来？

可她站在他面前，一个字都没问出口。他则一脸平静地转过头去，冲着他身边的男子问了一句 “她是谁”。

秦芷爱愣住，话到嘴边瞬间销声匿迹。

顾余生身边站着的男子狐疑地打量了她两眼，然后摇了摇头，回了顾余生刚刚的问话：“不认识。”

顾余生微微点了一下头，没再说话，而是将指尖夹着的烟送到嘴里，不慌不忙地吸了两口，然后掐灭烟头，再扔入垃圾桶，对着身边的男子出声：“走吧，进去了。”

然后，他迈着从容不迫的步子，从她身边擦肩而过。

在他的身影彻底消失在秦芷爱眼角的余光里的时候，和刚刚走向他一样，她还是没控制住，猛地转身，冲着他的背影开口喊了他的名字：“顾余生。”

顾余生和他的朋友一起停下了脚步，他缓缓地转过身，仿佛从未见过她一般，望向她的眼神平静而又淡漠。

他只是望着她没说话，他那看陌生人一般的视线，让她费了好大的力气才勉强从嘴里挤出一句：“顾余生，你……你不记得我了吗？”

他盯着她打量了一会儿，像是在努力思考自己是不是认识她。过了大概一分钟的样子，他开了口，语气礼貌而又疏离：“对不起，小姐，我想我真的不认识你。”

说完，他就冲着她歉意地点了一下头，没有任何停留地转身离开。

他的朋友似是好奇，盯着她看了两眼，跟上顾余生的脚步：“你真的不认识？”

“不记得认识。”顾余生回。

“也对，你仗着这张脸经常招蜂引蝶，搞不好她是在跟你搭讪。”

“或许吧。”他的声音如旧，悦耳清雅。可说出的三个字，却让秦芷爱险些红了眼眶。

或许吧……他是把她刚刚的询问当成了搭讪吗？

六年啊……她找了六年、记了六年、心心念念了六年的男子，却不记得她了。

原来她一直在等的人，早已忘了她。

秦芷爱全身的血液仿佛凝固了一般，没有任何知觉。她耳边回响的只有远处晚会上隐隐传来的正播放着的歌：“我的世界一天一点为你改变你没发现，我所有的付出你看不见。”

第六章
重复犯错

秦芷爱浑浑噩噩地躺在床上，不知道想了多久，最后脑海里就晃出了下午顾余生临走之前扔下的那句话："你要是觉得刚刚那样还不够，你尽管让爷爷去我那儿住……"

你尽管让爷爷去我那儿住……只是短短的十秒钟，秦芷爱就搞清楚了状况。

原来在她拿了周婧的包转身准备跑开时，给顾余生打来电话的是爷爷。

虽然她没有听到原话，但是她想，爷爷在电话里肯定是告诉顾余生大概他要去他的别墅住一段时间之类的话。

她这一天在顾余生的面前又是把酒洒在他的袖口，又是撞入他的怀中，又是闯入他单独所在的房间，想必他早已认定她是为了纠缠他而故意做的。

所以，爷爷的电话就等同于火上浇油。

顾余生给了秦芷爱那么严重的侮辱，她不是不难过，可难过之余，更多的却是头疼。

前些日子她之所以跑到美国去，就是为了避开顾余生，不让事情的发展越来越糟糕。

现在她才刚回国，这么阴错阳差地一闹，前面的努力算是彻底白费了。

若是爷爷这几天真的搬过来住……秦芷爱忍不住抬起手揉了揉发胀的眉心，有点不敢继续往下设想。

不管怎样，她还是要和上次一样，想个躲开的办法。

秦芷爱沉思了一阵，突然就掀开被子下了床。她奔到梳妆台前，将上面摆放的一大摞剧本抱回到床上，一一摊开，挨着翻看了起来。

秦芷爱盯着那些剧本，翻来覆去地研究了大半夜，还真从里面发掘出来一个好剧本。

一线导演，一线编剧，一线男演员，一线投资公司……最重要的是这部剧的拍摄时间——原计划是后天。

之所以说是原计划，主要是因为这个剧本早就敲定了的女主角却在前几天闹出了吸毒的新闻，导致这部剧因为要临时更换女主角，可能会无法按照原计划开机。

可能会……并不代表完全会。

这部剧因为原定女主角的丑闻，未拍就已火了半边天。她若是提出接这部剧，一向精明会算计的周婧应该是不会反对的。

所以只要她能在今天顺理成章地接下这部戏，那么就不会影响这部戏原定的开机时间，而她今晚就可以以拍戏的名义名正言顺地暂离这里。

想到这里，秦芷爱的眼底缓缓浮上一层失落。

以前她喜欢顾余生的时候，做梦都渴望可以靠近他。

可如今她真的有机会靠近他了，她却又要绞尽脑汁地想着该怎么远离她。

秦芷爱微走了片刻的神，便拿出手机，给周婧发了几条微信过去。

秦芷爱一整夜都没怎么睡好，早上七点钟，她就被手机震动惊醒。

是周婧给她回了消息。

如她所想，周婧果然答应了。

周婧的办事效率一向很高，才上午十点钟，她就给秦芷爱回了电话，说是合同已经签好了。

当天中午十二点，秦芷爱去了一趟顾家老宅。

下午两点，秦芷爱就从顾家老宅出发，去往机场。

从美国回来，在北京待了不过一天一夜的秦芷爱，就这样又一次为了避开顾余生而离开了北京。

两个月零十五天后，秦芷爱新接的这部戏在横店完美杀青。

剧组的庆功宴结束后，秦芷爱和周婧在工作人员的陪同下，搭乘下午三点的航班返回了北京。

抵达北京以后，秦芷爱并没着急回家，而是在外面吃过晚饭后，才让司机开着保姆车，把自己送回了顾余生的别墅。

抵达别墅门口时已经是晚上九点钟，除了别墅院门口静静亮着两盏昏黄的路灯外，再无其他光亮。

秦芷爱皱了一下眉，这才反应过来，今天是周六，是管家休息的日子。

平常管家在的时候，她怕管家会突然闯进卧室，发现她和梁豆蔻长得不一样，所以都是等到管家睡下后才敢卸妆。

今天家里只有她一个人，顾余生应该也不会回来，所以秦芷爱一回到卧室将行李箱随手往更衣室里一丢，就进了洗手间，然后打开水龙头，挤了卸妆膏，冲着脸上揉去。

因为要和梁豆蔻做到十分相似，所以秦芷爱的眼妆总是会化得很浓、很复杂，所以秦芷爱来来回回用了三次卸妆膏，才将脸上的妆容彻底清洗干净。

装梁豆蔻装得久了，秦芷爱都快忘了自己原本的容貌。在她抽了面巾擦干脸上的水珠后，透过镜子乍看到自己的素颜时，整个人都不由自主地恍惚了一下。

泡了一个热水澡后，秦芷爱感觉舒服了许多。

下午从杭州飞回北京的时候，她在飞机上睡过一觉，此时一点困意也没有。于是她在卧室的床边站了一会儿，就拿起手机走向了阳台。

比起室内的冷气，晚上徐徐的凉风吹得人惬意又舒服。秦芷爱往藤椅上一躺，拿着手机随便一玩就过去了一个多小时。

秦芷爱刚准备收起手机回房睡觉，一道刺眼明亮的灯柱就从别墅的门口打了过来，恰好照在她的脸上。

秦芷爱以为是过路的车辆，也没太在意，抬起手遮掩了一下光，就从藤椅上站起来。可她刚转身准备回屋，就听到楼下传来车子熄火的声音。

秦芷爱皱了一下眉，下意识地转头，就看到顾余生的车子已稳稳地停在楼下，司机小王站在后车座旁，正打开车门。

顾余生……他怎么突然回家了？

秦芷爱望着楼下顾余生的车，神情显得有些呆滞。

这好像是她住进他家以来，第一次在醒着的时候等到他回来……最后一个“吧”字还没在秦芷爱的脑海里掠过，她的眼睛蓦地就睁到了最大。

顾余生……他、他怎么突然回家了！

她、她、她卸了妆呀……若是等会儿被他撞见了，那她替嫁的身份岂不就暴露了？

秦芷爱再也顾不上刚刚心底涌现出的悸动，慌张地转了两下眼珠子，想都没想就冲回了卧室。

她先是跑到了洗手间门口，随后就意识到自己现在化妆根本来不及，于是又转身冲着门口跑去。

她得在顾余生上楼之前找个安全的地方藏起来。

秦芷爱猛地拉开卧室的门，刚窜出去，就听到楼梯口传来了脚步声。

秦芷爱吓得连忙顿住脚步，慌乱地左右望了两下，只好又躲回了卧室里。

她关上门，焦急地绕着卧室看了一圈，试图找个地方躲。

“顾先生，您慢点。”紧闭的门外传来司机小王的声音。

“没事。”随着顾余生略淡的声音响起，一向相对比较淡定的秦芷爱顿时慌成一团。还没找到藏身之处的她就像是无头苍蝇一般，掀了掀被子，拿了拿沙发的靠枕，拉了拉化妆柜的小抽屉……最后发现，这些地方根本就藏不下她。

门外的脚步声越来越近。

“怎么办？怎么办？要死了！要死了！”秦芷爱急得嘴里都嘟囔了起来。

脚步声在门口停下，有门把手转动的细微的声响传来。

秦芷爱全身的汗毛一瞬间都竖了起来，她转动着眼珠子，四处望了望，然后不管不顾地趴在地上，爬到了茶几下面。

卧室门恰好被推开，顾余生和他的司机小王走了进来。

十秒钟不到，脸贴在地面的秦芷爱就看到有四只脚冲着自己走来。

她紧张得大气都不敢出一声，眼睛一眨不眨地死死地盯着那两双鞋。眼看着其中一只鞋都快要踢到她眉心的时候，那四只脚终于停了下来。

秦芷爱暗暗松了一口气，紧接着距离她最近的那两只脚的裤腿忽地往上提高，露出精致白皙的脚踝。

秦芷爱一眼就认出，这是顾余生的脚，他这样大概是坐下了。

“顾先生，今天管家不在，您一个人可以吗？”安静的卧室里响起小王毕恭毕敬的声音。

回应他的是一片安静。

过了一会儿，小王又开口：“顾先生，我昨天看新闻，知道梁小姐的戏今天杀青，她说不定现在已经返回北京了。我要不要给梁小姐打个电话，看她现在在不在北京，让她回来……”

小王的话还没说完，从进屋起一直沉默到现在的顾余生突然开了口，低沉磁性的声音里带着一丝暴躁：“好不容易她从我的眼前滚了，我可以消停一阵子，你喊她回来做什么？”

小王被训得没了声音。

藏在茶几下的秦芷爱轻抿了一下唇，尽管她知道此时不会有人看到自己的落寞，却还是垂下了眼帘，遮掩住眼底的黯淡。

室内又安静了一阵子，不知是不是顾余生对着小王做了个什么手势赶他走，只听小王再次出声：“顾先生，那我就先走了，您有什么事可以随时打我电话。”

顾余生仍旧没出声。过了几秒钟，秦芷爱就看到其中的一双脚转了个方向，然后走远。

伴随着卧室门被带关时传来的“吧嗒”声，整个房间陷入了一种前所有未的静谧中。

顾余生的鞋子正对着秦芷爱的脸。

茶几很矮，秦芷爱爬进去后，发现根本无法动弹。

她僵着一个姿势，盯着顾余生的鞋子，被迫看了不知道多久。就在她觉得自己很有可能会卡死在茶几下的时候，顾余生终于动了。

他站起身，迈着歪七扭八的步子，冲着洗手间的方向走去。在经过她的梳妆台时，秦芷爱看到顾余生撞上了她的梳妆椅。

他像是感觉不到疼一般，一点声音也没发出，只是在远处停留了一小会儿，就绕过椅子，进了洗手间。

洗手间的门没关，有“哗哗”的流水声传出来。

顾余生是要洗澡了吗？

秦芷爱抓住好不容易等来的时机，费力地从茶几下面一点一点爬出来。

她一把脑袋探出茶几，就立刻张开嘴狠狠地吸了一口气。

那口气还没入腹，秦芷爱眼角的余光就瞥见顾余生从洗手间里走了出来。

秦芷爱吓得整个人一哆嗦，立刻又缩回到茶几下。

秦芷爱刚躲好，顾余生人就走到了茶几前。这次他没坐下，好像是弯腰从茶几上拿了什么东西，然后就往后退了两步，倒躺在了床上。

随着一阵窸窸窣窣的声响，秦芷爱听见打火机的声音，然后卧室里就弥漫着淡淡的烟味。

室内很安静，藏在茶几下的秦芷爱看不到屋里的场景，丝毫不敢轻举妄动。

时间一点一点流淌而过，直到夜很深人很静的时候，秦芷爱才小心翼翼地从茶几下慢慢地又爬了出来。

她不敢整个人直接出来，先是探出了脑袋，往床上看了一眼。

顾余生没脱衣服，闭着眼睛躺在床上。

他很安静，一点呼噜声都没发出。秦芷爱不确定他到底有没有睡着，盯着他观察了一会儿，看他一动也不动，这才继续轻手轻脚地从茶几下钻了出来。

秦芷爱怕顾余生万一没睡着，忽地睁开眼睛，没敢站起身来，直接贴着床脚，冲着门口爬去。

就在她快要爬到门口的时候，秦芷爱听见身后床上的顾余生发出了一道含混不清的声音。

秦芷爱吓得胳膊一软，整个人就趴在了地上。

顾余生，他、他该不会是醒了吧？

秦芷爱不敢回头，后背很快就密密麻麻地布满一层冷汗。

她在心底一边祈祷着顾余生不会冲着她在的这边转头，一边像虫子一样冲着门口一点一点地蠕动过去。

终于到了门口……秦芷爱轻呼了一口气，抬起手刚准备开门，身后又传来顾余生的声音。

这次顾余生连续说了好几个字，秦芷爱听得全身都要炸了。就在她以为自己死定了的时候，她终于从顾余生的嘴里辨认出一个字："水。"

水？

顾余生这是看到了她，让她给他倒杯水吗？

随着秦芷爱的脑子缓缓地转动，顾余生又低喊了两遍"水……水……"

他似乎还想重复第三遍，可"水"字音都还没吐全，他嘴里的低念忽地就变成了呕吐声。

随后就有刺鼻的酒气迅速弥漫了整个卧室。

顾余生，他喝酒了？

秦芷爱蹙了蹙眉，隐隐察觉到不对劲。

他刚刚去洗手间的时候，撞了椅子……所以，他是喝醉了，没看清路？

秦芷爱定了片刻，缓缓地转过头去。

顾余生此时已经吐完了，他像是很难受，脑袋垂在床沿外，闭着眼睛，时不时地发出一道压抑的闷哼。

秦芷爱不确定他打底醉成了什么样子，出声喊他的名字："顾余生？"

顾余生似是没听到一般，没有丝毫的反应。

秦芷爱这才大着胆子折了回去，走到床边，才发现男子的脸色白得有些吓人。他睁着的眼睛里光彩迷离，盯着她看了好久都没汇聚出焦点，俨然已醉得不省人事。

他刚刚吐的时候，脑袋往床沿外伸得有些慢，吐在了床单上。而他漆黑柔软的发上也沾了许多污垢。

秦芷爱想，若她是梁豆蔻，为了最基本的尊严，她是绝对不会理会又狠又绝的侮辱她的顾余生的。

可她不是，她是秦芷爱，是很多年前第一眼遇见他，就再也忘不掉他的秦芷爱。

所以，她看到这样的他，做不到置之不理。

“水……”顾余生的嘴里又吐出了这个字。

秦芷爱立刻回神，没有丝毫犹豫和挣扎，迅速地跑出卧室，下楼倒了一杯温水再端了上来。

喝醉酒的顾余生比清醒的时候显得要温顺许多。

秦芷爱扶起他身子的时候，他没有半点抗拒，顺着她的力道就坐了起来。

她将水杯递到他的嘴边，他立刻就张嘴乖乖地喝了起来。

喝完水，顾余生紧皱的眉头舒展了许多。

秦芷爱一将他放倒在床上，他就立刻闭上眼睛睡了过去。

秦芷爱给他盖好被子，然后就起身去浴室拿了湿毛巾出来，先将他头发上的脏东西擦干净，才去清理床单和地板。

等秦芷爱收拾好一切后，才发现顾余生的神情有些不对。

可能是酒精导致的头痛，他的手一直去按太阳穴。

秦芷爱看得于心不忍，坐在床边，伸出手，力道温缓地帮他按了起来。

她的举动可能真的起了作用，他慢慢地安静下来，呼吸也渐渐变得绵长而均匀。

秦芷爱一直等到顾余生彻底睡熟，才停了动作。她捏了捏泛酸的手腕，视线静静地落向他闭眼正熟睡的眉眼上。

当年秦芷爱见顾余生的时候，就没能想出一个词来形容他，如今过去了这么多年，她依旧还是找不到能修饰他的词语。

若是非要让秦芷爱绞尽脑汁地想个词，秦芷爱只能给出两个字——诱惑。

俊的眉，挺拔的鼻子，微薄的唇，行云流水般的轮廓和线条。

顾余生的这张脸怎么看怎么引人犯罪。

因为屋内有酒气，窗户刚刚已被她打开了。

外面刮起了大风，吹得院落里的树叶“哗啦啦”作响。

风吹进屋里，将她的长发，他的短发，吹得徐徐飘动。

气氛美好，尽管秦芷爱没喝酒，却觉得自己也有些醉了。

凌晨四点钟，秦芷爱又去床边看了看顾余生，他的酒劲消散了不少，睡得正沉。

他睡前吐过，几乎都吐空了，想来睡醒后胃里一定会很难受吧。

管家还要好几个小时才会过来，之后现煮粥，估计还没煮好他就已经醒了。

秦芷爱想了想，轻手轻脚地下了楼。

冰箱里的食材管家备得很全，秦芷爱挑了一些蔬菜和瘦肉，剁碎后加米一起放入砂锅里。先是大火烧开，然后调了小火，慢慢地熬炖。

等到蔬菜瘦肉粥煮好的时候，窗外天已大亮。

秦芷爱知道顾余生不喜欢看到自己，也怕顾余生突然醒来看到自己没化妆的脸。于是她关了火，将粥保温好，匆匆地回到楼上换了衣服，又急急忙忙下楼，冲着门外走去。

秦芷爱本想出了门再给管家打个电话的，却没想到她刚走出屋子，就看到管家进了院门。

秦芷爱急忙转过身，背对着管家，迅速从包里拿出口罩和墨镜戴好才回头看管家。

因为秦芷爱回来之前没提前通知管家，此时管家看到她很是意外："小姐，您回来了？"

"嗯。"秦芷爱轻点了一下头，顿了一下，开口说了自己本来要给管家打电话说的事："他在家，喝醉了酒，还没睡醒。我煮了粥，等他醒来，你记得给他吃。"

秦芷爱没提顾余生的名字，只是用了一个"他"字。管家愣了一秒才明白过来："好的，小姐。"

因为戴了口罩，秦芷爱的声音略显含糊："宿醉很难受，肯定会头痛，你给他泡杯蜂蜜茶，喝了会舒服一些。"

"小姐，我都记下了。"管家答完才意识过来，现在时间还早，于是多嘴地问了一句，"小姐，您这么早就有工作要去忙吗？"

她哪里是因为有工作要忙，她是怕顾余生醒来看到她发火……秦芷爱没对管家说实话，轻点了一下头，"嗯"了一声。

管家信以为真："那小姐，您还有什么别的要嘱托的吗？"

秦芷爱想了想，确定自己要说的都说完了，便轻轻地摇了摇头。

她知道，管家跟了顾余生好多年，比她更了解顾余生，也更会照顾顾余生。可秦芷爱在摇完头后，还是不放心地补充了一句："照顾好他。"

"放心吧，小姐。"

秦芷爱微垂了一下头，没再说什么。

管家指了指屋子："那我先进去了。"

"嗯。"秦芷爱应了一声，在管家打开门的时候，她又叫住了管家。

她知道管家转头看向了自己，但她没去看管家，而是盯着院中央的一株开满白色花的茉莉。沉默了一小会儿后，她出声说："你别告诉他我回来过。"

管家十分诧异，脱口而出一句："为什么呢？"

此时的秦芷爱真的很感谢脸上的墨镜和口罩，可以很好地隐藏起她眼底的落寞和伤感。她努力保持语气的平稳，像是在说着与自己毫无关系的旁外话一般，淡淡地开口："因为他知道了，就不会喝那碗粥了。"

管家一向知道顾先生有多厌恶小姐，可此时从小姐的口中听到这样的话，一下子就让她想到当初小姐主动跟她开口要避孕药的场景。和那时一样，她僵在了原地，有些不知该如何接话。

相较于管家的无措，秦芷爱仍是那副淡淡的模样，她留下一句"谢谢"后，就转身离开了。

秦芷爱离开了没一会儿，顾余生就醒了。

宿醉让他的头疼得厉害，他睁开眼睛，强撑着起身。在床上坐了片刻，他才下床去了洗手间。

洗了一个热水澡后，顾余生感觉舒服了许多。他从更衣室里拿了一套家居服套在身上，准备走出卧室的时候，忽地想起昨晚迷迷糊糊中好像吐了。

顾余生停下脚步，往床的方向扫了一眼。床单和地毯都干净整洁，完全看不出有吐过的痕迹。

难道是他记错了？

顾余生微皱了皱眉，收回视线，打开门，下了楼。

“顾先生，您醒了？”管家一看到顾余生从楼梯下走下来，立刻停下手中的工作。

顾余生没说话，轻点了一下头，冲着餐厅走去。

管家忙跟上，等到顾余生坐下后，立刻按照秦芷爱说的，先端上了一杯温热的蜂蜜茶，然后再去厨房将秦芷爱熬的粥盛了一碗端出来。

顾余生喝了大半杯蜂蜜茶才放下杯子，然后将粥单手移到自己面前，拿着勺子搅拌了两下，舀了一勺，塞进嘴里。

熬煮了许久的粥，鲜香醇糯。

刚入口，顾余生的眉毛就微动了一下，然后继续舀了第二勺送入嘴里。

一碗粥很快见了底。

守在一旁的管家识趣地问：“顾先生，您还要再来一碗吗？”

粥显然很对顾余生的胃口，他微点了一下头，闭着嘴从喉咙里发出一个含糊的“嗯”字。

喝了粥，顾余生感觉胃舒服了许多，心情似乎也有所好转。在第二碗粥喝到一半的时候，他破天荒地开口问了一句：“这粥是你新学来的？”

管家先是一愣，随后就意识到自己给顾先生做了这么多年的饭，从来没煮过这样的粥，也难怪他会突然问起。然后她脑海里就浮现出秦芷爱临走之前跟她说的那些话，她怕顾余生看出什么破绽起了疑，到时候毁了小姐的一片心思，急忙点头，撒谎道：“是的，前阵子在电视上看来的，清淡养胃，所以就自己学着煮了煮。”

“嗯……”顾余生漫不经心地应了一声，继续舀了一勺粥递到嘴边。这次他吞咽的速度慢了许多，像是在细细地品味。在那一勺粥要尽数吞入腹中的时候，他的吞咽动作忽地停了下来，眉头也跟着皱起。

管家以为是顾余生发觉了什么端倪，吓得后背的汗毛尽数竖起。

顾余生始终没有出声，盯着餐厅落地窗外的草坪，静静地看了许久。

直到眼睛发酸，他才轻眨了一下眼皮，回过神来，然后低下头，一边继续喝粥，一边闲闲地开口说："这粥的味道，有点似曾相识，像是什么时候喝过……"说着，顾余生就甩了甩头，没再围绕着粥的话题转。

吃过早餐，管家给顾余生递上了漱口水。顾余生伸出手接的时候，脑海里突然闪过一个画面。昨晚他醉得混混沌沌时，好像也有个人递水给他……他记不清当时是手没力气，还是手没抬起来，然后那个人就直接托起了他的上半身，小心翼翼地喂给他喝。后来，好像是他头痛，她还帮他揉了揉……"昨天晚上，只有你在家？"

面对顾余生突然抛出的问题，管家的指尖轻颤了一下，故作镇定地回："是。"

难道是他记错了？顾余生的眉头皱起。

"顾先生？"管家看顾余生没了反应，忍不住出声。

顾余生回神。

兴许是他喝多了，在那一瞬间把梦当真了吧。刚在楼上他不也以为自己是吐了，可转头去看的时候根本没发现吐过的痕迹吗？

想到这里，顾余生利索地伸出手，接过茶杯，漱了漱口，然后起身。他整理了一下衣衫，刚准备离开，似是想到什么一样，脸色突然变得薄凉了起来，开口的语气也跟着冷下来，不似刚才那般随性淡雅："哦，对了，她应该要从剧组回来了吧。你记得告诉她，让她下周三去老地方等我，爷爷的生日。"

说完，顾余生的眼底划过一道类似厌烦的神采，没有任何停留地拿起餐桌上的手机扬长而去。

第七章
长痛短痛

顾家在京城属于名门望族，是拥有好几百年基业的老家族，祖业厚重，人脉颇广。

顾老先生的生日本没打算大搞，只想请自家的亲朋好友聚在一起吃顿团圆饭。

但在周三那天，还是有不少想和顾家拉关系的人借着顾老先生的生日，拎着重礼，不请自来地登门祝寿来了。

过生日本就是件喜庆的事，人既然都来了，也总不能拦在外头，所以不到下午五点，顾家老宅的客厅里已坐了半个屋子的人。

顾余生只让管家转告秦芷爱顾老先生生日那天在老地方见，却没告诉她具体什么时间见。

和上次爷爷从海南回来，让他们去老宅吃饭时一样，秦芷爱早早地就去胡同口等着顾余生。

不过顾余生可能是被什么事给缠住了，秦芷爱等了两个多小时都没等来他。

夏季的太阳有些大，尽管秦芷爱一直都躲在阴凉处，也还是出了不少汗。时间久了，难免会渴。秦芷爱的手机号被顾余生拉入了黑名单，电话打不通，她又不知道他何时会来，犹豫了片刻，还是步行去马路对面的超市买了一瓶冰水。

一瓶水快喝完的时候，顾余生的车子才终于姗姗到来。

秦芷爱将空瓶扔入垃圾桶，这才拎着提前给顾老先生准备的生日礼物上了车。

两个多月没见，顾余生看到她还是一副老样子，眉眼冷淡，神情疏离。

秦芷爱知道顾余生根本就不愿意和她讲话，所以她上车后，识趣地没有自取其辱地跟他打招呼碰钉子。

顾余生来得晚，等车子开到顾家老宅时，院里已经没了停车的地方，所以只好将车子停在了门外的路边。

家里来了那么多的客人，顾老先生得忙着应酬，不像上次那样，所有的精力都在顾余生和秦芷爱的身上。

所以停好车后，顾余生甚至连等都没等秦芷爱，就拎了自己买的礼物率先下了车，冲着院里走去。

秦芷爱拎着礼物跟进屋里的时候，顾余生已经在和顾老先生讲话了。

虽然隔了一段距离，屋里人多，乱糟糟的，但秦芷爱还是听清楚了顾余生和顾老先生的对话——

“小蔻呢？”

“她在后面，碰到了朋友。”

秦芷爱原本想要走向顾老先生的步子停了下来，她扫了一圈周围的人，就近找了一个梁豆蔻认识的朋友，和她打起了招呼。

秦芷爱等到顾余生和顾老先生分开后，才去到顾老先生的面前，跟他道了“生日快乐”，然后送上礼物。

好久没见，顾老先生见到她很是高兴，拉着她关心地问了许多问题。直到有他的朋友过来跟他寒暄，秦芷爱才得以抽身离开。

初次扮演梁豆蔻的时候，秦芷爱碰到这样的场合的确有些小心谨慎，生怕出现什么纰漏，被人发觉从破绽。

但好在她记性好，人也聪明，知道哪些人跟梁豆蔻亲密，哪些人跟梁豆蔻有过过节。再加上最初她当梁豆蔻替身的时候，被培训模仿过梁豆蔻的一举一动、一言一行，所以秦芷爱现在面对这样的场合，碰到谁该高兴地拥抱，碰到谁该不屑地冷笑，全都应付得如鱼得水，游刃有余。

在秦芷爱寒暄完，正准备找个没人的地方安静一会儿的时候，身后传来一个声音：“蔻姐姐。”

一听到这个声音，秦芷爱的脑袋就本能地一疼，几乎没有丝毫犹豫就装成没听见的样子，并加快脚步，企图快点逃离这个是非之地。

然而，喊她的那个人摆明了不想给她离开的机会，提高音量又喊了一声“蔻姐姐”，然后就踩着高跟鞋追了上来。

都追到跟前了，注定是躲不开了……秦芷爱的眉头下意识地皱了一下，随后她就转头，眉眼舒展地冲着跟在身边的蒋纤纤勾起了嘴角：“纤纤。”

纤纤，原名蒋纤纤，是梁豆蔻的表妹，也是梁豆蔻的生死大敌。

“蔻姐姐，还真的是你呀，我喊了你好几声你都没理我，害我还以为是自己认错人了呢。”蒋纤纤一边说，一边做出一个委屈的表情。

秦芷爱顶着梁豆蔻的身份和蒋纤纤打过几次交道，对她算是有点了解，知道她看到梁豆蔻这么主动地凑过来，肯定是又握住了梁豆蔻的什么把柄，要给梁豆蔻难堪。

秦芷爱一边在心底吐槽梁豆蔻和蒋纤纤这对表姐妹闲得无聊，一边刚准备回将蒋纤纤的话，蒋纤纤就挽住她的胳膊，像是生怕她会拒绝一样，拉着她走向刚刚和她聊天的那几个人："蔻姐姐，好长时间没见，大家都有点想你了，过来陪大家聊会儿天吧。"

靠得近了，秦芷爱才知道，那几个人聚在一起聊的是自己的老公。

"我老公前几日去法国给我买了个包回来，巨丑，看，就是这个。你说他们男人的审美是不是都一个样？"站在秦芷爱对面一位微胖的女子指着这个月刚出的限量款包，看似嫌弃，实则炫耀地说道。

"我以为只有我们家那位审美不怎么好呢，原来大家都这样啊。你看我这条项链，这么大的钻石，一点也不协调……"一个年纪稍微有些大的女子抬起手，摸了摸自己脖子上的钻石项链，特意在那颗闪闪发光的蓝钻上停留了一下。

紧接着，站在秦芷爱身边的女子一脸为难地开了口："的确是这样，我们家那祖宗，每次出差回家必然给我带礼物。就像我脚上这双鞋，六位数呢，放着可惜，穿吧又不好搭衣服……"

"是这样的，我们家也这样……"

对于男人来说，年轻又漂亮的女人可以给他们带来面子。

同样，对于女人来说，一个疼爱自己的老公可以让自己拥有更多的羡慕。

几个女子聚在一起，看起来气氛融洽、其乐融融，其实不过是变着法子在攀比。

蒋纤纤未婚，没男友，时不时会一脸憧憬地插上一两句。她说出来的话，谁听谁爱，简直跟抹了蜜一般——

“孙姐，你老公对你好好哦！”

“杨姐，其实这双高跟鞋挺漂亮的。”

“夏姨，这衣服衬得你年轻了许多！”

唯独秦芷爱脸上挂着淡淡的浅笑，始终没有出声。

作为秦芷爱，她爱了多年的男子此时不但娶了别的女子为妻，还忘了她是谁，她没有一样东西可以拿出来炫耀的。

作为梁豆蔻，她硬嫁的男子对她恨之入骨，从未把她当成自己的妻子看待。别说是礼物了，就连面他都恨不得永远都不要见。

起初还好，时间一久，一直说不上话的秦芷爱就显得有些尴尬。她左右望了望，想找个借口离开，结果话还没开口，挽着她的胳膊俏生生地站在一旁的蒋纤纤忽地侧过头，凑到她耳边说起了悄悄话：“蔻姐姐，今天我过来给顾爷爷庆生的路上看到你了。”

秦芷爱身子一僵，一种不好的预感爬满心间。

“我可是三点钟就从家里出发了呢，我坐在车里看了你好久呢……”蒋纤纤说到这里，冲着她娇笑了两声，“蔻姐姐，天气那么热，你说生哥怎么就那么忍心让你在那么破旧的小胡同里等他那么久？”

和她预感的一样，她等待顾余生的狼狈模样全被她收入眼底……原来梁纤纤这次握住的关于梁豆蔻的把柄，竟然是她被顾余生冷落嫌弃的一幕……秦芷爱的指尖轻颤了一下，脸上却像是没什么感觉一样，仍是那种最淡然的神态。

“而且，蔻姐姐，我还有看到，你上了生哥的车后，生哥连句话都没有跟你讲。而且到了老宅这边，生哥下车的时候，都没等你……”

蒋纤纤的话刚说到一半，刚刚那个炫耀限量款包包的微胖女子突然开了口：“纤纤，你们在说什么悄悄话呢？”

“没，哪里是在说悄悄话啊。”蒋纤纤立刻转头，对着看向自己和秦芷爱的几个女子，笑吟吟地开口说，“我那不是看你们都在说礼物吗，所以就偷偷问蔻姐姐生哥给她送过什么礼物。”

这些人既然是来给顾老先生庆生的，自然就想和顾家搞好关系。蒋纤纤这么漫不经心的一句话，引得一圈原本各自炫耀的人将关注点一下子都汇聚在秦芷爱的身上。

蒋纤纤歪着头，又笑得异常天真烂漫地开口说：“不过我问了好久蔻姐姐都没说，但生哥在那边，只要问问他就可以了！”

说着，蒋纤纤就朝秦芷爱眨了眨眼，冲着顾余生的方向看去。

秦芷爱终于知道了蒋纤纤的最终目的。

闹了这么久，原来她这次是要借顾余生的手对付她啊……且不说顾余生信不信蒋纤纤说的话，对于顾余生来说，她是最讨厌的那个。只有在爷爷面前，他才会压制对她的那股厌恶。此时爷爷不在屋里，若是顾余生真的被蒋纤纤叫来，他什么都不需要说，单单流露出一个厌恶的神情，这些人都是人精，就全懂了。

纵使她此时顶着的是梁豆蔻的身份，可她也不喜欢被人看了笑话。更何况，若是蒋纤纤说的话顾余生真的相信了，旁边的人又不帮她解释的话，怕是顾余生又要给她气受了……蒋纤纤刚动了动唇，“生哥”两个字的“生”字音都还没发全，站在她身边的秦芷爱突然就呻吟了一声，身体狠狠地摇晃了一下，紧接着捂着肚子弯下了腰。

“顾太太，您这是怎么了？”站在秦芷爱身边的高挑女子伸出手，扶住了她。

“我……我肚子痛……”秦芷爱似是疼得厉害，说话的音调都变得有些不稳。她左右看了两眼，恰巧看到张妈，开口喊她：“张妈，我的身体有点不舒服，你扶我上去休息一下。”

说话的时候，秦芷爱眼角的余光恰好可以瞟到蒋纤纤。她明显感觉到蒋纤纤望着她的眼神不似刚刚那般笑意浓浓，极力稳着的眉眼下，隐隐泛着一股怒意。

秦芷爱没多理会，捂着肚子，在张妈的搀扶下直接转身上了楼。

秦芷爱不过是为了化解蒋纤纤给她使的绊子，临时装出来的病。今天爷爷生日，家里有许多事情要忙，秦芷爱不好意思占用张妈太久的时间，一进到顾余生和她在老宅这边的卧室，就开口让张妈离开。

张妈担心她，再三询问了她好几遍，确定她只是痛经后，才体贴地帮她关上门，下了楼。

病都已经装了，总不可能刚上楼就好了吧，秦芷爱索性脱了鞋，爬上了床。

被褥柔软，躺在上面舒服得让之前在小胡同口站着等了顾余生好几个小时的她情不自禁地舒展了身体。

楼下的院外很吵，不断有噪音传到卧室里。秦芷爱闭着眼睛躺了没一会儿，就被吵得坐起了身。

她翻出耳机塞进耳朵里，然后拿着手机，随便放了一首歌，让舒缓的音乐隔绝掉外界的喧哗。

整个世界顿时安静下来，除了悦耳的歌声，再无其他声响。

真好，此时的她不需要扮演梁豆蔻在楼下左右逢源，也不需要去听别人炫耀自己的爱人有多爱自己，更不用在遇到麻烦的时候提心吊胆地想着该怎么自保。

尽管她知道，这样的惬意时光只是短暂的，可秦芷爱的嘴角还是忍不住上扬了一下。

张妈终究有些不放心秦芷爱，下楼后，想了想，还是吩咐家里的用人给秦芷爱泡了一杯红糖姜茶。

张妈端着正准备送上楼的时候，恰好碰上了顾老先生：“小张，是谁在楼上？”

“是太太，她身体不舒服。”

“小蔻？”顾老先生皱了皱眉，四处张望了两圈，然后点了点不远处偏着头正和人聊天的顾余生，“去，把姜茶给他，让他上楼去看看小蔻。”

张妈怔了一下，顿时领悟过来，转了个方向，端着红糖姜茶走向顾余生。

顾余生听完张妈的转述，抬起眼皮往顾老先生的方向看了一眼。老爷子拄着拐杖，笑呵呵地在和人讲话，眼角的余光却在不经意间往他这里瞟了一下，显然是在留意他这里的动静。

顾余生捕捉到顾老先生的视线，脸上的神情仍是淡淡的，没流露出太大的起伏。他转过头，盯着管家手里冒着袅袅热气的姜茶看了两眼，然后站直身子，面对刚刚管家转述的那么长的一段话，一个字也没回，直接抽走了瓷杯，冲着楼梯走去。

自打秦芷爱扮演梁豆蔻以来，一直都没在老宅住过，所以老宅特意给她和顾余生准备的这间卧室她还是第一次来。

一个人待在房间里难免有些无聊，秦芷爱戴着耳机，靠在床头，忍不住闲闲地打量起这间房子。

这大概是顾余生上学时住的房间，里面摆放了很多奖状和奖杯，从幼儿园到高中，哪个年级的都有。

他的房间里几乎没有照片，秦芷爱找了好几圈，最后在床头柜上看到了一张合影。

是顾余生高中时的毕业照。

秦芷爱一眼就在四十几个穿着一模一样的校服的学生中找到了站在最后一排正中间的顾余生。

他的肤色本就偏白，毕业照又选在了光线明亮的操场上，衬得他整个人的皮肤看起来白得像是在发光。

照片上所有的同学都在对着镜头笑，唯独他歪着头，看着左前方，不知在想什么，脸上的神情略显得有些恍惚。

他的这个模样让秦芷爱一下子就想到当初他送她回家，她磕磕绊绊地对他说出“你，你后天有时间吗？我、我、我想……请你看电影……”后他的反应。

那时的他应该没想到她会说出那样的话，整个人一下子就定了格。

而她在说完后，才后知后觉地意识到自己刚刚在头脑发热的情况下到底做了些什么。她的脸瞬间变得通红，整个人就像是傻了一样，直勾勾地盯着他，忘了收回视线。

她清楚地记得，那一刻的他，就和这张毕业照上一样，歪着头盯着一个方向，像是在恍惚。

沉默在年少的他和她之间不知环绕了多久，她才终于慢慢地回过神来，然后又羞怯又无措地低下了头。

她紧张不安地抓着自己的衣襟，继续等了一阵子，看他还是没有要出声的迹象，她的心渐渐沉了下去。

她这是被他拒绝了吗？

一种无法言喻的难受瞬间席卷了她，她的眼眶一红，不知该做出什么反应。刚准备转身跑进楼里，像是画面一般定格许久的他忽地眨了眨眼睛，出声问：“几点？”

她宛如被点了穴道一样，整个人呆住了。

过了半分钟都没有等到她回话的他，慢慢地转过头去：“下午三点，可以吗？”

其实那时的她，根本没有弄明白他话里的意思，只是看他问自己“可以吗"，她就机械地点了点头。

他看到她点了头，没再继续说什么，而是直接踩着车离开了。

留下她像是一座雕像一样，在楼下站了好一阵子才回过神来。

"几点？"

"下午三点，可以吗？"

她将他说的话在嘴边反反复复念了好多遍，然后她就克制不住地笑出了声。

他答应了她的邀请啊……那是不是代表他对她其实是有些意思的？要不然他怎么没问她家地址就把她送到了楼下？

那一刻的她，就仿佛是拥有了全世界一般，喜滋滋地跑回了家。距离他和她的约会还有两天两夜，可她却忙不迭地打开了衣柜，开始挑选自己那天要穿的衣服。

即使过去了这么多年，秦芷爱依旧深刻地记得那时的自己到底有多开心。

当她想到那一晚在梦里，年少的她抱着被子都笑出声的时候，她盯着床头柜上顾余生的高中毕业照忍不住也跟着笑了起来。

在她自己都没察觉的情况下，她的手一点一点地抬起，冲着顾余生的毕业照伸了过去。

只是她的指尖还没来得及抵达床头柜的边缘，她的手腕就忽地被人狠狠攥住。

秦芷爱的身子一僵，视线从毕业照上本能地就落到了握着她手腕的手上。她的眉轻蹙了一下，顺着那只手一路往上看，然后她就看到了顾余生冰冷惊艳的眉眼。

秦芷爱一下子就愣住了。过了片刻，她才察觉到他手中端着的红糖姜茶，然后整个人瞬间就清醒了过来。

顾、顾余生他是上来看她的吗？他是什么时候进来的？她怎么一点声音都没听到？

随着这些念头一一闪过秦芷爱的大脑，她这才猛地想起了自己耳朵里塞着的耳机。

她是没想过自己会突然走起了神，所以才戴了耳机听歌……就是不知道刚刚她的那些反应，他是不是都看到了？若是看到了，那岂不是代表着他知道她是在装病？

秦芷爱有些心虚又有些心惊地将耳机扯了下来，因为不确定顾余生到底是什么时候进的卧室，她秦芷爱不敢随便开口说话。尽管她已经很努力地让自己的神色看起来淡然自若，可她的指尖还是情不自禁地抓住了被褥，泄露了她的紧张和忐忑。

室内安静了大概半分钟，秦芷爱听见耳边传来一道细微的声响。她掀起眼皮，偷偷地看了一眼，是顾余生将姜茶放在了床头柜上。

他之所以端着姜茶来看他，想必是张妈告诉了爷爷她不舒服，爷爷让他来的吧？如果他要是发现她在装病，肯定会认为又是她用了手段想要和他单独相处……按理说，他应该会大发雷霆才对，怎么他的反应会这么平静？

秦芷爱动了动眉，因为垂着头没看到顾余生的神情，所以有些摸不透顾余生的心思。她犹豫片刻，还是鼓起勇气飞快地看了他一眼。

男子脸上的神情除了冷漠冰淡一些，并没有以往和她单独相处时那么暴戾愤怒。

难道他进屋后，直接就冲着她走了过来，根本没有去留意她的反应，所以根本就没有识破她是在装病？也对啊……刚刚是她太紧张，有些自作多情了。顾余生那么讨厌她，恨不得眼不见为净，又怎么可能会盯着她看呢？

想到这里，秦芷爱暗暗松了一口气，惴惴不安的心稍稍平缓了一些。

顾余生放下姜茶，没说话，也没走开。

在秦芷爱的认知里，就算是她真的生病了，顾余生最多碍于爷爷的面子来做个样子。可是今天他样子都做完了，人怎么还不走呢？

秦芷爱被顾余生反常的举动搞得心里又七上八下起来。

他不发怒，也不离开……难不成是爷爷让他上来陪她的？

秦芷爱想来想去，觉得就这个可能性最大。她暗暗吸了一口气，压下心底的紧张和不安，抬起头，目光平静地迎向顾余生：“今天是爷爷的生日，你去陪爷爷吧，我没什么……”

秦芷爱的话还没说完，顾余生突然就弯腰大力掀开被子，将她猛地抱起。

“余……”秦芷爱下意识地惊呼出声，想喊他的名字。只刚喊出一个字，她就想起上次自己喊他的名字时，险些被他掐死的场景，连忙又改了口，“顾、顾先生！”

顾余生根本没有理会秦芷爱的惊呼，只是面无表情地抱着她下了楼。

下了楼，顾余生没看到顾老先生，直接跟张妈打了声招呼，说带太太去一趟医院。然后也没等张妈回话，就抱着秦芷爱大步流星地出了门。

走到车前，顾余生将秦芷爱一把塞进车里，狠狠地甩关车门。

他上了车，连安全带都没系，直接踩了油门，转动方向盘，速度飞快地驶离了顾家老宅。

坐在车上，秦芷爱望着沿途不断疾速倒退的霓虹灯，心莫名地慌了起来。

她不知道是不是自己太过敏感，总觉得此时的顾余生有哪里怪怪的。

可是她绞尽脑汁地想了许久，却又猜不透他到底哪里怪。

或许真的是她太敏感，想太多了？

秦芷爱皱了皱眉，刚准备收起脑海里的胡思乱想，身体忽地往前重重地一栽，紧接着耳边就传来一道轮胎摩擦地面发出的尖锐的声响。

那声音在漆黑空旷的街道上显得格外刺耳。

秦芷爱听得大脑有些发蒙，愣了片刻，才后知后觉地反应过来。刚刚还疾速行驶的车子，竟然毫无征兆地一个急刹车，生生停在了大马路上。

顾余生怎么好端端的停了车呢？

秦芷爱定了定心神，刚准备转过头去看一眼身边的男子，她的肩膀突然就被一股力道抓住，将她因为急刹车而前倾的身体狠狠地拉回到车座上。她的身体本能地一僵，下一秒就听见腰带解开的声响。

这声响让秦芷爱的心底也跟着升起一股不好的预感，她的大脑空了几秒，然后轰地炸开，瞬间什么都明白过来。

原来，在顾家老宅他没发怒，并不是他没看出来她是在装病，而是他识破了她的计策，没表现出来罢了。

他是因为在老宅怕惊动了爷爷，所以才故意强压怒火，打着带她去医院看病的名义把她带了出来。

现在远离了老宅，他也就没了顾忌，把最真实的情绪和反应都表露了出来。

难怪刚刚她一直觉得他哪里怪怪的呢……在秦芷爱醒悟过来的那一瞬间，她几乎想都没想就伸出手去推车门，企图抢先一步逃开顾余生。

只是男子的反应比她要快许多，她的指尖都还没碰上车门的开关，人就被顾余生再一次抓回到座椅上，并狠狠地压住。

这可是在车里啊……秦芷爱的指尖剧烈地颤抖起来。

她就像是发了疯一般，不管不顾地开始挣扎起来。

车内的空间狭小，她连吃奶的力气都使了出来。别说是推开他，就连动都没能动弹几下。

她一向都不喜欢求人，纵使前几次她被他那般欺负，她也只是默默无声地拼尽全力去反抗。即使最后逃脱不掉，她也是狠狠地咬着牙关，让自己不要发出半点求饶的声响。

因为她知道，他是在报复她、侮辱她，即使她出声求饶，他也不会放过她。

与其求了白求，还不如尽最大努力去挽留住自己仅剩的那一点尊严。

可是现在……他竟然要在停在大街上的车子里……秦芷爱彻底慌了神，甚至颤抖着声音对他出声求饶起来："求你放开我，放开我……我以后肯定会离你远远的……求你……"

他就像是没听见她的乞求一般，压在她身上的力道加重了许多。

他身上的气味很好闻，淡淡的清香中夹杂着浅浅的烟草味，给人一种很干净清新的感觉，是她曾经最贪恋的味道。

可是此时，他身上的气息不断地往她的鼻子里钻，带给她的却只有无穷无尽的惊恐。

秦芷爱刚刚那么拼死拼活地挣扎，体力早已耗得虚脱。现如今他这么一加大力道，她感觉连呼吸都变得困难起来。

她感觉到他的唇落向了她的脖颈，咬住了她的锁骨。前几次噩梦般的画面顿时就涌进了她的脑海，她的身体克制不住地战栗起来，连带着开口的声音都抖得不像话："求你……别这样……我装病不是为了缠着你……"

和刚刚一样，他对她的乞求置若罔闻，他就像是铁了心要置她于死地一般，狠狠地一用力，将她的裙摆生生撕成了两半，发出一道声响。

一种无法言语的绝望和耻辱顿时如同潮水一般，瞬间吞没了她。

或许是委屈，又或许是丢人，她鼻子一酸，眼泪毫无征兆地就砸落了下来：“你别这样，求你了……我发誓，我以后再也不会缠着你了……”

随着她的话语，她的眼泪宛如断了线的珍珠一样，一颗接着一颗，簌簌地坠落不停。

而他的唇原本刚碰上她的唇，还没来得及用力，前一秒还暴戾疯狂的他，下一秒就奇迹般地安静了下来。

她的嘴里似乎呜呜咽咽地说着什么，因为唇被他堵住了，字句含糊，他听不清。

可他却可以清楚地感觉到一股咸咸的液体不断流入他的嘴里。

约莫过了半分钟，他像是突然明白了那是什么，整个人忽地抬起头，盯向身下的女子。

她面色苍白得有些吓人，脸上全是泪水，湿漉漉的睫毛颤得十分厉害。

她像是被吓到了，完全沉浸在自己的世界里，没有察觉到他已经停了下来。她不断颤抖着的嘴里，还在喃喃地念着什么。

这样的画面一下子就刺疼了顾余生的眼睛，他猛地偏过头去，看向了车窗外。

整个车内很安静，只有秦芷爱小声哭泣的声音，细细的，碎碎的，不断地往顾余生的耳朵里钻。一直钻到他的心底，震得他放在她腰上的指尖蓦地颤抖了一下，然后他突然就转回头，盯着她梨花带雨的小脸看了两秒钟，再猛地一翻身，坐回了驾驶座上。

他都已经离开了她的身体，她却还在抽泣。

顾余生突然觉得车里的气氛有些压抑，于是抬起手，降下车窗。

夏季的夜晚，燥热的风徐徐地吹进来，吹得他更加烦闷。他透过后视镜扫到她身上破烂的衣服，那种烦躁就更浓了。他没好气地伸出手，又重重地按了开关，关上了车窗。

然后他就摸出烟，点燃了一支，叼在嘴里抽了起来。

隔着烟雾缭绕，他眼角的余光留意到她的眼泪还在不停地流。

可能是哭得有些久，她肩膀一抽一抽的，嘴里还在嘟囔个不停。那声音实在是太小，他又没多留意，所以不知道她究竟在念叨着什么。

顾余生咬着烟头，盯着不远处的一盏路灯看了片刻，微微将脑袋往秦芷爱的方向稍微挪了一些。

“放开我……求你……”

“别这样……我……离你远远的……”

“不会缠着你了……在哪里都可以，别在街上，求你……”

顾余生凝神听了好一会儿，才从她嘴里零零散散地听清一些话。

原来，她嘴里念念叨叨的话，都是在说给他听的？

顾余生脸上的神情没什么太大的起伏，可他的眼神却变得有些微妙。

她终于被他唬住了是不是？从此以后，她再也不会变着法子来纠缠他了对不对？

这样挺好的，他真的如愿以偿了，目的也达到了……顾余生掐灭了燃到尽头的烟头，又抽了一支塞到嘴里。他拿着打火机去点烟的时候，隐约听见身边的女孩又嘀咕了一句：“我发誓不会缠着你了，我保证能离你多远就离你多远……”

顾余生的手一抖，打火机偏离，冒出的火苗烧到了他的指尖。

他察觉到自己的失态，火气顿时就冒了出来：“那就赶紧给我滚！滚得远远的！”

他的音调有些高，带着几分暴躁，一下子就将一旁坐着的秦芷爱惊回了神。

秦芷爱刚刚沉浸在那种屈辱和惊恐里的时间太久，忽地清醒过来，神思有些恍惚，一时半会儿没弄明白这究竟是怎么一回事，茫然地转头望了一眼顾余生。

她哭得有些久，尽管用的化妆品都是防水的，但妆容还是有些花了。然而这并没有影响到她又大又圆的眼睛，因为哭过，显得格外黑亮，眼角还有泪花在闪。

她这副模样显得楚楚可怜，甚至还有些无辜。

无辜得让他胸膛里的那股无名之火燃烧得更猛。他猛地将手中的烟头冲着车前方的挡风玻璃上狠狠地一甩，接着开了口："不是让你滚吗？听不懂人话是不是？"

随着他凶狠的话语，秦芷爱后知后觉地明白了状况。

不知什么时候，他竟然放开了她，没再继续碰她。

"还坐在这里发什么呆！"听到这句话，秦芷爱的身子僵了一下，像是生怕顾余生等会儿就会把自己再次摁在身下一样，闪电般地伸出手，推开车门，仓皇地跳下了车。

看到她恨不得立刻消失的反应，顾余生森冷着声音，咬牙切齿地又开了口："记住你刚刚说过的话，以后见到我能滚多远就滚多远。另外，惹不起我就别惹。"

秦芷爱的背影微僵了一下，抿着唇没回顾余生的话，只是飞快地将车门关上，迅速往路边退了两步。

她第二次抬起的脚都还没落地，顾余生的车子就猛地窜蹿了出去。

透过后视镜，顾余生看到刚下车的女孩愣愣地站在大马路边上，不知在想些什么。

她身上的衣服被他撕烂了好几处，肩膀、胸口、后背，大片大片的肌肤裸露在外。

顾余生的眉轻蹙了一下，猛地就踩了刹车。

他摸了一支烟叼在嘴里，找到打火机，刚想点燃，忽地又将烟吐了出来，然后推开车门，下了车。

他反手甩关车门，冲着被他甩在车后一段距离的她走去。

他一边走还一边抬起手，解开自己身上的西装纽扣。

在离她还有两米远的时候，他停了下来，然后将脱掉的西装往她站着的方向一丢，只字片语都没留，就转身冲着自己的车子走去。

顾余生走出没两步，身后突然就传来她的喊声，音调有些急：“顾余生！”

他脚步微微一顿，没回头。刚准备继续迈步朝前走，突然感觉一双手推向他的后背，力道很大，将毫无防备的他推得往前硬生生挪出了好几米。

顾余生踉跄了两步才稳住身体，然后他就听到身后传来“砰”的一声。

一股极其不好的预感涌上了顾余生的心头，他全身僵了一下，猛地回头，就看到街道正中央，他刚刚被推开的地方，停了一辆蓝色的福特。

福特的车头前方约莫两米处躺了一个人。

那人左手边的不远处，散落着一件衣服。

那衣服他再熟悉不过了，是他刚刚脱下来丢给梁豆蔻的那件西装外套。

所以，躺在那里的人是……梁豆蔻？

他把外套丢给她，转身离开后，她之所以喊住他，是因为有车来了？

随着顾余生的大脑转动，他的耳边又响起了梁豆蔻的那声“顾余生”。

顾余生的身体微微晃了一下，靠在了身后的路灯上。昏黄的灯光从他的头顶倾泻而下，将他惊艳俊美的容颜照得迷离而又模糊。

他脸上的神情很平静，没有任何的情绪波动，眼睛一眨不眨地盯着地上的那件西装外套，整个人安静得看起来像是一幅定格了的画。

福特车的车主显然也被突如其来的车祸给吓到，坐在车里呆滞了好一会儿才推开车门，慌慌张张地下了车。

躺在地上的秦芷爱一动不动。

车主摸不清她是不是还活着，心里怕得厉害，慢慢地挪到秦芷爱的身边。然后他缓缓蹲下身，将手伸向秦芷爱的鼻子。

车主都还没探出秦芷爱的呼吸是否还在，闭着眼睛躺在地上的秦芷爱却先缓缓睁开了眼睛。

车主看到秦芷爱醒来，明显松了一口气："小姐，您还好吗？"

秦芷爱迟钝了好一会儿才反应过来究竟是怎么一回事，她本能地动了动脑袋，四处望去。当她看到站在路边倚着路灯站着的顾余生时，神情明显松懈了许多，然后才将视线对准车主，回了他刚刚的问话："我……还好。"

"那就好，那就好。好险，好险……"车主越想越后怕，连续重复了好几遍"好险"，然后才突然像是想起了什么一样，急急忙忙从口袋里翻找出手机，"我立刻叫救护车，还有报警……"

"不用，不用了……"秦芷爱轻轻地动了动，发现没有哪里骨折和断裂，又继续开口，"你直接送我去医院吧。"

"哦，好。"车主愣愣地回完话，过了一小会儿才彻底反应过来，然后急忙伸出手，将秦芷爱从地上搀扶了起来。

秦芷爱起身的动作惊扰了站在一旁宛如雕塑一般始终没有任何反应的顾余生。

他的视线缓缓地从西装外套移到了秦芷爱的身上。

她身上原本被他撕烂的衣衫，经过地面的摩擦，变得更加破碎不堪。

她裸露在外的白皙的肌肤上血迹斑斑，几乎没有一处是完好无损的，甚至还有好几串血珠顺着她左边的小腿肚往下流淌。

尽管肇事车主搀扶着她，可她还是走得很慢，左腿一瘸一瘸的。

看着这一幕，顾余生的手情不自禁地握成了拳。

他就像是中了邪一般，盯着她的身影，脑海里再次回荡起她那句又急又响的“顾余生”。

她在喊出他的名字的时候，就已经冲着他飞扑过来了吧？那她大力地推开他时，有没有想过自己会出现危险？

随着这个念想在他的脑海里闪过，他感觉自己的左胸膛像是被什么东西狠狠地击中了一般，猛地收缩了一下，然后他忽地就站直了身子，三步并作两步地追上前去，一把抓了秦芷爱的胳膊。

靠得近了，他才看清楚，她的面色格外苍白，大概是身上的受伤处疼得厉害，她的唇瓣在微微颤抖，额头上冒出一层细密的汗珠。

他紧绷了一下唇，没有说话，只是快速地蹲下身去，掀开她的裙摆，握住了她的左腿。

他的掌心滚烫炙热，她整个人轻轻抖了一下，脚下意识地往后挪了一下。

他微微加重一些力道，阻止了她的动作，然后侧头，看向了她的腿肚。

伤口有些深，肉翻开了，应该是被尖锐的小石子给划伤的，血不断地往外冒着。

顾余生微蹙了一下眉，下一秒就伸出手扯住了自己衬衣的一角，一个用力，伴随着一道“刺啦”声撕下了一块长方形的布条，捆绑在了秦芷爱的伤口处，简单地做了一个止血。然后他就站起身，连个意见都没询问，直接一言不发地将她打横抱起，大步流星地走到自己的车旁，拉开车门，将她塞了进去。

去往医院的路上，秦芷爱和顾余生没有任何语言交谈。

抵达医院后，顾余生先将秦芷爱送去了脑外科，在等待脑部CT结果的过程中，秦芷爱想了想，还是拿手机给周婧发了一条短信，告诉她自己出了事故，现在在医院。

短信发送成功后，秦芷爱盯着手机抿了抿唇，抬起头对着站在不远处望着窗外的顾余生开口道：“我给周婧发过短信了，她等会儿就到，你……如果有事要忙的话，可以先去忙。”

其实这句话，在他的车子停在医院门口的时候，她就想说了。

因为在车上的时候，她全身的多处伤口忽地疼得尖锐起来，她明显感觉自己的体力渐渐有些不支，那时她就怕自己会在他面前突然昏过去，所以一直都咬紧牙关硬撑着。

只是下车时，他连让她开口的机会都没有，就直接抱起她进了医院。紧接着就是一系列烦琐的检查，直到现在才有了开口的机会。

她其实不是不想让他陪，她这些年来做梦都想他能陪在自己身边，可是她心里很清楚，他有多厌恶和现在顶着别人身份的她在一起。

她想，若不是自己刚刚救了他，即使她受了伤，他也未必肯送她来医院吧？

更何况，就在他送她来医院之前，他刚刚才对她说过，以后见到他，能滚多远就滚多远呢。

能滚多久就滚多远……他会不会以为她刚刚的出手相救支是纠缠他的另一种手段？

她是真的怕极了他会曲解，所以还是解释清楚比较好，免得到后来遭殃的是自己。

秦芷爱垂了垂眼帘，犹豫了一下，最后还是动了动唇，又轻声说：“今晚只是一个意外，我没别的意思，救你并不是想着要和你纠缠不清。”

顾余生在听到秦芷爱第一句话的时候，眉就轻蹙了起来，她这是在赶他走吗？

在大马路上的车里，听到她嘴里不断喃喃地反复念 “我发誓不会再缠着你”时，心底莫名浮现的那种躁怒此时又冒了出来。

他没理会她，而是伸手摸了一支烟，叼到嘴边刚要点燃的时候，又想起这是医院，禁止吸烟。

他心烦意乱地又将烟从嘴边拿了下来，刚准备塞进烟盒里，就听见坐在他身后的秦芷爱又开了口：“今晚只是一个意外，我没别的意思，救你并不是想着要和你纠缠不清。”

顾余生放烟的动作蓦地停了下来。

顾余生的沉默让秦芷爱不知道他到底有没有在听她讲话，她咬了咬唇，停顿了一会儿，又继续开口：“而且今天就算是换成别人，我也会做出相同的举动……”

秦芷爱的话还没说完，顾余生忽地将手中的烟连带着烟盒一并重重地扔到了一旁的垃圾桶里。

说是扔，其实更像是砸。

秦芷爱知道，这样的顾余生是又来脾气了，她吓得立刻噤声。

如她猜的那样，顾余生下一秒就转过头，看向她的眼神凶狠得仿佛要将她撕碎一般：“既然没想和我纠缠不清，那以后我的事就少管！”

秦芷爱脸上的血色褪得一干二净，手不由自主地紧握成拳。她的这个举动牵引了身上的伤口，原本就不断叫嚣的疼痛变得越发肆意尖锐，致使她的身体不受控制地颤抖起来。

秦芷爱的身体摇摇欲坠，似是随时都会昏过去。

顾余生眼角的余光扫到这一幕，嘴里本放着狠话，没经过任何思考突然就没了声音。

他安静了两秒，才意识到自己说着说着话竟然停了下来。

他的脾气一向不好，他知道自己冒起来火，不管对方是谁，说话从来都不客气。

可刚刚他竟然因为她停了下来……加上车里的那一次，这已经是他今天第二次失态了……他是中了什么邪吗？

顾余生一烦躁，就习惯性地想要抽烟。他本能地抬起手去摸自己的胸口，拍了两下，才想起刚刚他把烟盒扔到垃圾桶里了。

他绝对是中了什么邪，今晚竟然频繁出岔子……顾余生暴躁地将手叉在腰上，左右看了两眼，恰好看到周婧从电梯里走了出来，然后就头也不回地迈开步子扬长而去。

幸好福特车主在看到前方有人时踩了紧急刹车，虽然撞倒了秦芷爱，但并没有撞到要害，都是一些皮外伤。只是有些地方伤得比较严重，尤其是被顾余生绑住止过血的小腿，被缝了七针。

从医院出来，已是深夜十一点，周婧开车将秦芷爱送回了顾余生的别墅。

车停稳后，秦芷爱道了一声“再见”，刚准备去推车门，周婧忽地喊了她的名字：“秦小姐。”

自从秦芷爱变身为梁豆蔻，周婧怕出岔子，吩咐所有工作人员一律喊秦芷爱“梁小姐”或是“小蔻”，就连私底下也被强制性要求这样称呼。

可是现在，她竟然客套地喊了她原本的名字。秦芷爱愣怔片刻后，才转头看向周婧。

周婧微微笑了一下，开口道：“看来秦小姐还知道自己是秦小姐。”

周婧这话明显是话里有话，秦芷爱抿了一下唇，没出声。

“秦小姐，虽然你现在是梁豆蔻，但你并不是真正的梁豆蔻，等到小蔻回来以后，你所拥有的一切都是要还给她的。所以我希望你能记住自己本分，不属于自己的东西不要痴心妄想。”顿了顿，周婧又像是怕秦芷爱没听懂一样，补充了一句，“在我的印象里，小蔻不管对顾余生怎样死缠烂打，顾余生可是从没让她上过一次他的车，更别提送她来医院了。”

“还有，如果我没记错的话，小蔻临走之前应该告诉过你吧，你只需要维护好顾老先生那边就好，顾余生这里，你最好不要去招惹。”

听到这里，秦芷爱算是明白了过来。

周婧今天去医院时看到顾余生了，她这是怕她和顾余生扯上了什么关系，影响了梁豆蔻顾太太的地位。

“你误会了，今天是顾老先生的生日，我和顾先生去给他庆生的时候出了车祸，我救了他。”秦芷爱只挑了重点说。

周婧点点头，“哦”了一声。过了一会儿，她转头冲着秦芷爱扯出一抹笑:“我也没什么别的意思，就是给你提个醒，希望你别忘了我们当初的约定，也别忘了你们家的高利贷每个月都需要从我和小蔻这里拿钱去还。”

周婧这话看似说得温温柔柔的，秦芷爱知道，实则字里行间全是给她的警告。

若是她和顾余生真的有点什么，那么她就别想从她和梁豆蔻的手里拿到钱。

秦芷爱的指尖微弯了一下，神色平静地点了点头:“我知道。”顿了顿，她又开口，“没事的话，我先下车了。”

“好，再见。”

“再见。”秦芷爱关上车门，没等周婧的车开走，就径自转身踏进了顾余生别墅的院里。

第八章
在记忆中找你

秦芷爱受了伤，无法参加通告，只能在家休息。

前两天伤口疼得夜里时常休息不好，一直到第三四天的时候，擦伤不算严重的地方开始结痂转好，疼痛才渐渐消退。

七天后，秦芷爱去医院复查，小腿肚上的伤口愈合得很好，拆线后留下了一道扭曲丑陋的伤疤。

七天前，顾老先生生日的那一天，因为蒋纤纤的缘故，秦芷爱没能给顾老先生庆生。

梁豆蔻离开北京时，千叮万嘱她务必要讨顾老先生的欢心，所以秦芷爱从医院出来后，直接开车去了顾家老宅。

秦芷爱没提前打招呼，到达的时候不过才中午十二点，但老宅的午饭时间就已经过了。

顾老先生看她过来，很是开心，一边招呼她坐下陪自己聊天，一边吩咐张妈去厨房准备她爱吃的菜。

说是她爱吃的菜，其实都是梁豆蔻喜欢吃的。

饭快准备到一半的时候，顾老先生意识到来的只有秦芷爱一人，就随口问了句："怎么想起今天过来了？余生知道你过来吗？"

"他去公司了，不知道我过来。"说完这些话后，秦芷爱发现，自己简直是脸不带红心不带跳的。

其实这些天她压根儿就没见到过顾余生的人影，哪会知道他的行程。

她扮演梁豆蔻的这些日子里，不单单是演技上升，就连撒谎的本事都直接提升到了一流。

秦芷爱在心底自嘲了一下，微垂了眼帘，让神情显得越发镇定："我也是上午在家无聊，想到爷爷生日那天我身体不舒服提前走了，所以就过来看看您。"

"还是小蔻最体贴爷爷，比余生懂事多了。"顾老先生听完秦芷爱的后半句话，开心得合不拢嘴，然后他突然像是想到了什么一样，冲着厨房喊了一句："张妈，你再多做两道菜，做余生爱吃的。"

随着张妈的应答，顾老先生转过头看向秦芷爱："正好，你一个人吃饭无聊，等会儿让张妈把饭菜给你打包了，你带去公司找余生一起吃。"

给顾余生去送饭？

顾余生最烦的就是她没事凑到他面前转，现在爷爷让她拎着饭盒跑去他的公司找他吃午饭，不就等于让她送上门去找虐？

顾老先生的话让秦芷爱仿佛是被人拿着电棒狠狠地电击了一下，全身暗暗地打了个寒战，想都没想就开口说："现在都已经快一点钟了，他应该已经吃过午饭了吧。"

"不会，余生在公司的生活习惯我知道，怎么也得一点多才会去吃饭。

你现在赶过去，时间绰绰有余。”顾老先生笑呵呵地冲着秦芷爱胸有成竹地保证完后，就转头冲着厨房，帮她擅自做了决定：“小张，等会儿把饭菜都装到饭盒里，小蔻要去公司。”

“爷爷……”秦芷爱还想再说点什么，打消顾老先生让自己送饭的念头。她刚喊了两个字，顾老先生就奇怪地望了她一眼，有些意外地说：“咦，以前你有事没事就喜欢往我这儿跑，特意让小张准备好饭让你拎着去公司找余生的，今天这是怎么了？”

秦芷爱听得心里“咯噔”了一下，忙把嘴边的话生生地压了下去。原来梁豆蔻以前经常干这种事啊，难怪顾老先生会突然提出让她去给顾余生送饭……秦芷爱怕自己露出破绽，急忙乖巧地冲着顾老先生笑了笑，改了嘴里原本要说的话：“没有，我是想说，让张妈装点她做的酱菜，余生喜欢吃。”

听秦芷爱这么说，顾老先生的神情瞬间舒展了，他一边吩咐厨房里的张妈别忘了装酱菜，一边又指了指电视机旁的座机冲着用人说：“去，给小少爷打个电话，告诉他少奶奶一会儿过去给他送饭……”

“是，老先生。”用人应完，冲着电话走去。

她虽然答应了爷爷，可并不代表她真要去给顾余生送饭啊……秦芷爱原本被顾老先生那纳闷的询问搞得提起的心还没落定，忽地又狠狠地被拽到了最高峰。于是她没有任何停留地脱口而出一句：“等一下！”

顾老先生和用人齐刷刷地转头，有些疑惑地看向秦芷爱。

秦芷爱这才意识到自己刚刚的反应过于激动，她的大脑只是空白了一秒，随后就想到了对策，开口说：“我要自己告诉余生。”

然后，秦芷爱摸出手机，找到顾余生的电话号码，开始编写短信。

顾老先生以为秦芷爱是想借着这个机会和顾余生聊聊天，顿时冲用人摆了摆手，示意他不用了。

秦芷爱一边暗暗地替自己捏了一把汗，一边冲着手机装模作样地按了两下，然而实际上根本就没把短信发送出去，就将手机给收了起来。

拎着饭盒从顾家老宅出来，秦芷爱笑得要多灿烂就有多灿烂地和顾老先生道了别，这才发动车子，不慌不忙地冲着顾氏企业公司的方向开去。

开出约莫两个红绿灯后，明知道早已看不见顾老先生的身影，秦芷爱还是微微侧头，透过后视镜往后看了一眼，确定已经离顾家老宅很远，然后便在前方的路口拐了弯，选择了与顾余生公司相反的方向。

她在顾家老宅说的那些话，做出的那些反应，不过都是演给顾老先生看的。

她自始至终动都没动过去顾余生公司给他送饭的念头。

又或者是，不是动都没动过，而是压根儿就不敢动。

从前，是他和她的身份悬殊太大，她根本高攀不上他的世界，只能远远地站在他的世界外看着他。

如今，她顶着一个和他门当户对的千金大小姐的身份，仍然无法靠近她。

他和她之间，大概就是传说中的那种“情深缘浅”吧。只不过情深的是她，缘浅的是他和她罢了。

秦芷爱压了压心底翻滚起的微微酸涩，将车子停在了一处几乎没什么人走动的路边，然后拿了副驾驶座上的餐盒打开，一个人坐在车里吃了起来。

张妈准备的是两个人的餐，她一个人吃不完，可她还是死命地让自己多吃一些，直到餐盒里的饭没剩多少才停了下来。

她靠在驾驶座上，抬起手，摸了摸撑得发胀的肚子，然后找了一副墨镜戴上，拿了两瓶矿泉水，抱着饭盒下了车。她先是将剩余的饭菜先倒进了路边的垃圾桶里，然后拿着矿泉水将饭盒冲洗干净，又抽了纸巾擦干，才回到车上。

关好车门，秦芷爱拿出手机看了一眼时间。距离从顾家老宅出来，不过才过了一个小时。她索性将驾驶座放平，定了一个闹钟，闭上眼睛午休起来。

车子就停在路边，到处都是噪音，她根本就睡不着，闭着眼睛胡思乱想了不知多久，闹铃响了。

这说明，距离她从顾家出来已经过了两个半小时……这段时间足够她和顾余生吃顿饭和从公司到老宅的往返了。

她可以带着洗干净的饭盒回老宅交差了……这么想着，秦芷爱就调好座椅，发动了车子。

直到秦芷爱的车子在前方的路口右拐后，她刚刚停车的马路对面，一辆车里传来一道恭敬的声音："顾先生？"

坐在车后座上的顾余生稍顿了片刻，才将视线从窗外转了回来。他透过后视镜，扫了一眼坐在前面的司机小王，没出声，而是伸出手从兜里摸了烟盒，抽出一支烟塞到嘴里，再拿着打火机点燃。

在扔下打火机的时候，顾余生顺势将右手边的车窗降下，他冲着窗外缓缓地吐烟圈时，又往自己刚刚盯着的方向看过去。

那里空荡荡的，刚刚停在那里的红色宝马已经开走了。

最早发现那辆车的不是他，而是司机小王。

他前几天来看爷爷的时候把一份文件落在了老宅，今天下午的会议恰好要用到，所以就趁着中午休息的时间，让小王开车拐去了老宅。

刚进家门，爷爷就很意外地看着他，来了句："小蔻不是给你发过短信，说去公司给你送饭了吗？你怎么又跑过来了？"

听了这话，他也很诧异。随后他就想到，她的电话号码早被自己拉黑了，她发的短信他怎么可能会收到，于是就模棱两可地糊弄了爷爷，拿着文件离开了顾家老宅。

因为知道她是去公司给他送饭了，所以出了老宅后，他没让小王直接往公司走，而是往反方向兜了一个圈。谁知开到一半的时候，小王竟然“咦”了一声，然后就脱口而出一句：“是梁小姐。”

他纯属本能地掀起眼皮，往车窗外看了一眼。果然如小王说的那样，梁豆蔻的车子就停在街道的对面。

他本是没上什么心的，刚准备收回视线，眼角的余光就透过挡风玻璃看到了坐在车里正低着脑袋吃东西的她。

当时的他根本没过多地思考，嘴里就吐出一句：“停车。”

然后他就坐在车里，隔着车窗，盯着她看了两个多小时。

爷爷不是说她去公司给他送饭了吗？怎么她一个人坐在车里把饭吃了，甚至还把饭盒给洗了？吃完饭后的她也没急着离开，竟然还悠闲地躺在车里睡了一觉？

“顾先生？”小王大概是觉得车子在这里停留的时间过久，又出声喊了一句顾余生的名字。

顾余生轻轻眨了眨眼，将深思给收回来，夹着烟送到嘴边吸了一口，然后望了一眼秦芷爱车子开走的方向。

那是顾家老宅的方向……她那饭盒也是顾家老宅的……难不成她是回去送饭盒了？

顾余生冲着垃圾桶轻弹了一下烟灰，然后掀起眼皮，冲着前面的小王不冷不热地说了句：“掉头，再回一趟老宅。”

不是刚从老宅出来的吗？怎么又要回去？

小王一边发动车子，一边诧异地透过后视镜看了一眼坐在后面的顾余生。

男子俊美的脸上透出的淡漠的神情让人根本猜不出他心里此刻到底在想些什么。

车子刚开进顾家老宅的院里，小王就看见了梁豆蔻的车子，他刚想来句“真巧，梁小姐也在”，随后就像是明白过来什么一样，把话又咽回到肚子里。

顾先生是在看到梁小姐的车后让他停下了车，直到梁小姐的车开走，他才出声让他回老宅的。想来顾先生是知道梁小姐在老宅才过来的吧，只是……顾先生不是一直都很讨厌梁小姐吗？

小王越想越迷糊，将车停稳后，忍不住又透过后视镜悄悄打量了一下顾余生。

顾余生此时掐灭了烟，示意小王等在车里，一个人下了车。

他没敲门，而是自己输入密码打开了屋门。他刚往里迈了一步，就停了下来。

“吃了，张妈做的都是余生喜欢吃的，他全吃光了呢！吃完饭后，我本来还想在公司多留一会儿的，但余生他下午还有会要开，我在那里会妨碍他工作，所以就回来了……”

刚刚还在纳闷梁豆蔻把车停在大街上后那一系列的举动是什么意思的顾余生，在听到从屋里传来的她的话语时，瞬间明白了过来。

她对爷爷说是去公司给他送饭，实际上并没想着要去……她在大街上把饭吃完，再把饭盒洗干净，还休息了一个小时，不过就是为了回到老宅见爷爷的时候，好让戏演得更逼真，就好似她真的去过公司，还和他一起吃过饭一般。

以前的梁豆蔻可不是这样子的啊，她明知他烦她烦得要死，但偏偏就像是感觉不到一般，只要逮住机会就往他的公司跑。

可是今天的她……只是片刻，顾余生就想到，七天前，爷爷生日的那一晚，在车上，她被他那样的举动吓得全身哆嗦，嘴里喋喋不休地嘀咕："我发誓不会再缠着你了，我保证能离你多远就离你多远。"

顾余生的眼神渐渐变得有些深邃，他刚才竟然没想到，她在大街上那一系列的举动，其实不过就是为了在不惊扰爷爷的情况下避开他，不去打扰他……所以，如他所愿，她是真的做到了，不再缠着他？

"爷爷，你午休过了吗？那我陪你下会儿棋吧？"屋里的对话换了话题。

顾余生回神，没往里走，而是往后退了两步，轻轻地将门带上，转身踩着台阶，走回了车旁。

拉开车门，顾余生坐上车的时候，小王转过头，神情古怪地望了他一眼。

顾先生明明都到了老宅的屋门口，可为什么只是在门口站了一会儿，就又走了？

小王有很多疑惑想问，却又不敢问，只是等着顾余生坐好后，发动了车子。在开出老宅院门口的时候，他才出声："顾先生，我们回公司吗？"

顾余生还沉浸在自己的思绪里，不知道在想些什么，没回应小王。

小王也就没再问，而是直接往公司的方向开去。

行驶了约莫两千米后，顾余生习惯性地找了支烟，又抽了起来。

小王一边注意前方的路况，一边偷偷地观察顾余生。

他总觉得这一刻的顾先生和平日里看起来有些不同，可他又说不出来究竟是哪里不同。

车子快要开到公司楼下的时候，顾余生突然出声："回一趟家吧。"

顾先生自打梁小姐住进他家后，除了梁小姐去剧组的那两个月不在家之外，他几乎就没回过家，这会儿怎么突然想着要回家了？

"啊？"小王一时没控制住情绪，惊讶出声。下一秒，他就意识到自己的失态，急忙改口，"是的，顾先生。"

然后他将原本要踩刹车的脚收了回来，冲着顾先生家的方向开去。

一直到车子停稳在顾余生别墅的院里，顾余生下车进了屋，小王在倒车离开的时候，才猛地想起，刚刚顾先生在车上抽烟时，之所以给他的感觉和平日里不同，是因为他那模样，好像是在茫然……茫然？对，就是茫然，像是想不透什么事情一样的茫然。

秦芷爱没在老宅吃晚饭，下午四点半的时候，她开车回了顾余生的别墅。

虽然还没到下班的点，却也接近了下班点，路上有些堵，平常四十分钟的路程，秦芷爱走了一个半小时才到家。

在车库里停好车，秦芷爱乘坐电梯直接上了二楼。

在电梯口换了拖鞋，秦芷爱拎着包走向卧室。

刚推开门，人都还没往里走一步，一股浓重而又刺鼻的烟味就迎面扑了过来。

秦芷爱的眉轻蹙了一下，随后就像是想到了什么一样，抬起头往屋里看去。

顾余生跷着二郎腿，坐在沙发上抽着烟。他面前的烟灰缸里堆满了大大小小的烟头。

窗户开着，夏季傍晚的风吹动着窗纱，不断地飘，时不时地扫过他的肩膀。

秦芷爱站在门口震惊了好一会儿才缓过神来。

顾余生……他、他怎么会在家？

就在她踌躇着，不知道该进去，还是该离开的时候，顾余生似是察觉到了动静，微微偏了一下头，眼角的余光捕捉到了她的身影。

秦芷爱的身子本能地一僵，过了一小会儿，她才动了一下唇，想要开口跟他打声招呼。可她随后又想到，他巴不得和她把关系撇得干干净净呢，未必会稀罕她的招呼，于是微垂了一下眼帘，遮掩住眼底的黯淡，将打招呼的念头又打消了。

秦芷爱沉默无声地站在门口，始终都没有进屋。

顾余生也一直都没有说话的意思。

整个房间里静得一塌糊涂。

渐渐的，秦芷爱觉得自己有些撑不住了，紧张得掌心都出了一层汗。

她暗暗咬了一下牙，想了许久，终于想到一个说辞。她抬起眼皮，刚想对着顾余生开口，和她同样沉默了许久的顾余生却冲着她招了一下手："你过来一下。"

这好像是她住进他家的这三个多月时间里，他第一次主动跟她心平气和地讲话吧……秦芷爱受宠若惊地看了一眼顾余生，然后就收回了视线，耷拉着眼皮，在门口稍微停顿了一会儿，才迈着步子慢慢走进屋里。

离顾余生越近，烟味就越重，秦芷爱就越不安。

她终究还是没勇气靠他太近，在距离他还有一米多远的时候就停了下来。

顾余生咬着烟扫了秦芷爱一眼，然后停顿了片刻，从兜里摸出来一个信封，递给了她。

秦芷爱有些不解地先望了一眼顾余生，看他没有任何要解释的意思，才伸出手接过了信封。她低下头，微微将信封打开了一个小口，看到里面放着厚厚的一叠钞票。

他给她钱做什么？

就在秦芷爱盯着信封里的钱发愣的时候，管家上了楼，敲了敲门，打破了室内的寂静："顾先生、小姐，晚饭准备好了。"

"嗯。"顾余生应了一声，示意管家先下去。然后他微抬了一下头，望了一眼盯着信封发愣的女孩，微顿了顿神，随后就将烟头摁灭在烟灰缸里，站起身，淡淡地给了她一句解释，“那钱是医药费。”

再然后，他也不管她听清没听清，就径自绕过她，出屋下了楼。

那钱是医药费……这几个字在秦芷爱的脑海里转了两圈，她瞬间想起，出车祸的第二天，她听到他跟人打电话时说的那些话：“昨天花了多少医药费，我让秘书给她送过去，免得我欠了她东西，她借机跟我纠缠不清。”

所以，他第一次主动跟她用正常的语气说话，只是为了解决自己和她之间仅有的瓜葛。

可是他又知道吗？那一晚，她不是用梁豆蔻的身份救的他，她是用那个曾经被他爽约两次，就算是被他忘得一干二净，却还不死心地惦记了他八年的秦芷爱的身份救的他。

秦芷爱不知道自己拿着信封发了多久的呆，等到她回过神的时候，窗外已漆黑一片。

她将信封随意地扔在了梳妆台的抽屉里，然后转身下了楼。

秦芷爱走到餐厅的时候，没想到顾余生还坐在餐桌旁吃晚餐。他听到动静，抬起眼皮冲着她瞄了一眼，脸上的神情没有丝毫变化，就仿佛她根本不存在一样，低下头，继续一手端着碗喝汤，一手滑着手机屏幕看新闻。

“小姐，您要吃什么？”管家拉开了顾余生对面的椅子，“和顾先生一样吃面，还是吃米饭？”

住进顾余生的别墅三个月以来，除了当初一起在顾家老宅吃过一顿饭以外，秦芷爱和顾余生还没在同一张餐桌旁待过。她脚步凝滞了一会儿，然后走到餐椅前坐下，轻声细语地对管家回：“米饭吧。”

“好的，小姐。”管家应完，很快就麻利地给秦芷爱端来一碗米饭。

秦芷爱很小声地说了句“谢谢”，拿起筷子，微低着头，扒起了饭。

餐厅里很安静，除了偶尔筷子碰触到盘子发出细微清脆的声响外，再无其他动静。

秦芷爱来的时候，顾余生碗里的汤没剩下多少，他盯着手机屏幕看了片刻，就仰头一口喝完，然后放下碗，起身走了。

或许是中午吃得太多，又或许是因为顾余生在的缘故，秦芷爱一点胃口也没有。她一个人守着一张大餐桌，硬逼着自己吃了小半碗饭，才放下了筷子。

她没急着起身，而是在餐椅上坐了一会儿。等到管家进来后，才低声问了一句："他……在做什么？"

她本是想问"他走了吗"，话到嘴边意识到不妥，才又改了。

"先生吗？他在客厅看电视。"

听到管家的回答，秦芷爱面色平淡地"哦"了一声，没再说话，可心里却稍稍有些忐忑起来。

她又继续在餐厅里坐了一会儿，才强压下心底的起伏，走出了餐厅。

顾余生坐在沙发的正中间，跷着腿，正在看最近热播的奥运会。

电视里正在播的是乒乓球比赛，他把声音调得很小，时不时会传来一阵观众的呼叫声。

顾余生也许是看比赛看得入了迷，并没有留意到秦芷爱从餐厅里出来。

秦芷爱站在不远处盯着他看了一会儿，发现他始终没有要离开的迹象，就歪头冲着一旁的落地钟看去。

都已经九点多钟了，这么晚他还没离开，难道是……今晚要留在家里睡的意思？

她住的那间房是他的主卧……所以，如果今晚他睡在家里，那她就得和他睡在同一间房的同一张床上？

同一间房的同一张床上？

这几个字刚闪过秦芷爱的大脑，她就想起顾余生曾在那张床上对她做过的事。

一种说不出的紧张和恐慌瞬间席卷了她，不过短短几秒钟，秦芷爱的掌心就冒出一层密密麻麻的汗。

秦芷爱知道，那几次顾余生之所以那般狠地对她，是爷爷让他回家的缘故。

今天是他主动回的家，他又会怎样对她呢？她还是没胆量和他在同一张床上相处……不过，他应该也不愿和她睡在一起吧，而且他也说过，见到他，她能离他多远就离他多远……尽管这已是早知的事实，可想到的时候，秦芷爱的心还是微微刺痛了一下。

那是他的卧室，她总不能赶他走……秦芷爱垂着眼帘，盯着自己手中拿着的手机看了一小会儿，然后抬起头，刚准备喊管家给自己泡杯茶，就看到管家端着果盘从厨房里走了出来。

秦芷爱还没开口讲话，管家就先笑眯眯地出了声：“小姐，您和先生一起吃点水果吧？”

秦芷爱轻轻摇了摇头，眼睛往顾余生坐的方向瞟了一下，然后才轻声细语地开了口：“不了，我还有剧本没背，过两天要用，我先上楼了。”

顿了顿，秦芷爱又把刚刚要说的话给说了出来：“你泡杯茶，送到二楼的阳光房去。”

“好的，小姐。”

秦芷爱微微笑了笑，没说话，收起手机就上了楼。

在她的身影消失在楼梯拐角处时，一直坐在沙发上保持着跷着腿的姿态动也没动过的顾余生微微偏了偏头，冲着楼梯看了一眼。他脸上的神情没有任何变化起伏，过了大约半分钟，他收回视线，伸出手摸到桌子上的烟盒，点燃一支，一边抽，一边继续看电视。

顾余生十一点钟关了电视，去餐厅倒了一杯温水喝过后，才上了二楼。

在推开卧室的门时，他转头往走廊尽头的玻璃阳光房看了一眼。

吊灯亮着，发出明晃晃的光，女孩坐在藤椅上，捧着剧本，看得认真。

她周围的绿植长得郁郁葱葱的，有几盆栀子花和茉莉开得正好。

停留了不过十秒钟，顾余生就移开了视线，握着门把的手稍微停顿了一下，然后就开了门，进了屋。

他泡了个舒服的热水澡从浴室出来时，卧室里还是只有他一个人。

顾余生冲着窗外看了一眼，周围的灯光都已熄灭，只有旁边的阳光房有淡淡的灯光散落出来。

顾余生习惯性地又找了一支烟，点燃，然后站在阳台上，盯着阳光房散发出的淡淡的光晕，慢慢吞吞地抽了起来。

烟燃完，阳光房的灯还没有半点要熄灭的迹象。顾余生双手撑在栏杆上，盯着灰蒙蒙的夜空稍站了片刻，然后就收回了视线，面色淡淡地转身回了卧室，上床关灯。

一觉醒来，窗外天色已大亮，顾余生摸到手机，半眯着眼睛看了一眼时间，清晨七点半。

他掀开被子下床的时候，才注意到床上只有他一个人。

顾余生没太多顿留，只是轻蹙了一下眉，就直接走进浴室。

洗漱完，顾余生挑了一身黑色的西装穿上，一边打领带，一边朝着卧室的门口走去。

打开门，刚往外迈了一步，就听见管家的声音从楼道的尽头大惊小怪地传了过来：“小姐？您怎么睡在这里？”

顾余生打领带的动作停了下来，顺着声音转头看去，就看到昨晚坐在藤椅上看剧本的女孩已被管家吵醒。她似乎还没缓过劲来，神情略显得有些茫然。稍过了一会儿，她才冲着管家柔柔地一笑，轻声细语地说："昨晚背剧本背晚了，没想到竟然在这里睡了过去。"

"也不盖床毯子，不知道有没有着凉……"管家一边心疼地说着，一边突然失声了一句，"小姐，您看您身上被蚊子咬得全是包，脸上也有，我去给您拿药水涂一涂……"

"没关系。"女孩叫住管家，脸上的表情显得有些挣扎。过了一会儿，她还是问出了声，"顾先生呢？他……醒了吗？"

"已经醒了，刚刚我过来的时候，往卧室里看了一眼，床上没人，估计是在洗漱。"顿了顿，管家又说，"早餐已经准备好了，小姐，您现在要下去用餐吗？"

"不用了，我还有点剧本没背完，早上的记忆力比较好，我背好了再下去。你先去喊顾先生吃饭吧……"

她的话还没说完，顾余生就将视线转了回来。他一边往楼下走，一边继续若无其事地打着领带，只是漂亮的眉眼之间泛出一抹冰凉，衬得本就有些高不可攀的他看起来越发凉薄疏冷。

顾余生走了一半楼梯的时候，管家从楼上跑了下来。看到他，立刻停下脚步："顾先生早。"

顾余生却仿佛没有听到管家的话一般，朝着楼下继续走。

管家习对他这般不理会的模样早习以为常，继续问："顾先生，早餐已经准备好了，您现在要吃吗？"

顾余生打了好几次领带都没打好，在听到管家的这句话时，他突然想起刚刚在楼上阳光房里她和管家说的那些话。他的手不禁一抖，好不容易快打好结的领带又乱了。

管家在顾余生的身后，看不到他的神情，见他不说话，就又问："或者，顾先生您稍等一下，等小姐背完了剧本和您一起吃？"

管家的话音都还没落定，顾余生突然就将领带扯了下来，冲着楼梯扶手狠狠地一摔，暴躁地出声吼了一句：“吃什么吃？谁要跟她一起吃饭！”

管家被吓得立刻噤了声，大气都不敢出一下。

“以后我在餐桌吃饭的时候，别让她出现！看着就烦！还有，你也别动不动就在我面前提她，听得也烦！”顾余生转头，狠狠地瞪了一眼管家，吓得管家全身哆嗦了一下。然后他就阴沉着一张俊脸，大步流星地直奔玄关，换了鞋，一句话都没留下，就怒气冲冲地拉开门走了出去。

关门的时候，他的力道格外大，将门摔得发出震耳欲聋的一声“砰”，连带着窗玻璃都跟着轻轻地晃了几下，发出声响。

楼上阳光房里的秦芷爱将顾余生说的话听得清清楚楚。

她握着剧本的手蓦地就加大了力气，在藤椅上将就了一晚，本就没怎么睡好的她脸色变得越发苍白。

一直到顾余生车子的引擎声消失不见，秦芷爱才轻轻地眨了眨眼。回过神来的她后知后觉地发现，自己握着剧本的手，因为过于用力，青筋都暴了起来，身子也颤抖得厉害。

她费了好大的力气才让自己恢复了一贯的从容和平静，可她垂着眼帘望着剧本的眼角却有着一滴眼泪。终究还是没忍住，缓缓地砸落下来。

第九章
其实我介意

吃过早餐，秦芷爱回主卧补了一觉。

午饭过后，她坐在梳妆台前，将早上简单化的妆重新修饰了一番，然后换上一条白色长裙下了楼。

梁豆蔻每隔一阵子都会参加一次名媛聚会。

那聚会，据周婧所说，最初还是梁豆蔻组织起来的。

说是名媛聚会，其实就是一些有钱人家的女儿聚在一起，看似是在喝下午茶度过悠闲的时光，实则就是炫富攀比。

秦芷爱很不适应这样的场合，却又不能在梁豆蔻接受肿瘤治疗的过程中一次也不去参加这样的聚会，所以周婧还是每隔一段时间会让秦芷爱去露个脸。

而今天下午，秦芷爱之所以下楼准备出门，就是为了去参加这个所谓的梁豆蔻一手组织起来的名媛聚会。

拿钥匙发动好车子，秦芷爱这才想起今天是周五，她开的这辆车限行的日子。

别墅的车库里其实也不是没别的车，不过都是顾余生的，秦芷爱没想去碰。可现在再让周婧派保姆车来接她恐怕已经来不及了，秦芷爱索性就坐在车里，拿手机叫了一辆专车。

聚会的地点不知道是谁选的，在近郊的一家温泉会所里。

秦芷爱到达聚会微信群里公布的包间时，里面已经到了不少人，很是热闹。

秦芷爱图清闲，象征性地和一伙人在一起待了一会儿后，就特意在最隐蔽的地方找了处小温泉。

这处温泉里只有她一个人，周围长满了热带绿植，隔绝了许多噪音，只有泉水流进温泉里发出的声音。

秦芷爱适应了水温后，便找个舒服的姿势趴在池边闭上了眼睛。

昨晚在阳光房的藤椅上躺着很不舒服，一直都没真正睡着。虽然上午补了眠，但眼睛闭久了，秦芷爱还是泛起了困。

秦芷爱在下温泉之前，把手机交给了会所的侍者保管。

就在她睡得正舒服时，侍者拿着她的手机跑了过来："小姐，您的手机有来电。"

秦芷爱睁开眼睛，看了一眼侍者递到自己面前的手机屏幕，是周婧那边安排的司机打来的电话。

秦芷爱从温泉里走了出来，拿毛巾擦干净手，对着侍者道了一声谢，然后接过手机滑动屏幕，接听了电话。

温泉里的信号稍微有些差，秦芷爱听不清司机在电话里说了些什么，她对着手机说了句"稍等"，然后就冲着室外走去。

蒋纤纤也在，上次在顾老爷子的生日宴上没讨到好处的她在看到秦芷爱后一直都处于憋闷的状态。

可能是心浮气躁的缘故，泡了一会儿温泉后，她就觉得全身不舒服，于是披上浴巾，从温泉池子里走了出来。

她本是想找侍者送杯水的，谁知转着转着，竟然看到了站在室外的亭子下正在接电话的梁豆蔻。

蒋纤纤迟疑了片刻，然后就跑到梁豆蔻身后的一株月季后，竖着耳朵偷听起了梁豆蔻讲电话。

“车子坏了？不能过来接了？不用了……我自己想办法回城吧……没，今天管家休息，家里没人……没关系，你不用帮我想办法叫车了，这边不少人都开车过来的，等会儿我随便搭个顺风车回城就行……嗯，没事……再见。”

挂断电话后，“梁豆蔻”在原地稍站了一会儿，握着手机就回了室内。

蒋纤纤这才从月季后面缓缓地走了出来。

她歪着头，看了一会儿“梁豆蔻”刚刚站过的地方，又抬起头看了看阴沉沉的天，想到自己早上看天气预报说今晚会有暴雨，眼底忽地就闪过一道亮光。

今天的天气一直不怎么好，等到秦芷爱泡完温泉、洗好澡、补好妆回到包间里的时候，整个天空乌云密布，光线昏暗得和深夜一样。

天气突然变得这么恶劣，不少人怕等会儿暴雨下起来无法回城，纷纷提出离开。

有个和梁豆蔻关系不错的名媛在起身临走之前，冲着秦芷爱问了一句：“小蔻，你等会儿怎么回去？有人接吗？”

秦芷爱刚想开口说“保姆车坏了”，站在窗前正和林荣讲话的蒋纤纤突然转了头，大着嗓门抢先开了口："有啊，蔻姐姐当然有人接了，我刚刚泡温泉的时候，无意间撞到蔻姐姐给生哥打电话，说是让生哥来接她。"

她什么时候给顾余生打电话让他来接自己了？秦芷爱微蹙了一下眉，刚准备问蒋纤纤，蒋纤纤就歪着头，笑吟吟地冲着她一脸无害地又开了口："蔻姐姐，难道你打了电话，生哥他都不来接你吗？我中午出门的时候听我大哥说，他们好几个人约了下午去金碧辉煌玩，难道生哥有时间玩，却没时间来接你吗？"

"生哥太过分了！我现在就给他打电话！"蒋纤纤噘了噘嘴，做出一个气愤的表情，然后从包里拿了手机出来。

蒋纤纤这么大费周章地自导自演，目的就是为了不让她搭顺风车吧？

可她不得不承认，蒋纤纤这招真的用得很好。

她明知蒋纤纤的目的，却不得不让她达到目的。

因为她不能让她给顾余生打这通电话，顾余生不接还好，一旦接了，听到是让他去接她，不知道会说出什么样的话来。这里汇聚着这么多的名媛，蒋纤纤到时候一大惊小怪，梁豆蔻被顾余生厌恶至极的消息瞬间就会传遍她们平日玩的圈子。

且不说梁豆蔻那边她没法交差，即使现在她也不愿意让其他人看了自己的笑话……想到这里，秦芷爱微微抬起眼皮，往蒋纤纤那边看了一眼。

蒋纤纤一边打电话，一边恰好也看向了她。

两个人的视线对接，虽未说话，但秦芷爱却从蒋纤纤的眼底读到了一抹胸有成竹的光彩。

是的，胸有成竹。

蒋纤纤知道顾余生不待见她，不可能来接她，她也知道她不敢让自己给顾余生打去这个电话。

不管怎样，这一局她都会赢，怎能不胸有成竹？

秦芷爱微抿了一下唇，算了，大不了她不搭顺风车，等会儿叫专车回家……这么想着，秦芷爱就轻垂了一下眼帘，然后在蒋纤纤的电话还没拨出去之前，淡淡地开口说："余生没说不来接我，他现在应该已经在路上了。"

目的达成的蒋纤纤惊讶地"啊"了一声，然后就将手机收起来，装出一副虚情假意的带着歉意的模样："原来是我刚刚理解错了呀，我还以为生哥不来接蔻姐姐呢。蔻姐姐，对不起呀。"

秦芷爱轻扯了一下嘴角，没说话。

刚刚询问秦芷爱怎么回去的那位名媛脸上挂着笑说："小蔻，原来顾总要来接你啊，那我就先走了。"

"那我也走了，拜拜。"

"我也是，再见。"

很快，包间里只剩下四个人。

秦芷爱、蒋纤纤、林荣，还有一个真的是在等老公来接的陆小姐。

因为还有人在，秦芷爱就无法叫车，便安静地坐在沙发上捧着一本杂志看。

蒋纤纤和林荣坐在不远处的沙发上窃窃私语，不知道在聊些什么，蒋纤纤时不时地露出娇滴滴的笑容。

过了大概半个小时的样子，窗外突然划过一道闪电，紧接着就是震耳欲聋的雷声从楼顶滚过。

天气变得越发糟糕，刮起了大风，树被吹得摇摇欲坠。

没一会儿，倾盆大雨就从天而降。

秦芷爱从杂志里抬起头，歪着脑袋看了一眼窗外的大雨，轻蹙了一下眉。

这是郊区，雨又这么大，想来很难叫到车吧？

她的想法刚落定，陆小姐的电话就响了起来，然后她跟大家道了别，拎着包匆匆离开了。

陆小姐前脚刚走，后脚蒋纤纤和林荣就从沙发上站了起来："蔻姐姐，我们也先走了。"

说着，蒋纤纤挽着林荣的胳膊，冲着包间的门口走去。拉开门，在走出去的时候，蒋纤纤转头冲着秦芷爱略带着几分炫耀地笑了一下，然后就关上了包间的门。

蒋纤纤那一笑，秦芷爱瞬间反应过来，她之所以要待到雨下大了才走，原来就是为了让她不好叫车，被大雨困在郊区呀……

顾余生下午的确是在金碧辉煌。

他坐在落地窗前的沙发上，跷着腿，盯着窗外阴沉的天。在一片喧哗的吵闹声中，谁也没看，谁也不理，只是自顾自地抽着烟。

洗牌的时候，牌桌上有人注意到坐在阳台上始终没出过声的顾余生，随口问了一句："顾总，要不要过来玩一会儿？"

他的话刚说完，陆半城就在桌子下踢了他一脚，做了一个"嘘"的手势，然后压低声音，说："没看到一下午烟抽得都没断过，这明显是心情差到了极致啊。"

刚刚照顾顾余生的人听到这话，难免有些好奇，一时没忍住，开口问："顾总这是怎么了？上午不是刚签了个大单吗？心情怎么还这么差？"

"不知道。"陆半城凑到那人的耳边，小声地说，："从早上开始到现在，气压一直就这么低。上午签单的时候你是没在场，那架势哪里是在谈生意啊，简直是去砸场子的。合同往桌上一扔，全程就说了十一个字。"

"哪十一个字？"

陆半城摸了牌，微侧着头，说："四六分，我六，你四，爱签不签。"

"啊，这都能成……"那人的话音还没落，忽地一道巨雷响过，惊得一屋子人都扭头往窗外看了一眼。倾盆大雨密密麻麻地从天而降，传来“哗哗”的声响。

唯独顾余生像是没听到任何声响一样，仍保持着最初的姿势坐在沙发上，吸烟，吐烟。

到了六点，雨不但没有要停的迹象，反而越下越大，窗子上的水仿佛小瀑布一样，源源不断地往下流。

六点十分的时候，有人因为有事提前退了场。

那边的局有些玩不下去，在其他两个人的怂恿下，陆半城尝试着冲顾余生问了一句：“生哥，要不要过来玩一会儿？”

大概过了半分钟，顾余生才迟钝地将视线从窗外的大雨上转到了陆半城的脸上。他抽了一口烟，在沙发上继续坐了一小会儿，才站起身走了过去。

晚上七点半有个饭局，六点半的时候，陆陆续续有人顶着风雨过来。

北亭集团的张总是带着老婆一起过来的，顾余生见过几面，隐约记得姓陆。不过在跟他们打招呼的时候，顾余生只是轻点了一下头，没出声。

张总的老婆在看到他的时候，略微吃了一惊，然后左右环顾了一圈，似是在找什么人。最后应该是没找到，雨伞她疑惑地开口问了一句：“顾太太没过来吗？”

顾余生一时半会儿没反应过来，陆小姐口中的“顾太太”指的是什么，一脸的无动于衷。

“顾太太？”陆半城纳闷地接了话茬，过了一会儿，像是明白过来什么一样，转头看了一眼顾余生，然后冲着陆小姐寻求确定一般又开口说“梁豆蔻？”

“对呀，梁小姐啊。”陆小姐轻点了一下头，又往四周看了看，仍没看到梁豆蔻的身影。于是她又出声问，“顾先生是把顾太太送回家才过来的吗？”

“不是，张太太，你真的确定是梁豆蔻？生哥一下午都待在这里，根本没离开过啊。”陆半城被陆小姐的话搞得有些迷糊。

“啊？顾总没去接顾太太吗？那顾太太怎么回城啊？”这下换陆小姐吃惊了。

陆半城本就听得一头雾水，现在更是糊涂：“梁豆蔻怎么就回不了城了？到底是怎么回事呀？”

“下午我们在北郊的金隅温泉会所，顾太太来的时候没开车，散场的时候又恰好下起大雨，她说顾总会去接她。我走的时候顾太太还没走，所以我看到顾总时以为顾总是把顾太太带到这里来了。搞了半天，原来顾总根本没去接顾太太啊。那么大的雨，远郊肯定不好叫车，也不知道顾太太现在回来没有？”

顾余生将陆半城和陆小姐的对话尽收耳底，可他脸上的神情自始至终平静得根本没有丝毫波澜，就仿佛他们口中谈论的人跟他半毛钱关系都没有。

陆小姐看到顾余生这副神情，本想再继续说点什么，坐在顾余生旁边的陆半城冲她使了个眼色，她便识趣地闭上了嘴。然后她站在旁边待了一会儿，看顾余生始终没什么反应，本想再说两句的，随后又想这是别人的家事，管多了不好轻叹一口气后就离开了。

窗外的雨还在狂肆地下，狂风吹过，水珠拍打得落地窗发出声响。

一局结束后，陆半城微转头，用眼角的余光打量了一眼顾余生。

顾余生仍是那种缄默的模样，举着手机，不知道在玩些什么，眉眼淡漠得看不出任何担忧和紧张。

陆半城动了动唇，一副欲言又止的模样，像是要说些什么，最后却什么也没说。

过了大概十分钟，一道闪电划过，将黑夜照成白昼，紧接着又是一道震耳欲聋的雷声。

陆半城皱了皱眉，转头看了一眼若无其事地拿着打火机正在点烟的顾余生，终究没忍住，小声说“要不要给她打个电话，看看有没有安全到家？”

顾余生微掀了一下眼皮，扫了一眼陆半城，没说话，只是用力吸了一口烟。随着漂亮的眼圈吐出，他拿起手机看了一眼屏幕，干干净净的，没有任何短信和电话提醒。

他刚刚就拿着手机把她的电话从黑名单里放出来了，过了这么久，也没收到任何关于她的短信……顾余生的眼神微闪了一下，点开黑名单，里面被拦截了许多短信和来电。他单手举着手机滑动屏幕扫了一遍，除了三个多月以前她给他发的那句“爷爷从海南回来了，让我们第二天去老宅吃饭”，再无任何关于她的消息。

所以，她今天下午即使被困在郊区回不了城，也没想过要找他帮忙？

顿时，顾余生的脑海里就掠过昨天下午在大街上看到她坐在车里吃饭的画面，还有昨天晚上她在阳光房里睡了一夜，早上和管家的对话……看来，她还真是说离他远远的，就真的做到了离他远远的……只是她什么时候竟然这么听话了？

以前他可是没少让她滚，怎么没见一次她真的滚了？

早上离开家时的那股暴躁再一次冒了出来，顾余生突然就狠狠地抽了一口烟，咬牙切齿地冲着陆半城回了两个字：“不用！”

随着他的话音落定，窗外又是一道闪电，白光将漆黑的天空硬生生撕裂成两半，那画面恶劣得就像是科幻大片里的场景。

随着轰隆隆刺耳的雷声掠过，和梁豆蔻一直关系不错的陆半城眼底的焦急越来越深。他频繁地转头去看顾余生，而男子神情淡然地靠着椅子，手夹着烟，时不时地弹一下烟灰，那姿势要多悠闲就有多悠闲。

轮到顾余生摸牌的时候，窗外的雨声更盛。陆半城侧头看了一眼糟糕到极致的天，犹豫了片刻，还是凑到顾余生的面前，压低了声音开口："就算你不喜欢她，但好歹她也是你娶回家的妻子，总不能就这么冷血地不管不顾吧？"

顾余生摸牌的动作微停了一下，眼睛往放在一旁的手机扫了一眼，仍是没任何提醒。他的视线微微一凉，像是没听到陆半城的话一般，仍没出声。

"生哥，就打个电话的事，她要是平安到家了，大家都放心，别搞得还没回来，到时候真的出点什么事……"

"死了最好，省得碍事！"陆半城这次的话还没说完，顾余生忽地就森冷着声音打断了他的话。

顾余生的声调不高，语气却锋利而薄情，带着不容反抗的强势，震得一屋子不明白到底发生了什么事的人瞬间都安静下来，纷纷将视线挪到了他和陆半城的身上。

成为焦点的顾余生被大家一头雾水的视线看得越发心烦。

他抬起手想要抽口烟，却发现烟已燃到了尽头。他摁灭在一旁的烟灰缸里后，顺手拿了烟盒抖了抖，里面却是空荡荡的，没一支烟。顿时，他本就糟糕的脾气变得越发糟糕，将空烟盒往桌上一扔，踢开身后的椅子，站起身扔下一句"没意思，不玩了"，然后拿起手机，随手整理了两下衣服，扬长而去。

包间门被顾余生甩关上好一阵后，屋里的人才缓过神来。

"这究竟是怎么了？"

"顾总怎么好端端的就翻脸了？"

"顾总今天一天整个人都有点不对劲……"

不对劲？的确是不对劲？好像不只是今天一天。从上周起，似乎就有点不对劲了……陆半城盯着顾余生刚刚离开的方向出了好一会儿神，然后就将视线收了回来，嘴角勾起一抹笑，冲着大家说：“没事，没事，大家继续玩，今天我埋单。”

看顾先生走出金碧辉煌，司机小王已经开车等候在了门口。

小王一看见他，就立刻下车，撑着伞迎了上来。

坐进车里后，小王开口问：“顾先生，我们现在去哪里？”

顾余生望着车窗外的瓢泼大雨，有点恍惚。

小王等了片刻，看顾余生没说话的意思，就发动车子，开到了风雨飘摇的路上。

雨下得很大，即使雨刷不断地刷着挡风玻璃，视线也还是有些受阻，车子开得格外慢。

在快要接近公司的时候，小王又问：“顾先生，还是跟以前一样，去公司吗？”

顾余生静静地靠着椅背，面色平静，不知在想些什么。过了一会儿，他从车子的储物盒里摸了一盒烟打开，点燃一支抽了两口，然后又侧头看了一眼外面的大雨。此时恰好有一道闪电划破夜空，顾余生轻蹙了一下眉，忽地出声：“给家里打个电话。”

一向不归家的顾先生最近好像很恋家啊……小王愣了一下，随后就掏出手机，开了外放，拨了顾余生别墅的座机。

电话很快接通，但响了许多声都没人接听。

小王继续拨打，仍是如此，然后转头：“顾先生，家里好像没有人啊？”

顾余生夹着烟的指尖在旁人注意不到的情况下微抖了一下，他侧头，望着噼里啪啦砸在车窗上的雨滴。看了良久，他才抬起手，吸了一口烟。过了一小会儿，有淡淡的白烟从他鼻子里徐徐溢出。烟圈快要散尽的时候，顾余生拿起手机拨了梁豆蔻的电话，那头却是关机状态。

顾余生轻蹙了一下眉，将手机随意地往一旁一扔，对着前面的小王淡淡地出声：“去北郊金隅。”

这么大的雨，去郊区做什么？小王虽有疑惑，却没敢问，只是直视着正前方专注地开着车。

秦芷爱连续叫了十辆车，钱都翻了好几番，却还是因为雨势太大被对方取消了订单。

距离温泉约莫三千米的地方有地铁，秦芷爱看雨迟迟没有要停的迹象，而天色又越来越晚，手机的电量只剩下百分之一。她如果再在这里耗下去，搞不好真的会把自己困在这里。

想了想，秦芷爱最后在温泉的前台买了一把伞，戴上墨镜和口罩，决定去搭地铁回城。

风很大，吹得伞的边缘时不时地卷起，雨水很快就将秦芷爱身上的衣衫全部打湿。

郊区的路不如城里的平坦，高跟鞋难以行走，秦芷爱只得脱了鞋子光着脚丫走。

去往地铁站的路上有一段正在施工，坑坑洼洼的，到处都是积水，积水里藏了许多碎石子和尖锐的瓦片，划得秦芷爱的脚底生疼。

等到秦芷爱走过了施工的这段路，脚底下已是伤痕累累，每走一步都传来一道钻心的疼。

秦芷爱咬紧牙关，勉强撑着走了一截路，最后实在是疼得厉害，便靠着路灯停了下来。

雨比刚刚她离开会所时下得更暴更急了。

眼前的视线几乎全被雨水遮挡，秦芷爱休息了好一会儿才低头看起了脚底。

脚底已被划破了好几道伤口，往外滋滋地冒着血。

因为雨水的浸泡，那种痛感越来越强烈，别说是走路了，单单只是这么站着，她都疼得眼底发酸。

秦芷爱从包里摸出手机，想尝试着再叫一次车，却发现手机已经没电自动关了机。

其实她那会儿叫车的时候，是可以给老宅打个电话的。

顾老先生若是知道她被大雨困在郊区回不了城，肯定不会不管她的。

可是，她怕顾老先生会给顾余生打电话让他来接她。

顾余生……他不喜欢她打扰他，所以她就尽自己最大的能力，让自己当他世界里的一个局外人，不去做任何有可能会打扰到他的事。

局外人……还需要当吗?

她本来就是，不是吗?

她住在他的家里，可今天却是她第一次知道有关他的行程，他的去向……而且还是从蒋纤纤的口中知道的，他下午在金碧辉煌打牌。

秦芷爱的嘴角微扬了一下，勾起一抹自嘲的笑，可眼底的光却暗淡得如此时漆黑的天。

多年前，她真的以为自己有机会可以做他世界里的那个人。

多年后，她才知道，那只不过是自己的一厢情愿和异想天开。

他已经忘了她，忘得那么彻底。

彻底到，他和她之间的关系形同陌路，如同隔了山长水远般的遥远。

秦芷爱微微摇了一下头，压下眼底的酸涩，然后站直身子，刚准备忍着脚底的疼痛往地铁站走，一辆车忽地就停在了她身边。

车速有些快，刹车刹得狠，路边的积水飞溅而起，落了她半身裙摆。

秦芷爱下意识地往后退了一下，那样的举动惹得她脚底一疼，暗吸了一口凉气。然后她才将伞微微举高了一些，一辆熟悉的车子撞入了她的眼底。

秦芷爱以为自己看错了，她先是眨了眨眼，然后又摘下墨镜。就在她准备揉一揉眼睛的时候，驾驶座的车门被推开，小王撑着一把漆黑的伞绕过车头，冲着她跑了过来。

“梁小姐，请上车。”小王说着，就将伞举高了一些，遮挡在了她的伞上，然后再替她拉开车门。

“你……你怎么过来了？”秦芷爱在小王伸出手接过自己手中的伞时才迟钝地回过神来，略微有些磕绊地问了句。

“是顾先生让我过来的。”小王将伞往秦芷爱那边挪了挪，如实回答。

顾、顾先生？顾、顾余生？他怎么知道她在这里的？秦芷爱的脑海里翻滚起无数的疑惑和不可置信，刚想转头再问小王，眼角的余光就看见了在车里坐着的顾余生。他此时靠着皮质的椅背正在闭目养神。

秦芷爱嘴里的话瞬间就卡在了喉咙里，她在车门旁僵站了一会儿，才弯腰坐进了车里。

小王关了车门，将湿漉漉的伞随手扔进后备箱后就上了车。他刚踩了油门，往前行驶了不过两百米，顾余生就掀开了眼皮，微微侧头，盯着秦芷爱湿漉漉的下半身看了一会儿。然后也不知道到底是哪里触碰到了他暴脾气的那根弦，他整个人忽地又暴躁起来，冲着小王语气恶劣毫无征兆地开了口：“拿条毛巾给她，别让她的湿衣服弄脏了我的车！”

小王被顾余生吼得脚底一滑，车头猛地一偏，毫无防备的秦芷爱身子一歪，就倒入了顾余生的怀里。

顾余生的身子一僵，眉头蓦地就皱了起来。

秦芷爱扑入他怀里的时候，慌里慌张地看了他一眼，察觉到他的神情有异，吓得整个人一哆嗦，大脑里什么想法都没浮现，人就已经从他的怀里挪开，再坐直了身子。甚至她还往车门的方向动了动，将她和他之间的距离拉得更大了一些。

她这般快速的举动惹得顾余生的眉头皱得更厉害，冲着前面的小王又吼了一句："你到底会不会开车啊，我花钱请你来做梦的吗？"

小王被凶得大气都不敢出一下，快速地下车跑去后备箱，拿了两条毛巾后又快速回到车上，然后飞快地扔给秦芷爱，就背对着顾余生重新发动起了车子。

秦芷爱打了伞，肩膀以上倒是没怎么湿。她拿着毛巾，将下半身的水快速吸干，然后看到自己踩过的地方，又是污水又是泥巴的，还有丝丝缕缕的血迹。

她想到顾余生刚刚是怕她弄脏了他的车，才让小王给她毛巾的。然后她握着毛巾犹豫了片刻，最后还是弯身擦起了自己脚底的污垢。

顾余生看着她的举动，只觉得更加心烦。他下意识地想开口让小王将车内的冷气调得更低一些，可话刚到嘴边，他眼角的余光就瞄见了秦芷爱湿漉漉地贴在身上的裙子，神使鬼差就闭了嘴。然后他心底的烦闷更加厉害，恼怒地抬起手解开了胸前的两颗纽扣，似是觉得没什么作用，就本能地又摸了烟。

找打火机的时候，顾余生低了一下头，看到秦芷爱手中握着的毛巾上沾染了淡淡的红，是血的颜色。

他的唇下意识地一动，嘴里咬着的烟就掉了下去。

他保持着低头的姿势看着那条毛巾，不知道想到些什么，然后就伸出手捡了烟塞进嘴里。拿打火机点烟的时候，他往窗外看了一眼，已经进了城，离家还有一段距离……就连顾余生自己都没弄明白自己到底在想些什么的时候，他嘴里已经说出："去四季酒店。"

顾余生吐了一口烟，又补充了一句："陆半城他们在那边等我。"

车子停稳在四季酒店的门口，秦芷爱刚想对顾余生说自己先回家，顾余生就对着小王率先开口扔下一句：“把她带去我的房间，拿身干净的衣服给她换上。”

然后也不等任何人回应，他就推开车门径自下了车，走进了四季酒店的大堂。

秦芷爱盯着顾余生的背影，一直到他踏进电梯，才将视线收了回来。

透过后视镜，秦芷爱望了一眼刚解开安全带，正准备下车的小王，出声说：“把我送回家吧。”

停了几秒钟，秦芷爱想到自己的手机没电了，又说：“或者，帮我叫辆车。”

小王想起顾余生临下车前的吩咐，有些为难地开了口：“顾先生下车前交代的，您不是没听到，您要是就这么走了，顾先生知道了，肯定会训我的。”

小王生怕秦芷爱执意要离开，沉默了一小会儿，又客客气气地劝了起来：“梁小姐，您看您身上的衣服都湿了，这里离家还有一段距离，下雨天车开得又慢，不如您就先听顾先生的，上去洗个热水澡，换身干净的衣服，免得湿衣服穿久了会感冒。”

秦芷爱看得出小王不敢擅做主张放她走，在听到小王后面那长长的一段话后，只是轻点了一下头，没再说话。

小王知道秦芷爱这就是答应了下来，立刻下车帮秦芷爱拉开车门，然后将车钥匙递给门童，带着秦芷爱进了四季酒店。

搭乘电梯直达顶层后，小王领着秦芷爱沿着长长的楼道左拐右拐了好几次，才停在了一间套房门口。

小王将房卡递给秦芷爱，指了指面前的那扇门：“梁小姐，您先进去稍微休息一会儿，我去给您拿衣服。”

秦芷爱说了句“谢谢”，接过房卡后没着急开门，一直等到小王转身进了电梯后，才对着门深吸了一口气，颤抖着手指举起房卡开了房门。

屋里没开灯，漆黑一片，里面安静得没有任何声响。

秦芷爱站在门口瞪着里面，仔细观察了一会儿后，才长长地松了一口气。

原来顾余生并不在房间里啊……她抬起手，拍了拍跳得厉害的胸口，走进了套房。

开了灯，秦芷爱正准备往套房里走去的时候，忽地又停下来，转过身，将房门的安全锁扣上，再抬起手拉了拉门，确定从外面打不开门了，这才放心地走向了浴室。

脱掉身上湿漉漉的衣服，秦芷爱快速冲了一个热水澡，然后连头发都没来得及吹，就拿起随身携带的化妆包对着镜子飞速地化起了妆。

等到镜中出现清丽纯净的面孔，变回梁豆蔻艳丽的模样时，秦芷爱因为担心顾余生会突然敲门而提到嗓子眼的心才终于缓缓落回原处，平静了下来。

秦芷爱刚将化妆品收好，门铃就响了起来。

她打开门，门外是拎着几个纸袋的小王：“梁小姐，您的衣服。”

秦芷爱道了声谢，接过衣服，刚想关门，却又停了下来，然后冲着小王问了一句：“他在哪里？”

“顾先生吗？”小王转头，指了一下秦芷爱所在的房间正对面的房门：“应该在这间房里……”

停了停，小王似是知道秦芷爱问这句话的意思，又说：“如果梁小姐等会儿您要走的话，记得跟顾先生打声招呼。”

“嗯。”秦芷爱轻点了一下头，握着袋子，盯着对面的门看了两眼，冲着小王又回了句“谢谢”，然后就关上了门。

换好衣服，吹干头发，秦芷爱坐在沙发上，盯着落地窗外渐渐转小的雨看了一会儿，然后就闭上眼睛深吸一口气，像是下定了什么决心一般，从沙发上站起来，拎着包，走向门口。

打开门，秦芷爱握着包的手指微微加大了一些力道，她在心底暗暗给自己加了许久的油，才迈着步子，缓缓地冲着对门的房间蹭去。

站在门前，秦芷爱又深吸了好几口气，才鼓足勇气抬起手按了门铃。

因为隔音效果好，门铃响了好几声，秦芷爱才隐约听见一道“来了”的声音，然后又过了大概十几秒钟，房门被猛地拉开。

秦芷爱还没看清楚是谁开的门，开门的人就已经说了话：“把啤酒给我，再帮我送几瓶洋酒过来……哦，对了，再加一个果……”

陆半城最后一个“盘”字没说完就停了下来，盯着秦芷爱的神情略显错愕，随后嘴里就小声地嘀咕了一句：“原来那会儿突然撤火离开，是去接人的啊……”

陆半城的声调太低，秦芷爱没听清，只“嗯”了一声。

陆半城“啊”了一下，突然像是反应过来一般，冲着秦芷爱扯了一抹笑，转头就冲着屋里喊了一句：“生哥。”

随着陆半城的转头，秦芷爱透过他的肩膀，看到了屋里的场景。

套房里聚集了不少人，有男有女，有人在喝酒，有人在唱歌。

秦芷爱一眼就看到了顾余生，他坐了一张单人沙发，嘴里含着烟。

此时的他，浑身上下没有半点怒气，胸前的纽扣解开了两颗，露出性感的锁骨。他歪着头，不知道听旁边的人说了句什么，像是心情很好一般，脸上勾了一抹笑，回了句“扯淡”，然后就仰起头，玩似的慢慢吹出两个烟圈。

这样的顾余生，风光霁月中略带一些痞气，和从前的那个少年几乎是一模一样的。

秦芷爱一下子就看得恍了神。

她想，在这个世界上，能把清贵和不羁同时上演得这么完美的，怕是只有他了吧。

就在秦芷爱走神之际，陆半城又提高了嗓门，冲着屋里喊了一句："生哥！"

陆半城这次的声音过高，惹得一屋子人瞬间都安静了下来，转头望向门口。

顾余生迟了半拍才微微偏了一下头，在看到门口的秦芷爱时，他的神情明显微怔了一下，像是好奇她怎么会出现在这里一般。

直到有人缓过神来，开口招呼秦芷爱："原来是顾太太来了呀？怎么不进来啊？"

顾余生这才"嗯"了一声，从沙发上站起身，朝着门口走来。

大概是刚刚和他的那群朋友聊得开心，他站到秦芷爱身前的时候，脸上还噙着一抹若有似无的笑意，衬得整个人慵懒而又玩世不恭。

陆半城一等顾余生走出屋，立刻识趣地将门关上。

屋内的喧哗被隔绝，楼道里一下子显得有些过于安静。

顾余生扫了一眼秦芷爱，看她没说话，他也没吭声，只是抬起手，将嘴里咬着的烟夹了下来，用指尖掐灭，就朝着对面的房间走去。

站在门前，他转头看了一眼秦芷爱，冲着她昂了昂下巴，做了一个示意她开门的动作。

秦芷爱急忙往前迈了两步，拿着房卡开了房门。她没往屋里走，反而将房卡递给了迈进房间一步的顾余生。

顾余生微皱了皱眉，盯着房卡看了一眼，没接。目光顺着她的手一路上移，落到了她的脸上。他虽未开口，可眼神却在无声地询问。

秦芷爱知道他是在疑惑她为什么会将房卡递给他，她微抿了一下唇，小声地开口跟他解释："那个，时间不早了，我要先回家了。"

顾余生的眉头皱得更紧，从对面房间出来时身上带着的那股慵懒之气瞬间消散无疑，有种浓重的压迫感和戾气从他的身体里蔓延而出。

秦芷爱有些怕这样的顾余生，雨伞本能地往后轻退了一步，大脑下意识地飞速运转起来，然后胡乱找了一个借口说："周婧刚刚给我打了电话，说想约我谈剧本……"

秦芷爱的话还没说完，站在她面前一直纹丝不动的顾余生忽地伸出手，从她的掌心里一把夺走了她的包。

他当着她的面在包里翻了几下，然后将她的手机掏出来，按了锁屏键，屏幕一片漆黑。他继续挪动手指，长按了一会儿开机键，屏幕上便出现了"电量不足，请充电"的字眼。

他将手机举到她的面前，什么也没说，只是"呵"了一声。

秦芷爱被他那不冷不热的假笑吓得又往后退了一步。

她这样的反应，让顾余生像是点着了的炸药桶一样，猛地一抬手就将她的手机砸了出去。

手机不偏不倚地落在了对面的房门上，发出"咚"的一声巨响。

随后，对面紧闭的房门再一次被打开，里面传来几道声音——

"怎么回事？"

"什么声音？"

"生哥？"随着开门的陆半城诧异的声音响起，屋子里一下子重归安静。

屋里的人只需一眼，就能察觉到顾余生和秦芷爱之间的气氛不对劲。大家面面相觑，却无人敢出声。

唯独陆半城，视线在两个人脸上来来回回扫了好几遍，然后眼角的余光似是看到了什么一样，猛地就低下了头。

在看到脚边四分五裂的手机时，他下意识地"啊"了一声，然后整个人还没搞清楚状况，顾余生像是突然清醒过来一般，猛地抬起手，扯了秦芷爱的手腕就将她拽进套房里，反手将门狠狠地甩关上，发出“砰”的一声巨响。

说是拽，不如说是拎。

顾余生几乎是把秦芷爱拎进屋里的，他的步伐很快，秦芷爱的大脑还没反应过来他究竟要做什么，她就已经被他狠狠地丢在了床上。

秦芷爱全身打了个寒战，挣扎着想要爬起来。肩膀不过刚离开床，顾余生就压了上来，很干脆地捏住她的下巴，固定住她的脑袋，低下头就堵上了她的唇。

他还在生气，有止不住的怒火不断地从他的胸口蹿出。他一边用力啃吻着她的唇，一边死死地往她身上压。

她的呼吸被他尽数夺去，她的胸口被他压得透不过来气，她觉得自己随时都会窒息而亡。她想呼吸，拼命地张嘴，却惹来他吻得更深。她憋得难受，身子本能地胡乱动起来。

她细微的反抗使他捏着她下巴的手猛地就加大了力气，她疼得倒吸了一口冷气，动都不敢动一下了。然后他就一边加重唇上的力道，狠狠地吻，一边手上动作飞快地扯开她的衣衫，握住了她的腰，然后就那么硬生生霸道而又疯狂地直奔主题。

他的动作很激烈，带着不容反抗的强势。

整个过程他几乎没给她任何缓冲和反应的机会，大概是他的胸中有火，他仍没有丝毫的温柔和怜惜，甚至到最后的时候，力道还越来越重，像是恨不得就这么活生生弄死她一般。

直到最后，一切终于都结束了，秦芷爱才从撕心裂肺的疼痛中微微拉回了一些神志。

他竟然又一次这么凶狠地睡了她……可这一次的她没有阴错阳差地出

现在他的面前，也没有因为爷爷的原因缠上他……她已经尽最大的可能躲开他了，昨天下午躲在车里待了那么久，晚上为了避免出现在他面前在阳光房的藤椅上睡了一夜，还有今晚……那么大的暴雨，她叫了那么多辆车都没人来接她，她都不敢给老宅打电话，生怕招惹了他……可是，好像，不管她怎么做，总是能惹他不爽，然后就会换来他这般毫无感情的对待。

不可能不委屈，因为喜欢他，偷偷地喜欢了他那么多年，所以更委屈。

若是能忍，秦芷爱真的不想在顾余生面前随随便便就红了眼眶。

可她总是忍不住，她越是不想让自己泄露情绪，她的眼睛就越是酸涩，甚至在她没注意到的情况下，眼角已有泪水滚落下来。

结束了许久，顾余生才从释放的那种虚空中回过神来。

他觉得自己全身心都仿佛被什么东西彻底掏空了一般，整个人有些恍惚。

他盯着天花板走了好一会儿的神，才意识到自己做了什么。

他居然又一次碰了她……他到底是怎么了？怎么一而再，再而三，三番五次去做这种不受控制的事情？

这种频繁的失控让顾余生不知道第几次又心烦意乱起来，他想抽烟，刚伸出手，准备去枕头下面摸烟盒，就想到自己的烟和手机都在对面的房间里。他烦躁地收回手，转了个身，就看到秦芷爱羸弱地蜷曲在床边，肩膀一抖一抖的，似是在哭。

顾余生的唇瓣猛地就紧绷了起来，他盯着她的背影看了一会儿，本想移开视线，却突然听到她努力的压抑下发出的细微抽泣声。

像是有一把利刃狠狠地刺进了顾余生的胸膛，带给他一道尖锐而又毫无征兆的痛，疼得他后背狠狠一个紧绷，火气忽地就冒了起来。他坐起身，一把拎起她的胳膊将她扔下床，然后再抓起她零散在床上的衣服，劈头盖脸地冲着她的身上扔上去："要哭回家去哭！"

她像是被他吓到了，一下子就止住了哭，全身抖得厉害地在地毯上呆坐了片刻，才后知后觉地反应过来他那话的意思，然后就手忙脚乱地抱起衣服跑进了浴室。

他那会儿要她的时候，有些失控，大概是弄伤了她，她跌跌撞撞逃开的身影一瘸一拐的。

她很快就在洗手间里穿好衣服，出来后一直垂着脑袋，看都没看他一眼，就朝着门口跑去。

对面那一屋子的人虽然还在说说笑笑地喝着酒，可都显得有些心不在焉。

最先沉不住气的是举着话筒唱歌的杨总："你说会不会闹出什么大事啊？"

有人没反应过来，接了一句："什么大事？"

"顾总啊……"杨总扔下话筒，跑到了茶几前蹲下："我知道顾总脾气不好，但从没见过他发这么大的火，而且还是对一个女人……"

随着杨总的话，大家的脑海里瞬间浮现出顾余生拉着秦芷爱进房间时的神情，凶狠得仿佛要杀人灭口。一屋子人齐刷刷地打了个寒战，有人又情不自禁地开了口："你说，顾总会不会没轻没重，闹出人命来啊？"

"应该不会吧？"始终没接话的陆半城有些拿捏不准地接了话，他喝了一口酒，还没吞咽下去，就把酒杯放了下来："我还是去看看吧。"

陆半城走到顾余生的套房门前，稍停了片刻，刚准备抬起手去敲门，屋门就被人从里面拉开，有人冲了出来。

因为速度过快，陆半城压根儿没来得及反应，冲出来的人就撞入了他的怀中。

陆半城先是被震得惊了一下，随后就暗暗松了一口气，还好没出事……他将秦芷爱从怀中拉出来："小蔻？"

刚打完招呼，陆半城就看到了秦芷爱手中拎着的包，又补了一句："不再玩会儿吗？这就要走了？"

秦芷爱没想到门外站着人，撞入陆半城的怀里时，她稍微蒙了一会儿才反应过来，然后立刻往后退了一步，和陆半城拉开了距离。

她听到陆半城的话，很想抬起头回他一个微笑，客套地跟他说句"不了"，可此时的她眼底都是泪，喉咙堵得根本发不出来声音。雨伞她只能低着头，冲着他胡乱地晃了一下脑袋，然后就擦过他的身往外跑去。

她走得有些仓促，被自己不小心绊了一下，身子一晃，就朝着地面倒去。

靠在床头的顾余生看到这一幕，几乎没有任何思考地就从床上"噌"的一下坐起来。他刚想跳下床，就看见陆半城伸出手，及时搀扶住了秦芷爱。

顾余生微松了一口气，下床的举动缓缓地停了下来。他刚将被子扯好盖住身体，就听见门口传来秦芷爱低低柔柔的声调："谢谢。"

那么大的雨，他去接她，也没见她跟自己说声谢谢，现在陆半城就扶了她一下，她就那么着急地说了谢谢？

顾余生皱着眉往门口看去，秦芷爱仍是低着头的样子，陆半城的手还抓着她的胳膊，温和地问了她一句："没扭伤哪里吧？"

她仍然没抬起头去看陆半城，还保持着低头的姿势，轻轻地晃了晃脑袋，小模样怎么看怎么透着几分乖巧，和平日里在他面前时那种畏畏缩缩的小媳妇模样截然不同……顾余生的眉头皱得更紧，然后他就模模糊糊地听见她对着陆半城回了话。

她的声音很低，他听不太清，然后就竖起耳朵集中所有注意力去听，最后只是隐约听见一个含糊的发音，好像是个"没"字。本就无比烦躁的他顿时变得更烦躁，看什么都碍眼起来。

他憋着火将视线转开，转向了落地窗。

室内开了灯，落地窗宛如一面镜子，恰好倒映着门口陆半城和秦芷爱的身影。

他还握着她的胳膊，她低着头还在跟他说着话……有什么好说的？回一个简单的问题，要回这么久？

顾余生胸膛里那股没熄灭的火瞬间就燃烧到了最旺，下一秒，他就冲着门口吼了一句：“不是让你滚回家吗？还站在那里发什么呆！”

其实秦芷爱对着陆半城也没说什么，不过就是简单客套的几个字“我没扭伤到哪里，谢谢你”。

因为情绪不好，她怕自己一时失控下说出的话里带了哭腔，会被陆半城发现端倪，所以语速放得很慢。

谁知就这么简单的几个字她都还没说完，身后就传来顾余生怒气腾腾的骂声。

她被惊得最后一个“你”字硬生生卡在了喉咙里。

顾余生没少给过她难堪，可这却是第一次当着外人的面给她难堪，秦芷爱本就酸痛无比的眼皮轻轻一眨，眼泪就流了下来。

她完全顾不上跟陆半城客气礼貌地说句“再见”，就快速地从他手中挣开胳膊，擦过他的身边匆匆跑开。

陆半城先是望了一眼秦芷爱的背影，这才转头看向屋里的顾余生。

男子俊美艳丽的脸上的神情格外低冷，眉间隐隐有凛冽的气息浮动。

这样的顾余生，让陆半城在心底犯了一会儿嘀咕，才轻声开口：“生哥，你不愿意看到她让她走就是了，你干什么说话那么难听，一点面子都不给人家留？好歹人家也是女孩，你怎么能这么粗鲁……”

他怎么对她，跟他有什么关系？顾余生的脸色越发难看，毫不客气地开口打断了陆半城的话：“还有你，该干什么就去干什么！别在这里碍我的眼！”

陆半城没走，停了几秒钟，想再说点什么，还没发出声音，顾余生突然就抓了床上的枕头冲着门口砸了过来：“没听懂我的话是不是？还杵在这里干什么？”

顾余生的枕头都还没砸到门口，陆半城就一溜烟地跑了。

被陆半城顺手带关的门还没关严实，就又被推开了。

顾余生以为是陆半城又回来了，看都没看一眼门口，就直截了当地开了口：“陆半城，你还有完没完？”

推门的人被他吓了一跳，门推到一半就不动了。过了大概两分钟，才有个脑袋从外面小心翼翼地探了进来：“顾先生，是我。”

顾余生听到是司机小王的声音，表情微愣了一下。

小王又开口：“顾先生，您让我去买的粥我买来了。”

顾余生这才转过头，望了一眼小王手里拎着的外卖袋子，抿了抿唇，下巴冲着茶几点了点，没说话。

小王知道顾余生那个动作的意思，他把门推开，轻手轻脚地走进来时，还弯腰将扔在门口的枕头也捡起带了进来。

小王将外卖放在茶几上，拿着枕头走向床边的时候，顾余生突然开口：“有烟吗？”

“有。”小王应了一声，从兜里把自己随身携带的那盒烟递给了顾余生。

顾余生接过来，摸了一支叼在嘴里，然后拿打火机点燃。

小王站在一旁，看了吞云吐雾的顾余生一会儿，想到自己出电梯时，看到红着眼眶跑进电梯的梁小姐，动了一下唇，出声说：“顾先生，我出电梯的时候，看到梁小姐哭着进了电梯……”

哭……听到这个字的顾余生指尖轻颤了一下，烟灰飘落在洁白的床单上。

过了几秒钟，顾余生一手随意地捏着床单上的烟灰，一手将烟递到嘴边狠狠地吸了一口。

“那个，刚下了雨，天气也不好，可能不好打车，我要不要送梁小姐回家？”小王看顾余生的神情还算是平静，大着胆子问了重点。

“要回家的是她，又不是我，要问你去问她，问我做什么？”隔着烟雾缭绕，顾余生忽地抬起眼皮，狠狠地瞪了小王一眼。

小王本能地往后退了一步，瞬间就懂了他这话里的意思，明显是让他去送啊……然后他就利索地开口说：“顾先生，我知道了，我这就去送梁小姐回家。”

说完，他就匆匆地转身跑出了门。

直到门关上，顾余生才反应过来小王刚刚说了什么。被猜透心思的他恼火地抓了刚刚被小王捡回床上的枕头，冲着门又狠狠地丢了过去，然后在心底咬牙切齿地骂了一句：你知道个屁！

抽完一支烟的顾余生的心情稍微平缓了一些，他抓了另外一个枕头垫在脑后躺了下来。

刚闭上眼睛，他就察觉到了不对劲，觉得耳根处湿漉漉的。他伸出手摸了摸，然后就猛地坐起身，看向了枕头。

一大片的湿痕……顾余生忽地想起，他完事后看向她时，她背对着他枕着枕头一抖一抖的小肩膀。

所以，这一大片湿漉漉的痕迹，都是她的眼泪？

在刚刚听到她的抽泣声时，浮现出的那股刺痛感又再次出现了。

顾余生全身疼得痉挛了一下，然后他面前的这个枕头，和刚刚那个枕头一样，被他一脚踹飞到了门口。

顾余生长长地吐了两口郁气，然后就摇摇晃晃地爬下床，光着脚丫进了浴室。

他在里面洗了许久许久的澡才出来。

他也没擦头发，就任由水珠滴答滴答地顺着面颊往下流。

他弯腰从床上拿烟盒的时候，视线扫到了茶几上的外卖。他转头盯着外卖看了一会儿，忽地抬起脚，狠狠地踹向了茶几。

茶几猛地被踢出了一米远，外卖袋子歪歪斜斜地摔到地上，里面的粥流了一地，散发出软糯的清香。

他是光着脚丫子踹的茶几，反弹的力道让他的脚底传来刺骨的疼。

他似是感觉不到一样，只是盯着地上的粥定定地瞧着，然后就感觉身体里的某个地方泛起一股锥心刺骨的尖锐的疼。

他是发神经了才想着她被大雨困在郊区那么久，可能没吃东西，然后让司机去帮她买。

结果呢？她一见他就说要走……不对，是他让她离他远远的，她这么识趣地离她远远的，明明很对他的味口啊，所以他听到她走，怒个什么劲啊怒？他果然是发神经了！不，不只是发神经，还脑抽了！

可是，他脑抽似乎不只今天一天……顾余生的喉结上下滚动了两下，然后就拿着烟盒走向了阳台。

他坐在落地窗前，盯着窗外的万家灯火，昂着头，咬着烟，带着几分痞气地吐出烟圈。吹着吹着，他的神情就变得有些迷离起来。

第十章
上心

坦白说句实在话，从他记事起，他就知道这个世界上有个人叫梁豆蔻。

认识梁豆蔻二十多年，你要问他对梁豆蔻的印象是怎样的？

他只有两个字：烦，吵。

除此之外，他绞尽脑汁也想不起，梁豆蔻在自己的生命里到底还留下过什么其他的东西。

梁豆蔻进演艺圈一炮而红，无数人说她是新晋女神，娱乐圈里近二十年以来最漂亮的女星。

当他听到这句话的时候，他闭上眼睛努力想了想，也没想起梁豆蔻究竟长了个什么模样。

他七岁那年，母亲出轨，父亲从此以后性情大变，滴酒不沾的他开始酗酒。

最开始喝醉，他回家只是对着母亲骂骂咧咧的，后来就变本加厉，开始拳打脚踢，再后来就殃及池鱼，连他也开始打。

被打多了，人就会变得有些抗打，就会觉得家暴好像也就是那么一回事，不值得大惊小怪的。

甚至……怎么说呢？后来每次见到父亲，他要是不打他，他都会觉得不习惯。

认真地回想，在他的印象里，七岁之后，他和父亲的唯一交流好像就是他打他。而他和母亲的唯一交流，就是他看着她哭。

好端端的一个家，从那个时候开始，变得越来越不像家了。

也是从那个时候开始，他觉得，家在一个人的生命里好像并不像别人说的那么重要。

用一个词来形容，那就是可有可无，不就是一个晚上回去可以睡觉的地方嘛。

父母那时是联姻，即使没了感情，也没离婚。

因为家族利益纠缠在一起，他们根本做不了主。

那是他就在想，如果婚姻是这样的，他宁可不要。

反正爱情迟早都是会变质的，人也不是没了爱情就活不下去，何必蹚这趟浑水，让自己变得人不人、鬼不鬼的。

父母悲剧的婚姻在两年前终于画上了句点。

母亲被父亲打得忍无可忍，还手时打巧了地方，父亲当场死亡，而母亲也紧随其后服用大量安眠药一同去了。

那时的他还在部队里，听到这个消息后，他连夜赶回北京，看到的是两具尸体。

也是在那一刻，他本来就不想结婚、不想去谈及爱情的决定变得更加坚决。

父母的死，让他不得不放弃他从小就有的梦想，回来接管顾氏企业。

他是真的觉得，自己就这么孑然一身地过一辈子挺好的，心如止水，一身轻松。

奈何他身后站着一个虎视眈眈的梁豆蔻。

讲句真心话，之所以会答应爷爷让梁豆蔻入住自己的别墅，是爷爷以死相逼换来的。

当然，爷爷也逼他和她去扯证……扯个什么证啊，他压根儿就没想过要结婚，谈都没得谈。

梁豆蔻当然也不会善罢甘休，一天往老宅一小闹，三天往老宅一大闹，然后他就被爷爷一天一小闹，三天一大闹，好端端的生活硬是被搅得鸡飞蛋打。

但那个时候的他面对梁豆蔻，其实都可以很从容地应对。

他想，她要住他的别墅，那好，来住，那别墅大不了他不回去了；她要扯证，那好，扯，直接花钱托关系，搞了本假结婚证……反正先糊弄过去，能给他个清静就好。

她搬来他家住的那一天，她去了一趟老宅。而那天他有事，恰好也在老宅。

他出门的时候，她进门，两个人打了个照面。

说句真心话，这么多年以来，他就没正儿八经看过梁豆蔻一眼，那天也不知是怎么回事，擦肩而过的时候，他就神使鬼差地往她身上扫了一眼。

谁知小姑娘胆子挺大，睁着一双经过妆容修饰的、漆黑澄澈的大眼，正直勾勾地盯着他看。

他只看了她一眼就出了门，他上车前，往老宅的窗口又瞄了一眼，隔着明亮的玻璃，看到她还在盯着自己看。

那时的他并没有想太多，司机拉开车门提醒他后，他就弯腰上了车。

回到公司，是一整天的会议。

结束的时候，已经是晚上九点钟。

他本想回家的，刚拿起座机准备给司机打电话让他备车，就想起家里今天住进去了一个女人。

他没拨号码，直接挂断电话，然后靠在办公椅上抽起了烟。抽着抽着，不知道怎么回事，脑子里忽突然就窜出了白天在老宅看到的梁豆蔻的模样。

他原本往嘴边递烟的动作忽地就停了下来，整个人像是被点了穴道一般出了神。

直到烟燃尽，烫伤了他的指尖，他才清醒过来。然后他在心底给梁豆蔻做了一个评价：眼睛……真……大。

他以为自己就那么一走神，也就完了，谁知道过了两天，他和陆半城，还有几个朋友去打高尔夫球的时候，不知道为什么，陆半城跟别人提起了“梁豆蔻”的名字。

那时的他握着高尔夫球杆，正准备挥杆，在听到“梁豆蔻”这三个字的时候，手一抖，杆歪了，没打中球。

陆半城像是看到了多么不可思议的画面一般，从一旁的椅子上跳下来，咬着插在啤酒瓶里的吸管，笑得很贱：“喂，生哥，你竟然没打中球？该不会是在想女人吧？”

陆半城这话刚说完，他自己都愣住了。没错，他在听到“梁豆蔻”三个字的时候，眼前莫名其妙就闪过了梁豆蔻在老宅望着他时的模样。

而且他认识梁豆蔻二十多年，从不觉得梁豆蔻像外面宣传的那样美艳动人、不可方物。

可那一刻的他竟觉得自己一直不屑一顾的梁豆蔻……好像长得还不赖。

尤其是她望向他的那双眼睛，水汪汪的，仿佛会勾魂。

“喂？该不会真的被我说中了，是在想女人吧？”陆半城看他半天没说话，伸出手拍了拍他的肩膀。

他猛地就惊回了神，意识到自己竟然连续两次想起梁豆蔻的模样，忽地就烦躁起来，将高尔夫球杆往地上重重地一扔，一句话都没说，拎起外套走人。

刚回到车上，他就接到了爷爷的电话。先是对他不回家劈头盖脸一顿臭骂，然后就跟他说，别拿忙当借口，淮南的那个案子，他已经做主帮他推了。

他本就因为家里的那个女人烦着呢，现在又因为她搅黄了他盯了三个月的案子……一股无名的怒火从心底冒了起来，他开车回了公司，洗完澡，抽了好几支烟，刚缓过来劲，爷爷的电话又打了过来，问他这么晚怎么还没回家？

他随意敷衍了两句便挂断电话，心情都还没平复过来，爷爷的电话又打来了。

随着爷爷一口一个“小蔻”，他整个人像是中了邪一样，眼前晃动的都是那天她望着自己的那双眼睛，晃到最后，他的脑袋都快要炸了。

这么多年来，梁豆蔻没少仗着爷爷当靠山来烦他。

但烦归烦，也最多是爷爷闹得他烦，可是现在，就连她也来搅和了！

他的怒火陡然就升到了最高点，他强压着脾气挂断爷爷的电话，就气冲冲地开车回了家。

她倒好，躺在床上睡得正香。

现在回想起来，那时的他就是中了邪，一直巴不得和梁豆蔻能撇多远距离就撇多远距离的他，居然故意动静很大地躺在了床上，把她给吵醒了。

他是在发泄怒火啊，可被吵醒的她和那天在老宅见的那一面一样，眼睛睁得大大的，一眨不眨地盯着他看了起来。

那天的卧室没开灯，他看不清楚她的容颜，借着窗外照进的淡淡月光，他只觉得她的眼睛又黑又亮。

那一刻，他对她的眼睛又有一个新的评价：眼睛……真……会撩人。

他被她的那双眼睛撩得怒火不但没发泄出来，反而更心烦意乱，甚至连身体都有了反应。

他从来没有因为一个人女人这么失控过，他也不想因为一个女人这么失控。

可是他越不想，体内的怒火和欲火就横冲直撞得越厉害。

他急需一个发泄口，他想当时的他绝对是气昏了头，找了半天终于找到的发泄口居然是把她压在身下，又狠又急地搂住了她。

之后他才惊觉自己做了些什么，他不敢置信，在有生之年，他竟然会对一个女人有冲动。

他几乎没有任何犹豫地就做出一个决定，他要让她从此以后见到他都躲得远远的。

他让管家盯着她吃避孕药，让管家告诉她别来烦他，打电话拉黑她的号码，只要她出现在他面前他就会残忍而又狠戾地对她……他每一步走得都又狠又绝，没想过给她任何机会，也没想过给自己留条后路。

直到爷爷生日的那天，她终于怕了，她哭着求他，跟他保证以后绝对会离他远远的……他当时虽然恍神，心里却庆幸，一切终于结束了，他的世界终于要安静了。可当车祸来临时，她却推开了他。

当时的她喊了他一声“顾余生”，喊得又急又慌，和她平日里讲话的声调一点也不一样……不知道是不是他的错觉，他总觉得那个声音好像听到过……很熟悉，是那种似曾相识的感觉。

可他努力地翻遍了脑海里所有的记忆，却没有找到任何关于那个声音的线索。

他想，或许是他出现了幻听，又或许是当时大街上的风太大，他听错了。

不管那一声“顾余生”让他有多失魂，他以为只要过了那一天，他就会是从前那个潇洒不羁的顾余生。

可是，当他真的看到她的躲闪和远离，他心底的烦闷不但没有烟消云散，反而变得更加得寸进尺。

他甚至还做出了许多到现在为止他自己都百思不解的行为。

例如，昨晚主动回了家，今天冒雨去接她；再例如……他让小王给她去买粥。

沉思了这么久的顾余生拉了拉神游的思绪，转头看向被他踹飞到地上的洒了一地的粥。

他若有所思地盯着地上已经凉透了的粥想了许久，一直想到脑袋疼了也没想出来个答案，雨伞他狠狠地晃了晃脑袋，就又掏了一支烟。

管他呢，想不通就不要想了。

反正他不会要婚姻，也不会要爱情，更不会喜欢上任何女人，所以他现在的奇怪行为，八成就是脑子抽了。过一阵子，过一阵子说不定脑子就恢复正常了。

顾余生像是在给自己做心理暗示一样，在心底把这句话反反复复重复了好几遍，然后心情终于舒坦了一点。他慢悠悠地站起身，走到书桌前给前台打了个电话，吩咐人上来收拾房间，然后就拿了衣服穿戴整齐后，晃去了对面的房间。

刚被顾余生恼过的陆半城看他进来，也没着急跟他讲话，坐得远远地观察了一会儿，看顾余生的脾气好像消了不少，这才举着手机跑到顾余生的跟前：“生哥，吴昊明早的飞机到北京，问我们明天中午有时间没有？

一起吃个饭。”

顾余生倒是真的平和了下来，懒散地晃着一个酒杯，漫不经心地回了两个字：“吃呗。”

“那我们在哪里吃？耗子还等着我们回地址呢。”

“你……”顾余生想回一句“你定”，可他只说了一个字就停顿下来。他想起接了那个女人到车上，她拿着毛巾弯腰擦地时沾了血，好像是脚底受了伤。小王走得急，他没来得及告诉小王给她买点药，也不知道她回家后……他怎么好端端的脑子又抽抽地去想她了？顾余生举着酒杯喝干了杯中酒，然后就冲着陆半城回：“随便吧。”

“耗子说，他想去你家，说你新买的别墅装修好后他一次都没去看过……”陆半城突然咬着牙止住了声音。

他家住着梁豆蔻啊，提他的别墅，不就等于间接提了梁豆蔻。他这正跟梁豆蔻闹不痛快呢，自己这不是送上门找骂吗？

陆半城轻咳了一声，刚准备将刚刚的话糊弄过去，谁知顾余生却不冷不热地接了话：“那就去我家呗。”

陆半城盯着顾余生，瞬间傻了眼。

过了一会儿，顾余生没等到他的回答，终于淡淡地转头瞥了他一眼。

陆半城顿时清醒过来，猛点头说：“好咧！”

然后他就拿出手机，一边给吴昊回消息，一边在心底打起了鼓。生哥这也太难以捉摸了吧。刚刚还眼不见心不烦地赶走了梁豆蔻，怎么转眼自己又要往家里凑了呢？

第十一章
梦里梦外

秦芷爱回到家才不过晚上十点钟。

管家不在，偌大的别墅里，只有她一个人。

她孤孤单单地坐在客厅的沙发上，抱着医药箱给脚底的伤口消了毒，然后贴了几个创可贴就一瘸一拐地上了楼。

挨到半夜十二点，秦芷爱知道顾余生是不会回来了，这才去洗手间卸妆，关灯睡觉。

她夜里睡得不是特别踏实，做了许多乱七八糟的梦。到了清晨才彻底睡熟，结果家里的座机又响了起来。

电话是管家打来的，她的小孙子生了病，儿子和媳妇又在外出差，今天要照顾孙子，想请一天假。

反正家里只有她一人，所以她想都没想就同意了。

挂断电话，秦芷爱补了个回笼觉，再睁开眼已将近十一点。

虽然她知道顾余生回家的可能性很小，但她还是坐在梳妆台前仔仔细细化了个妆。

管家不在，秦芷爱只能自己下厨做饭。菜刚下锅，她就听见门口传来了门铃声。

秦芷爱将火调得稍微小了一些，擦了擦手，就一路小跑到了玄关处，打开了门。

门外站着的两个人秦芷爱都认识，一个是陆半城，另外一个，即使她已经好几年没见，但还是一眼就认了出来，那是她最好的朋友许温暖的男朋友吴昊。

秦芷爱不确定梁豆蔻和吴昊熟不熟，所以就保守地先跟陆半城打了声招呼。

因为蒋纤纤的缘故，吴昊对梁豆蔻还是有点印象的，但是不熟。加上高中毕业后，他和许温暖一起去了杭州，许多年没回过北京。所以在陆半城介绍完后，他才模模糊糊地对上了号，然后冲着秦芷爱伸出手："梁小姐，幸会。"

秦芷爱浅浅地一笑，叫了一句"吴先生"。她刚伸出手跟吴昊握了握手，门外又有一辆车子开了进来。

那是顾余生的车子。

秦芷爱本能地一哆嗦，忘了松开吴昊的手。

好在吴昊被开进来的车子吸引了注意力，没有察觉到她这细微的反应："生哥到了？"

秦芷爱这才回神，急急忙忙收回了手，然后就看到顾余生推开车门下了车。

他拿钥匙锁车的时候，纳闷地问了一句："怎么不进屋，在门口站着做什么？"

"刚到。"陆半城回。

顾余生没再说话，走到门口时，看到正弯着腰从鞋柜里拿拖鞋的秦芷爱，微愣了一下，迟疑了一秒钟才开口纳闷地问："管家呢？"

秦芷爱往顾余生面前摆放拖鞋的动作稍稍停顿了一下，没抬头去看顾余生，轻声地回："她有事，给我打电话请假了。"

"啊？管家不在？那午饭怎么办？"吴昊接了话茬。

顾余生蹙眉，刚准备说"出去吃"，换好拖鞋的陆半城就冲着屋里走了两步，然后深吸了两口气，来了一句："好香。"

随着他的话音落定，吴昊也吸了吸鼻子，然后看向秦芷爱："你在煮饭？"

秦芷爱轻点了一下头，然后指了指厨房："我先去看看。"说完，她就往厨房走去。

陆半城倒也不客气，冲着秦芷爱的背影喊了一句："正好，小蔻，把我们仨的饭也煮上。"

秦芷爱下意识地看了顾余生一下，发现男子的神情没有任何不悦的迹象，这才"哦"了一声，进了厨房。

因为多了三个男人，秦芷爱又准备了一些菜，做到最后只剩下一个汤和一个青菜的时候，她就走出餐厅去叫人。

客厅里只有顾余生一个人，吴昊和陆半城不知道去哪儿了。

电视机开着，声音调得很低。他一手夹着烟，一手举着手机，不知在看些什么。

秦芷爱没敢靠近，远远地站着，小声地说了一句："可以吃饭了。"

顾余生不紧不慢地吸了一口烟，才掀起眼皮瞄了她一眼。

他的眼神很寡淡，也没给她一个回应，只是不冷不热地收起手机，站起身，走到了一楼的休闲室门前，抬起手敲了两下门，冲着里面的吴昊和陆半城简单地吐出两个字："吃饭。"

陆半城和吴昊先进的餐厅，坐在餐桌旁，还没等顾余生过来坐下，就毫不客气地先动起筷子。

两个人看秦芷爱端着青菜从厨房里出来，立刻夸了起来——

“小蔻，我还不知道，你的手艺竟然这么好。”

“是，是不错，比那些五星级饭店的菜好多了。”

秦芷爱被两个人夸得有些不好意思，浅浅一笑，温柔地说：“好吃你们就多吃点。”

她的话刚说完，顾余生就进了餐厅，手里还多了一瓶酒。

秦芷爱脸上的笑容条件反射般地收敛了，只见她将青菜往餐桌上胡乱一放，没看顾余生，低声说了句：“我去厨房看看汤。”然后就匆匆地转身离开。

秦芷爱进了厨房，背对着身后的餐厅，刚准备反手关门，就听见身后传来重重的一声“砰”。她没回头却能知道，那是顾余生放下酒瓶发出的声响。他大概是心情不好，拉椅子的动作特别大，椅角摩擦地面发出刺耳尖锐的噪音。

秦芷爱端着汤锅回到餐桌前的时候，顾余生正在倒酒。

他就当她是透明人一般，看都没看她一眼，只有陆半城和吴昊一脸热情地叫她别忙了，赶紧坐下吃饭。

因为有顾余生在的缘故，秦芷爱面对陆半城和吴昊的话语，没了刚刚顾余生不在时和他们交谈的那股淡然。她抬起头，冲着两人温柔地笑笑，轻轻地“好”了一声，就垂下眼帘，拿起勺子盛起了汤。

秦芷爱盛了四碗汤，先给陆半城和吴昊一人递了一碗，然后才又端了一碗递向了顾余生。

顾余生没像陆半城和吴昊那样汤碗递到一半就被接了过去，他就像是没看到一样，秦芷爱把汤碗递到他的眼前他都没理睬。

秦芷爱悄悄望了一眼顾余生，发现男子眉目间的气息略显得有些低沉，她知道这是他不高兴的反应。为了避免招惹到他，秦芷爱将碗轻轻地放在他面前的餐桌上，连句话都没说，就飞快地收回手，坐正在自己的餐椅上。

不知道是错觉，还是他冲着她发了太多次火她都十分敏感，秦芷爱觉得主桌上的顾余生身上的气压更低了。

好在有陆半城和吴昊在，两个人一直都在绘声绘色地瞎侃。顾余生偶尔也会插几句话，虽然每句话里也就寥寥可数几个字，但餐桌上的气氛并没有僵持和尴尬，所以秦芷爱也并没有独自面对顾余生时的那种紧张和拘谨。

开始都是在聊男人们自己的事，秦芷爱坐在餐椅上，沉默地吃着自己的饭，安静得仿佛不存在一样。

饭吃到一半的时候，吴昊拿着筷子夹秦芷爱面前的菜时，因为餐桌太大一时没夹到，秦芷爱看见了，就体贴地帮吴昊夹了菜。

陆半城看到，立刻将盘子也伸了过来："小蔻，我也要。"

秦芷爱给陆半城夹完菜后，看到他面前的汤碗已经空了，随口问了句："还要喝汤吗？"

陆半城毫不客气地将汤碗递了过来，秦芷爱给他盛汤时，顺道也给吴昊盛了一碗。

她放下勺子，刚拿起筷子，喝了一口汤的陆半城就赞不绝口地出声："小蔻，我从来不知道你的手艺这么好，看来我得经常过来蹭蹭饭了。"

做的东西有人喜欢吃，秦芷爱自然很高兴。她抬起头，冲着陆半城粲笑着开口说："好啊，你什么时候想吃了就过来，想吃什么提前告诉我，我……"

秦芷爱的话还没说完，许久都没吭声的顾余生忽地将手中拿着的筷子狠狠地摔在了桌子上。

秦芷爱被吓得身子一哆嗦，本能地转身看向了顾余生。他脸上的神情阴郁到了极点，眉眼之间泛出冰凉的光彩。

陆半城愣愣地望着顾余生傻了一会儿眼，然后没经大脑地开口：“这是怎么了……”

他只是刚说了几个字，吴昊就在桌子底下冲着他的腿狠狠地踢了一下，陆半城吃疼道：“哇，耗子，你找死啊，踢我干什么……”

陆半城一边说，一边横眉竖眼地看向吴昊。待发现吴昊冲着自己在挤眼睛，他嘴里的话一顿，然后转头看了看顾余生，又看了看秦芷爱，像是明白过来什么一样，立刻乖乖地闭上了嘴。

餐桌上的气氛略显凝滞。

受不了这种压抑氛围的陆半城悄悄拿胳膊撞了撞吴昊，吴昊懂他的暗示，转了转眼珠子，然后清了两下嗓子，开口说“小蔻，生哥碗里的汤没了。”

“哦。”秦芷爱愣愣地应了一声，大概是被顾余生的脸色吓得太过忐忑不安，一时半会儿没反应过来吴昊的暗示。

顾余生用眼角的余光盯着她迟迟没动的身影看了几秒钟，突然唇一绷，转头冲着她狠狠地瞪了一眼，就踢开了身后的椅子，沉着一张脸扬长而去。

顾余生一走，陆半城和吴昊也不敢多待，两个人狼吞虎咽地吃完了饭，纷纷起身跟了出去。

餐厅里只留下秦芷爱一个人，她呆呆地坐了好一阵子才回过神来。

她低下头，不紧不慢地吃光了碗里的饭，才去收拾一大桌的残羹剩饭。

洗完餐具，秦芷爱拿着抹布擦餐桌的时候，隐约听见客厅里传来陆半城大叫的声音。

原来他们还没走啊……她握着抹布沉思了几秒钟，就打开一旁的橱柜，拿了一套茶具出来，再泡上一壶热茶，端着向餐厅门口走去。

拉开餐厅门，客厅里，三个人的对话声清晰明朗了许多。

秦芷爱端着茶壶刚准备踏出餐厅的门，就听见吴昊的声音传过来：“生哥？”

过了两秒钟，顾余生才不冷不热的“嗯”了一声。

他一回应，吴昊就立刻接着开了口：“你有没有发现，你老婆跟我媳妇的闺密长得有点像？”

吴昊的媳妇，其实就是她最好的朋友许温暖。他们还没结婚，只是高中的时候吴昊就喜欢冲着许温暖“媳妇媳妇”地喊。

秦芷爱的后背微微一僵，迈出餐厅的举动蓦地就停了下来。

她知道偷听别人对话是不道德的行为，可她还是竖着耳朵听了起来。

因为这些年，她比谁都想知道，顾余生到底还记不记得秦芷爱？

这次，顾余生许久都没有出声。

过了大概一分钟，吴昊才又发出声音：“就是秦芷爱啊，你没印象了？当初念高中的时候，整天陪着我媳妇，跟我们一起玩的那个秦芷爱啊？”

顾余生仍是沉默，秦芷爱听见了打火机打开的细碎的声音。过了一会儿，她就听见顾余生的声调很清凉寡淡地飘来：“没印象了。”

“没印象了？”吴昊的语气略显得有点急，“个子不算特别高，瘦瘦的，头发很长，皮肤白白的，眼睛特别大，当时我同桌还对她有那么点意思的那个小姑娘……”

“哎呀，你该不会是真的不记得了吧？你们见过好多面的，小姑娘说话语气软绵绵的，比你老婆长得好看多了……”

“呵……”顾余生突然轻笑出声，语气里染上几分嘲弄，“无关紧要的陈年旧事了，谁没事像你一样，吃饱了撑的记得那么清楚。”

无关紧要的陈年旧事……秦芷爱的身体不受控住地晃动了一下。

原来那段至今为止她都觉得美得不可思议的往日时光，对他来说，不过只是一段无关紧要的陈年旧事。

仿佛有什么东西一下子堵到了嗓子眼，让秦芷爱哽得无比难受。

她努力维持常态，可眼前还是渐渐蒙上一层雾气。

他不记得她了，真的不记得她了……吴昊都已经形容得那么详细了，他还是不记得她……秦芷爱没了走出餐厅的勇气，而是端着茶壶往后退了一步。然后，她又听见顾余生开口，他大概是含了烟，嘴里发出的声音有些含糊，语气也略显轻佻："你媳妇的那个什么闺密是不是追过我？或者缠过我？"

"去，美的你。人家既没追过你，也没缠过你。"

"是吗？"顾余生徐徐吐了个烟圈，似信非信地轻笑了两声，轻描淡写地说，"那不记得多正常。"

那不记得多正常……秦芷爱的手一抖，托盘里的茶壶就滑落到地上，发出清脆的声响，摔了个粉碎。

"什么东西碎了？"陆半城耳尖，抢先开了口。

秦芷爱这才意识到自己终究还是失态了，急忙蹲下身子收拾地上的狼藉。

她心底难过，动作又太急躁，一不小心，指腹就被瓷片划出了一道小口子。

细微的疼让秦芷爱的胳膊轻颤了一下，然后身后就传来陆半城的声音："怎么回事？茶壶碎了？没烫到吧？"

陆半城连续问了好几句，然后才注意到秦芷爱指尖上的小伤口："呀，划破了？"

随着陆半城的惊呼，几乎是跟着他一同走进餐厅的顾余生的视线落到了秦芷爱的指尖上。

伤口不深，只是轻轻地划了一下，并无大碍。

有小血珠正在往外冒，贴个创可贴便可以止血。

顾余生转动的神思还没落定，陆半城就冲着蹲在地上的秦芷爱伸出了手："小蔻，快起来，我来收拾……"

她倒是和陆半城走得比较近啊……昨天听到她困在郊区回不来，陆半城一直催他去接她；昨晚她从他套房走的时候险些摔倒，是陆半城扶住的她，还为了她而说他；今天吃饭，她冲着陆半城笑了又笑，还对着陆半城说什么想吃什么告诉她她就准备……顾余生的眼睛微眯了眯，大脑里的想法还没落定，手猛地就伸了出去。他抢在陆半城之前将秦芷爱大力地从地上拎起来，然后就一把将她扯到自己身后，用自己的身体把陆半城和她隔绝开来。

秦芷爱本就因为顾余生刚刚和吴昊说的话心情浮动得厉害，此时他就站在她的面前，手还抓着她的胳膊。他掌心的温度很烫，顺着她的肌肤一直烫到她的心底，和当初年少时，过马路车开过来，他猛地拉她的胳膊提醒她注意路的那种温度是一模一样的。

那时，他掌心的温度让她那颗少女心澎湃得无比厉害。

可是现在，这种温度却让秦芷爱的心一抽一抽疼得一下比一下尖锐。

她怕自己再待下去会突然情绪失控，就微微挣扎了一下，将胳膊从顾余生的掌心里挣脱了出来。

她那样逃避的举动让顾余生一愣，本来想对她开口说的那句"贴个创可贴去"顿时就噎在了喉咙里。

他迟缓地转动眼珠，落向自己空荡荡的掌心。过了几秒钟，他才后知后觉地反应过来究竟是怎么一回事。

怎么陆半城帮她她也没着急把胳膊从陆半城的手中抽走，还温言细雨地对着陆半城说谢谢。他这刚拉她起来，她就跟老鼠见了猫一样，恨不得一溜烟地消失……亏得他刚刚还想关心一下她的伤口……顾余生的心火忽地就蹿了起来，寒着一张脸指了指餐厅的门，冲着秦芷爱气冲冲地开了口："不会做就别做，赶紧给我滚楼上去，别在这里丢人现眼！"

顾余生说的话太难听，看得吴昊于心不忍。为了让秦芷爱不那么难堪，他赶紧开口打圆场："小蔻做了一中午的饭，肯定也累了，赶紧上楼去休息休息吧。"

秦芷爱垂着眼帘，努力稳着眼底的雾气，冲着吴昊勉强笑了一下，说了句"抱歉"就转身快速地跑开了。

"生哥，你说你这是干什么啊？"吴昊等到秦芷爱走远后，忍不住嘀咕了一句。

昨天说顾余生时被翻脸的陆半城轻轻地顶了顶吴昊的后背，小声说："昨天我也这么说过生哥，结果就被骂了。"

吴昊立刻闭上了嘴。

然后两个人一前一后、小心翼翼地转头，看向了顾余生。

本以为入眼看到的会是怒气腾腾的顾余生，谁知此时的顾余生出奇平静，他保持着刚刚的姿势站在一旁，目光淡淡地盯着手，不知道在想些什么。

吴昊和陆半城有些不可思议，面面相觑了几眼，有些摸不清顾余生的套路，两个人都没敢出声。

过了大概一分钟，顾余生动了动脑袋，将视线收回来，盯着窗外明晃晃的阳光看了一会儿，然后一言不发地踏着步子走向客厅，坐在沙发上拿出一支烟，自顾自地抽了起来。

三点不到，陆半城和吴昊就离开了。

原本很热闹的家一下子变得出奇安静。

电视里被调小的音量，显得突兀了起来。

顾余生听得烦，拿起遥控器关了电视，然后就仰躺在沙发上，盯着天花板，中间都不带停地连抽了三支烟。

他拿出第四支的时候，看了一眼落地钟的时间，已经快要四点钟了。

那女人被他吼了一句，上楼后到现在，已经三个小时了，一次都没下来过。

顾余生忍不住往楼梯口瞟了一眼，点烟的动作微顿了顿，然后吸了一口烟。不知为什么，他突然觉得烟的味道有点索然无味，便似是而非地胡乱将烟吐了出来。然后他又往楼梯口看了一眼，顿时觉得烟的味道难闻极了，便将刚点燃还没吸一口的烟掐灭，扔进了垃圾桶里。

顾余生静静地靠着沙发坐了一会儿，就站起身去了洗手间。出来后，他望了望楼道，神使鬼差般迈着步子上了楼。

顾余生悠悠地迈着步子，沿着二楼楼道走到主卧的门口。

他在门外站了一会儿，然后就伸出手，推开了门。

屋里的秦芷爱正坐在沙发上看剧本，感觉到房门被推开，本能地就转头望向了门口。

顾余生恰好在往里看，两个人的视线不偏不倚就撞在了一起。

接近傍晚的阳光，金灿灿的，透过明亮的窗户，恰好有一缕打在她的脸上，衬得她的眼睛越发美。

她眼底流转的光澄澈剔透，比顾余生的印象里还要撩人，撩得他的心底猝不及防就泛起了一丝慌张，然后他才迟钝地意识到，他竟然上了楼。

对啊，他上楼来做什么？

秦芷爱明明什么都没问，可顾余生却像是在掩饰什么一样，偏偏就要给自己上楼找个借口，他一边故作镇定地拉着长腔“嗯”了一声，一边飞快地转动大脑，然后就对着秦芷爱语调淡淡地来了一句：“下周一晚上，你准备一下，陪我出席一个晚宴。”

顾余生的话有些出乎秦芷爱的意料，她盯着顾余生的眼睛睁得更大了一些。

顾余生的心随着她睁大的眼睛，跳动的速度突然失控，一下比一下跳得快，丝毫没有要停下来的迹象。

这种从未有过的陌生反应让顾余生变得有些慌，他拼命想让自己表现得冷漠疏淡一些，可是他能清楚地感觉到，自己努力故作的镇定，在她的目光下一点一点瓦解，整个人变得有些无措。

真是邪门了，他怎么一看她的眼睛，整个人就跟中了邪似的，变得神经兮兮的？

她也是有病，眼睛本来就够大的了，还睁，撩谁呢？

一时半会儿不知该如何反应的顾余生突然就恼羞成怒起来，冲着秦芷爱想都没想就脱口而出一句话："别看我！"

前一秒他还平心静气地说让她陪他去参加宴会，怎么下一秒突然就发起了火？

顾余生的脑回路前后反差太大，秦芷爱有些跟不上节奏。她被他吼得先是一愣，然后就冲着他眨了眨眼睛。

她眼底的光彩因为沾染了不解，显得有些无辜。

尤其是在冲着他眨眼睛的时候，带了一种说不出来的魅惑。

顾余生的呼吸猛地一滞，明明满肚子的火，却怎么也发不出来了。

他左右张望了两下，看到门口旁边的实木衣架上挂了一件自己的衬衣，他没有任何停留地大力扯了下来，往前走了一步，冲着秦芷爱的脑袋狠狠地丢了上去，将她的脑袋罩了个严严实实。

秦芷爱下意识地抬起手想要扯掉顾余生的衬衣，她刚抬起手，指尖还没碰到衬衣，顾余生就抢先开了口，语气强硬："不许动！"

秦芷爱的指尖蓦地一停。

少了她那双水汪汪的大眼睛，顾余生的理智拉回了一些。他快速地开口，干脆直接冲着她做出决定："下周一晚六点，小王来家接你。"

说完，他想了想，又补充了一句："不是我要你去的，是爷爷要我带你去的。"

爷爷让他带她去参加晚宴？那他会不会以为又是她在缠着他？

秦芷爱下意识地开口为自己辩解：“不是我跟爷爷说要跟你一起去参加晚宴的，下周一我可能会有事，要不然我去跟爷爷说一下……”

开什么玩笑，那晚宴是他顺口拈来的借口，哪里是爷爷让的？爷爷根本就不知道他下周一有个晚宴，现在她去找爷爷，岂不就被戳穿了？

顾余生微蹙了眉，忽地就出声打断了秦芷爱的话：“说什么？说我威胁你不让你去？然后又让爷爷来训我？”

说完，顾余生转身就冲着卧室门外走去，大概走出门口两米远的时候，他怕秦芷爱真的会给顾老先生打电话，有些不放心地停下脚步。

想了想，她又往后退了几步，冲着房间里的秦芷爱又来了一句：“没事少在爷爷面前提我！要是爷爷给我打电话，说的话不让我舒坦，看我回来怎么收拾你！”

然后，顾余生才大步流星地扬长而去。

一直等到楼下传来顾余生的车子发动的声音，秦芷爱才将脑袋上罩着的衬衣给扯了下来。

她缓缓地转过头，透过窗户，恰好看到顾余生的车子缓缓开出了别墅的大门。

大概是因为顾余生突然上楼和她说了几句话的缘故，她耳边又闪过午饭后他和吴昊的对话，顿时就没了看剧本的心情，好不容易平缓下来的心又细细密密地抽疼了起来。

或许，从八年前她拨打的那个电话是空号的那一刻起，她就该放下他。

更或许，两年前他和她偶遇，她鼓足了所有的勇气走到他的面前，他说“对不起，小姐，我想我真的不认识你”的那一刻，她和他的一切关系就已经结束了。

是她不死心，不甘心让他就这么消散在自己的生命里。

毕竟是那么刻骨铭心地爱着。

所以甘愿成为另一个女人的替身，只为可以短暂地待在他的身边。

遗忘是最大的无情。

她想，当年的顾余生应该是真的没把她记到过心里吧。

若是他真的记住了她，后来又怎会忘了她？

若是他真的把她放在心上过，即使现在的她换了容颜，他应该也会察觉到异样啊。

真的好难过，就这样被他忘了，遗忘得那么干净，那么彻底。

周一的中午，秦芷爱接到了小王的电话，提醒她不要忘了晚上的宴会。

虽然说了是六点来接她，但五点半小王就到了。

已经化完妆的秦芷爱随手挑了一件礼服，配上一款同色系的高跟鞋就下了楼。

小王早就站在车旁等着她，看见她出来，立马帮她打开车门，秦芷爱冲小王说了句“谢谢”，弯腰刚准备上车，就看到了靠着车背正闭目养神的顾余生。

不是说让小王来接她吗？怎么他也在？

秦芷爱的举动不由自主地变得拘谨了一些，她小心翼翼地爬上车，规规矩矩地坐在顾余生的身旁。

小王关了车门，绕过车头，上车，然后发动了车子。

车里很安静，没有任何人发出声音。

顾余生始终没有睁开过眼睛，神情平淡得像是真的睡着了。

秦芷爱紧绷的神经渐渐松弛了一些，她眼睛原本一眨不眨地盯着窗外，此时也缓缓地转动了起来。

在她透过后视镜看到坐在自己身旁的顾余生时，她的视线静止了下来。

三天没见，他的头发好像剪过，短了一些，露出饱满的额头，衬得五官的轮廓越发精致，也更加精神。

闭着眼的他，少了许多压迫感，整个人看起来清隽柔和，配上一身款式低调却又透着奢华的正装，画面感美得简直就像是在做梦。

秦芷爱贪婪地看了许久，直到顾余生轻蹙了一下眉，睫毛颤了颤，似是要睁开眼睛，她才慌忙别开视线，看向了车窗外不断后退的风景。

顾余生本来只想眯一会儿，没想到真的睡着了。醒来后，他看到身边坐着的秦芷爱，整个人微怔了一下，然后点着头似是明白过来。他转头望了一眼车窗外，就微微动了动身子，换了一个姿势。

秦芷爱感觉到顾余生的动作，知道他是真的睡醒了，整个人顿时像是石化了一般，动也不动了。

顾余生先拿出手机按了一会儿，后来像是累了，就抬手揉起了眉心。揉到一半的时候，他眼角的余光像是瞥到了什么一样，动作微顿了顿，然后就一点一点地转过头去，看向了秦芷爱的胸口。

她穿了一件淡粉色的礼服，胸前是绑带的，隔着丝绸带子的缝隙，可以看到她的胸，若隐若现的。

顾余生盯着那一处看了好一会儿，眉头缓缓地皱起来，心里莫名其妙开始有些不爽。

她这是什么礼服啊，穿了跟没穿有什么区别？

顾余生动了动唇，下意识地想要训斥她。可是话到嘴边，却又被他咽了下去。

他吃饱了撑的没事干啊，关心她穿的衣服干什么？就算她全裸着，也跟他没多大关系啊……以前她拍电视剧的时候，不是还穿过比基尼吗？陆半城告诉他那会儿，他也没像现在这样想着要多管闲事啊……想到这里的顾余生，硬生生逼着自己将视线从她的胸前挪向了窗外。

他盯着窗外不断后退的高楼大厦看了没一会儿，整个人的视线就又不受控制地开始频繁地往她的胸前瞟。

一次、两次、三次……十次……顾余生恼火地伸出手，从兜里摸出一支烟，一边吸，一边隔着烟雾缭绕继续往秦芷爱的胸前若有似无地扫。

扫着扫着，顾余生开始坐不住了，手里夹着烟，身子不断地动来动去。

动到最后，他整个人心浮气躁得厉害，望着秦芷爱的胸的眼神凌厉得仿佛恨不得将她的衣服撕成碎片。

坐在一旁的秦芷爱虽然一直安静而又规矩地坐着没去看顾余生，却还是敏感地察觉到他有些不对劲。

她怕顾余生等会儿哪里气不顺会殃及到自己，便小心翼翼地往车门处又靠了靠。

她那不经意的举动，将胸前的绑带扯得更开了些。

她这副模样看在顾余生的眼里，形同毫无遮挡。

她就穿这样的衣服跟他一起去参加晚宴？

待会儿和人应酬的时候，岂不是谁都可以看到她的胸？

顺着顾余生的想法，他脑海里顿时浮现出一群形形色色的男人，一边和他打招呼，一边往她胸前瞄的画面。

顾余生条件反射地在心底就脱口而出一句脏话，盯着秦芷爱的胸的眼底冒起了熊熊烈火，他清楚地感觉到自己有种想要杀人的冲动。

无处发泄的他将牙齿咬得“咔咔”响了好几声，就恶狠狠地掐灭了手中的烟。因为太用力，烟头都被他捏得变了形。

他阴沉着一张脸，看了一眼窗外，马上就要到晚宴的地点了。

难不成就真的让她跟着他这么一起进去？

可让她来的人是他，总不能再凶神恶煞地把她给轰回去吧？

顾余生气冲冲地抬手扯了扯领带，刚准备去解衬衣纽扣让自己透口气，视线突然就停留在手边的置物盒里。

那里放了一把拆快递的刀……原本浮躁不已的顾余生顿时就安静下来。

他盯着那把小巧的拆快递的刀看了一会儿，然后轻轻地转了转眼珠，趁着秦芷爱和小王不注意的时候，快速拿起了那把刀。

他故作舒坦地靠在车背上，看似目不转睛地盯着正前方，实际上眼角的余光一直留意着秦芷爱的衣服。

他在找到秦芷爱礼服的拉链时，抬起手微微抵了抵鼻尖，然后就闭上了眼睛。

过了大概十几分钟，他的身体缓缓冲着秦芷爱那边倾斜了过去，然后脑袋不偏不倚就枕在了秦芷爱的肩膀上。

顾余生的主动贴近让秦芷爱全身轻颤了一下，本能地转头看向他。

男子闭着眼睛，呼吸绵长，像是又睡着了。

他压在她身上的力道有些重，让秦芷爱无法动弹。他身上特有的那股混着烟草气息的清香不断地往她的鼻子里飘，飘得她神思不稳。

顾余生枕着秦芷爱的肩膀安静地待了一会儿，才偷偷掀开眼皮瞄了一眼女孩。看她在愣神，他悄悄拿着那把刀挪到她的腰间，凭借着记忆找到了她的礼服拉链，然后冲着拉链旁边的线头飞快地划了两下。

因为拆快递的刀从未用过，刀尖锋利无比，即使顾余生为了避免秦芷爱发现自己的小举动将力道刻意放得很小，但拉链旁边的线还是被他轻而易举就划断了。

他怕被人看出破绽，并没有急着从秦芷爱的肩膀上离开。

眼看着车子距离目的地越来越近，顾余生怕秦芷爱身上的礼服坏得不够彻底，趁着她不注意，又继续拿拆快递的刀时不时地冲着拉链旁边手工缝制的线上勾两下。

晚宴地点是京城俱乐部。

车子在地下停车场停稳的时候，顾余生仍闭着眼睛没动，直到小王出声提醒：“顾先生、梁小姐，到了。”

顾余生这才慢吞吞地睁开眼睛，他没有立刻从秦芷爱的肩膀上离开，而是靠着她的肩膀，佯装一副刚睡醒的样子，恍惚了好一会儿，才一头雾水地转头看向秦芷爱的侧脸。

为了让戏演得更逼真，顾余生故意盯着秦芷爱的侧脸愣了一会儿，才摆出一脸后知后觉的反应过来自己在睡着的时候不小心靠在她肩膀上的模样，冲着她“嗯”了一声，再坐直身子，然后明知故问地冲着前面的小王来了一句：“到了？”

“是的。”小王应完后立刻下车，并打开了车门。

顾余生姿态闲适地下了车，站在车旁抬起手，一边重新系好刚刚被自己扯开的领带，一边看向了跟在他身后下车的秦芷爱。

女孩腰间的拉链旁被划断了好几道线，露出一小片雪白的肌肤，刺目而显眼。

顾余生故意将打领带的动作停了下来，盯着秦芷爱的腰间皱起了眉。

小王关了车门，看顾余生迟迟没走，便有些纳闷地看向他。在察觉到他的神情有异的时候，小王心底“咯噔”了一下，然后就顺着他的视线看向了秦芷爱的腰间。

小王几乎没有任何犹豫就出声提醒秦芷爱：“梁小姐，您的衣服？”

“嗯？”秦芷爱不解地看向小王，在看到他瞥开视线，频频指着自己的腰间时，她才反应过来，转了个身，低头看去。

她在选礼服之前明明有看过这件衣服是完好无损的呀？衣服是梁豆蔻的尺码，她穿上去略显宽松，怎么拉链旁边的线头却开了呢？

秦芷爱皱了皱眉，在心底暗暗古怪了一会儿，才猛地想起自己是陪顾余生来参加晚宴的，现在都到楼下了，她的衣服却坏了……她的心底顿时一片忐忑。

她下意识地抓紧手包，小心翼翼地看向顾余生。就在她想着要怎么开口跟他解释的时候，他却利索地将领带三两下打好，冲着一旁的小王先出声吩咐了起来："你去给她重新买一件礼服，然后给她开间房，让她去楼上等着。"

"是的，顾先生。"小王应完就准备带着秦芷爱往楼梯处走。

在经过顾余生身边的时候，顾余生突然又喊住了小王，然后凑到小王的耳边，用只有两个人才听得见的声音交代了一句："记得礼服要贤妻良母型的，别搞那些不正经的衣服，穿了跟没穿一样。"

一交代完，顾余生就面无表情地将头从小王的耳边移开，转身快步走向了电梯。

他也没等站在身后不远处同样要搭乘电梯的秦芷爱和小王，电梯门一打开，就径自踏了进去，再按了关闭键。

一直到电梯升到二楼，小王才从顾余生的那句话里回过神来。他将秦芷爱恭恭敬敬地送到楼上的套房里，才转身下了楼。

他一边开车往商场走，一边在心底犯起了嘀咕，顾先生的要求也太抽象了吧？什么叫贤妻良母型的礼服？什么衣服就不正经得穿了跟没穿一样？

因为礼服坏了，穿着也不舒服，所以进房间后，秦芷爱就脱了下来，换上套房里备用的睡袍。

将近一百平方米的套房里只有她一人，电视机没开，房里显得格外寂静，都隐约可以听见窗外的夜风刮过的声音。

秦芷爱不知道小王何时能回来，为了打发时间，她先是盯着窗外的万家灯火看了一会儿，然后就坐在落地窗前的沙发上，拿着手机浏览起了微博。

看了没多长时间，秦芷爱突然有点想上厕所，于是她放下手机进了洗手间。脱掉内裤的时候，她发现上面染了一小片红色，眉头猛地就皱了起来。

她月事的周期一向都很准，应该是后天才来的，怎么这次提前了两天？难不成是前两天淋雨着了凉的缘故？

酒店有备卫生巾，于是秦芷爱拿了一片垫上，然后一脸担忧地走出了洗手间。

她一向都有痛经的毛病，每个月必会经历一次，疼得厉害时，还会脸色发白和呕吐。好多年了她都是这样，也看过很多医生，却怎么也改不了这个毛病，所以每个月的这几天她基本上都是靠着止疼片熬过来的。

她的包里本是常年都会备上一盒止疼片，以便不时之需。

可是今天，她陪顾余生来参加晚宴，拿的是一个手包。包包的空间小，加上经期时间又没到，所以她就没带。

秦芷爱苦恼地捂了捂肚子，然后就走到吧台烧了一壶热水，然后给自己倒了一杯，捧着重新坐回了落地窗前的沙发上，慢慢地喝了起来。

希望这杯热水可以让疼痛来得稍微晚些。

等到宴会结束，她回了家，一个人的时候怎么疼都可以，只要不在顾余生的面前疼就好。

因为那个男人说过，让她没事少烦他，所以她住进他家里三个多月以来，不管遇到什么麻烦，事情有多棘手、多难处理，她都没想过要找他。

可是很多时候，往往事与愿违。

一杯热水秦芷爱喝了不过三分之一，小腹就开始闷闷胀胀地难受起来。

她知道，这是痛经的征兆。

这个念头在她的大脑里刚落定不过五分钟，她的小腹就尖锐地痛了一下。

虽然只是很短促的一下，却疼得她手一抖，滚烫的水从被子里溅了出来，落在了她的胳膊上。

秦芷爱根本顾不上胳膊被热水烫疼，就快速地放下水杯，拿起一个抱枕捂住了小腹。

没过多久，她的腹部就阵阵绞痛起来。

秦芷爱疼得闭上眼睛，蜷曲在沙发上，一动也不动。

也不知道具体过了多长时间，套房的门口传来敲门声。

秦芷爱缓缓地睁开眼睛，深吸了两口气，咬着牙关起身走到了门前。

敲门的人是小王，手里拎着一个袋子："梁小姐，您的礼服。"

秦芷爱勾起唇，一直等到腹部这一阵的疼痛消缓，才伸出手接过袋子，轻柔地说了一句："谢谢。"

"梁小姐，我已经告诉顾先生了，您先把礼服换了吧，顾先生待会儿就会上来接您了。"

"好。"秦芷爱保持微笑淡定温婉地关了房门，然后就贴着门捂着腹部，大口大口地喘起了气。

秦芷爱一等到腹部的疼痛稍微缓和了一些，就拿着衣服快速地进了洗手间。换完礼服，她又将稍乱的头发整理了一下，才打开洗手间的门走了出来。

秦芷爱在床边坐下，死命地按着肚子，闭着眼睛还没几分钟，房门又被敲响了。

她知道，这次敲门的人肯定是顾余生。

秦芷爱吞了一口唾沫，拿起手包，强撑着有些发软的腿走到门前。

她并没有急着开门，而是朝镜子望了一眼从里面倒映出的自己。

因为化了妆，她的脸色看起来并不是那么难看，只是额头上冒了薄薄的一层汗。

她从一旁抽了纸巾，沾走了汗水，确定自己看起来很正常，才打开了门。

大概是摁了门铃好久才开门，顾余生的神情略显得有些不耐烦。

小王给秦芷爱买的是一条带袖的长裙，顾余生上上下下扫了一遍，确定没有哪里会走光，神情这才微微好转了一些，淡淡地出声说了一句："走吧。"

然后他就率先转身，冲着电梯走去。

随着秦芷爱的走动，她的腹部疼得更厉害，她怕自己会在顾余生的面前露出破绽，一直都在努力让自己看起来从容大方，所以步伐走得稍有些慢。

顾余生这次倒是出奇的有耐心，没催她，也没任何不耐烦的迹象，甚至在按了电梯后，看她还没走到，在电梯门即将关上时伸手挡了一下门，一直等到她先进了电梯，他才跟了进来。

抵达晚会所在的楼层时，顾余生仍是让她先出来。这次的他没像在楼上那样，又急又快地走在前面，而是随着她的脚步放慢了速度，不紧不慢地进了晚宴的大厅。

晚宴上人多，少不了得应酬。

顾家在北京的商业圈里本就有些名望，所以来找顾余生打招呼的人更是络绎不绝。

秦芷爱怕自己一不小心闹了什么笑话让顾余生难堪，然后惹毛他，最后遭殃的还是自己，所以不管腹部有多痛，她的脸上始终都洋溢着浅浅的微笑，知书达理地站在他的身边，挽着他的胳膊，扮演一个漂亮而又完美的陪衬。

甚至在和人碰杯喝酒的时候，即使酒是冰的，她也会落落大方地轻抿两口。

还好顾余生刚刚一个人在晚宴上已和不少人打过招呼，怕是持续的应酬让他也觉得有些疲惫，在和最近合作的一位张总寒暄完后，他就绕到了休息区正和人侃侃而谈的陆半城的旁边坐了下来。

那一桌汇聚了不少人，有男有女。

除了陆半城和吴昊秦芷爱很熟悉之外，剩下的她都见过，是平日里和顾余生经常混在一起的那一伙人。

顾余生坐下后，就从桌上的烟盒里抽了一支烟，咬进嘴里后，才去拿打火机。

打火机距离他有些远，一时没够到，坐在他身边的秦芷爱帮忙拿了，递给他的时候，他没接，反而咬着烟往她面前凑了一下。

秦芷爱懂他的意思，因为腹部很痛，她摁了好几下打火机才摁出了火，然后伸到了他的烟前。

他吸了一口，烟头冒出火星，秦芷爱才将打火机收起放在了桌上。此时的她，真的已经到了强装的极限。她怕再陪着他坐下去，等会儿会因为承受不住疼痛而露出破绽，便在他耳边轻声说了一句："我去一趟洗手间。"

顾余生正在抽烟，听到秦芷爱的话，点了点头，然后用手指从嘴边夹下了烟，吐出一团凌乱的烟雾后，冲着她又开口说了一句："去吧。"

第十二章 词不达意

秦芷爱刚刚陪顾余生应酬的时候，有留意到宴会大厅的最北面有扇门，出去后，踩着楼梯往下走大概十级台阶，有个小阳台。

现在是夏季，室外有点热，那里几乎没什么人去。所以秦芷爱在得到顾余生的允许后，先佯装去洗手间的样子，等到顾余生看不到自己的时候，就拐去了那个小阳台。

小阳台上布置有一个吊椅，秦芷爱一靠近，就卸下了一身的掩饰，瘫坐在了上面。

她用力抓着吊椅的绳索，将脑袋抵在胳膊上，浑身打起寒战。

她的呼吸，因为疼痛而变得越来越沉重，到最后，她疼得都发出了闷哼，胃里一翻滚，生出了想吐的感觉。

因为没有吃药，刚刚陪着顾余生的时候又喝了一些冰的酒，受了好一阵子煎熬，秦芷爱才渐渐缓过劲来。

她全身的衣服已经湿透，整个人像是死里逃生一般，虚弱地窝在吊椅上，闭着眼睛浅浅地呼吸着。

只是这般相对比较舒坦的时光还没过多久，就来了一个不速之客。

不，不是一个，而是好几个。

蒋纤纤也来参加今晚的宴会了，只是秦芷爱陪着顾余生出现在宴会大厅的时候，她和几个小姐妹去洗手间补妆了。等到她出来后，秦芷爱已经去了小阳台。

她知道“梁豆蔻”在场，还是一个小姐妹告诉她的：“我刚刚去北边阳台上抽烟的时候，好像看到你表姐坐在下面。”

蒋纤纤听到后，先是诧异了一下，然后就跑过去看了一眼，发现真如她那个小姐妹说的那样，“梁豆蔻”一个人坐在楼下的阳台上，不知道在干些什么。她端着酒杯转了转眼珠，就计上心来，然后将自己那群小姐妹挨个招呼了过来，聚在一起嘀嘀咕咕念叨了一会儿，大家就有说有笑地走出大厅的北门，顺着楼梯去了秦芷爱所在的小阳台。

随着那几个打扮得花枝招展的女人的到来，本来安静惬意的小阳台一下子变得吵闹了起来。

秦芷爱皱了皱眉，从胳膊上抬起头，在看到蒋纤纤的那一秒，她几乎没有丝毫犹豫地就从吊椅上下来。

现在的她身体不适，还是先走为妙。

几个人要进小阳台，秦芷爱要出小阳台，她本已尽最大的努力绕开他们，可是在擦肩而过的那一刻，还是有个年轻的小姑娘故意往她这边蹭了几步，和她撞在了一起。

秦芷爱本就因为痛经身体虚弱，整个人险些摔倒在地。好在她及时往后退了两步，靠在了阳台的护栏上。

那个和她撞个满怀的小姑娘却咋咋呼呼地“哎呀”了一声，然后就冲着秦芷爱一脸不耐烦地来了一句：“你这个人怎么这样啊？到底有没有长眼啊？会不会走路啊？”

等到她的声音落定后，秦芷爱才抬起眼皮，慢吞吞地看了一眼那个小姑娘。

如果她没记错的话，这个小姑娘叫余莎莉，和蒋纤纤的关系就跟她和许温暖一样，好得不能再好。

很显然，余莎莉刚刚那故意的一撞就是没事找事，而且十有八九，她的这个举动是之前蒋纤纤就已经和她们商量好的。

所以，这只是一个开始，待会儿的才是真正的重头戏吧？

秦芷爱很明白，此时对自己最有利的做法就是毫不理会地离开。

可是她刚站直身子，还没露出要无视她们离开的迹象，那些女人就已经团团将她围住。

这是打定主意不让她走了？

硬碰硬地闯，别说是平时的自己以一敌几都不可能，更何况是现在被痛经要了半条命的她？

既然走不了，秦芷爱索性转了个身，背对着这些女人，看向了大街上的夜色。

眼不见为净，她就想知道自己对她们都已经置若罔闻了，她们一个一个唱独角戏能折腾出什么花样来？

几个人在蒋纤纤的指示下本是来找麻烦的，谁知秦芷爱若无其事像是什么事情都没发生一样，搞得几个人齐刷刷地一愣，然后就望向了蒋纤纤。在看到蒋纤纤使的眼色后，余莎莉又开了口，那话倒不是对着秦芷爱说的，而是冲着自己的小姐妹说的：“现在的人都这样吗？撞了人，连句道歉都不知道说吗？”

一群人在余莎莉的带领下，七嘴八舌地吐起槽来——

“估计啊，她也知道自己没脸见人，才这么背过去的。”

“你说，这种素质的人，会有人稀罕吗？”

几个人看秦芷爱不理会，越说越过火，到最后简直说得都有些不堪入耳起来。

“怎么会有人稀罕呢？怕是被自己老公嫌弃死了吧？”随着这句话落定，几个人捂着嘴笑了起来。

秦芷爱本以为她们自编自演一会儿觉得无聊会散了，没想到却说得没完没了。

她盯着不远处大马路上不断飞驰而过的车辆看了一会儿，强忍着腹中的疼痛，缓缓转过头，瞥向她们：“你们所谓的有教养、素质高，原来就是长舌妇？”

秦芷爱淡漠的一句话，让整个阳台上的人都怔住了。

因为痛经，秦芷爱转身的动作很缓慢。她靠着栏杆，看都没看眼前的那一群人，又补充了一句：“据我所知，要脸的人，都是背后嚼舌根的。而你们，当面嚼……”

秦芷爱只把话说了一半，然后就停了下来。

过了大概十秒钟，余莎莉第一个开了口：“梁豆蔻，你骂谁不要脸呢？”

随着余莎莉的话，那些人挨个反应过来，“梁豆蔻”说要脸的人，都是在背后嚼舌根，而她们当面嚼，明摆着是在骂她们不要脸呢。

几个人的脸色瞬间变得有些难看，大家都跃跃欲试想要开口还击。

秦芷爱哪会肯给她们这个机会，目光先是不冷不热地扫了一眼自始至终站在小阳台上都没有出过声的蒋纤纤，然后就将视线落在了余莎莉的身上，抢在面前的这一伙人前先开了口：“我可没有骂你们不要脸，‘不要脸’这三个字可是余小姐说的。”

“你……”余莎莉被秦芷爱噎得一下子就急了眼。

“看来余小姐真的很有自知之明呀！“秦芷爱冲着余莎莉浅浅地一笑，又补了一刀。

刚刚就是她先撞的她，不是吗？

在大家你一言我一语地嘲讽她时，她的话也是说得最难听的，是吗？

那好啊，她就顺势多补几刀，让她吃不了兜着走！

秦芷爱微默了片刻，不轻不重地又出声说：“既然余小姐这么有自知之明，那不知道余小姐有没有注意到自己的皮肤偏黑，不大适合现在用的这个色号的粉底呢？这样只会显得你更黑……”

这些千金大小姐，从小都被家里宠坏了，仗着有钱、有身份被人追捧赞美惯了，现在突然被人这么当面揭短，怕是真的要被结结实实地气到吧？

如秦芷爱所想，这次的她给了余莎莉开口说话的机会，她却指着她“你”了好几声也没能说出一句完整的话来。最后她恼羞成怒地翻了脸，转身从一旁的一个小姐妹手中抽了杯酒，冲着秦芷爱的脸就泼了过来。

她的速度极快，秦芷爱因为身体不适，根本无法躲开，只是微微转了一下头，冰凉的酒尽数洒向了她的脖颈，再顺着礼服的领口“滴滴答答”地流淌了半身。

冰凉的触觉让秦芷爱的腹部叫嚣出尖锐的疼，她歪着头，屏着呼吸，等到那抹疼痛落定，才慢慢地转过头，眼神清冷似水地一一扫过面前的这一群人，声音低冷地吐出一句：“你们不觉得你们应该打电话叫 120 吗？”

“呵！”余莎莉像是听到了多么好笑的笑话一般嗤笑出声，“怎么？泼了你一杯酒，就要叫 120？难不成你是想要仗着一杯酒闹出个一级伤害？你以为你是瓷娃娃……”

“不！”秦芷爱不温不火地打断了余莎莉的话，她望向她的眼神沉静如水，开口的语气很轻缓，字里行间却有着一股无形的压力弥漫，“我是想让你给你自己叫 120，因为我真的觉得你有必要去医院好好看看脑科，毕竟脑子有病就肯定要治！”

“咦？”陆半城在招呼侍者数人头准备要甜点时，突然留意到顾余生身边的空位，想到前不久还在的“梁豆蔻”，忍不住出声问了一句，“小蔻呢？”

“她去洗手间了。”顾余生闲散地靠着沙发，修长干净的手指把玩着一支烟，有些漫不经心地应了一声。

然后他似是想起什么一般，花式转烟的动作缓缓地停了下来。

她开始说她去洗手间，他也没多想，可是她这一去，好像离开了很久都没回来……随着自己的想法，他拍了拍口袋，摸出手机，按亮屏幕看了一眼时间。

原来在不经意之间，已经过去了四十多分钟。

若不是陆半城突然提起，他几乎都快忘了自己今天是带着她一起过来的。

顾余生的坐姿微微挺直了一些，不动声色地环顾了一圈奢华炫目的晚宴大厅，竟没找到那女人的身影，不经意地就蹙了眉。

这么长时间都没回来，也没在大厅里，她这是在故意在躲开他吗？

顾余生的心里顿时变得有些不是滋味，他本能地将手中把玩的烟塞入嘴里，按了打火机。火苗刚递送到烟头前似点非点时，他忽地又将打火机扔回到面前的桌子上，再将未点燃的烟取下用指尖一弹，就落入了烟灰缸里。然后他起身，冲着宴会大厅里走去。

“生哥，你干什么去？”顾余生一走，桌上只留下陆半城一个人，他喊了一声，就起身追上了顾余生。

顾余生没理他，走到洗手间旁四处张望。

“你是在找小蔻吗？”陆半城后知后觉地反应过来，然后环顾了一圈洗手间周围的环境，说，“小蔻应该不在这里！”

顾余生没等陆半城的话落定，就面无表情地转身离开。

陆半城忙跟上他：“要不，我问问谁见到小蔻了？”

陆半城一边说，一边四处看了看，然后找着一个和梁豆蔻比较熟悉的人刚准备问，顾余生就径自推开了大厅北边的门走了进去。

陆半城急迈两步跟了过去，他刚开口说了一个“生”字，就看到顾余生站在台阶处，背对着他举起手做了一个噤声的动作。

陆半城连忙闭了嘴，顺着顾余生的视线望去，看到台阶下的小阳台上站了许多女人。

被围在最中间的那一个，就是他们一直在找的“梁豆蔻”。

她正在说话，声音不高，身后的宴会大厅又吵，陆半城和顾余生听不清她在说什么。但借着阳台上两盏昏黄的夜灯，可以看到她的眸光清淡，面色平静。相比较围着她的那些人激愤的神情，她显得格外淡定，周身环绕着一种奇特的宁静气息。

她的话才刚说完，站在她正前方的一个女子就从一旁的人手上愤怒地夺了一杯酒，冲着她就泼了过去。

陆半城倒吸一口凉气，下意识地转头看向顾余生，然后压低了声音，用两个人才能听到的语调说：“小蔻到底说了什么啊，看她不急不缓的，竟把那人气成这样！我发现最近小蔻好像比以前聪明了好多，能沉得住气了！”

顾余生像是没听到陆半城的话一般，目光定定地盯着小阳台上的那群女人。他清冷的脸上没有太大的情绪起伏，可眉目之间萦绕的气息，明显泛起了一丝冷意。

陆半城本以为梁豆蔻接下来肯定要发飙了，可是他等了很久都没等来梁豆蔻任何愤怒的声音，于是他转头继续看向台阶下小阳台上的几个女人。

梁豆蔻面上的表情仍是一片平静，偏头看着不远处的街道，不知在想些什么。过了一会儿，她缓缓地转过头，看向泼自己酒的那个女人，涂抹了唇彩的唇不紧不慢地张合起来，流畅的字句从她的嘴里吐出。

和刚刚一样，陆半城还是没听清她说了些什么，但泼她酒的那个女孩突然将手中的酒杯重重地往地上一摔，抬起手就冲着她的脸上挥去。

“放肆！”陆半城忍不住低骂了一句，这是要动手打人的节奏？

就在他犹豫着要不要下去拦一拦的时候，原本纹丝不动地站在他身边的顾余生突然就扶着一旁的楼梯栏杆，一个翻身跃到了小阳台上。

啊，三米的高度呢，生哥说跳就跳了？

陆半城刚在心里吐槽完，就看到顾余生硬生生地握住了那只快要扇到“梁豆蔻”脸上的手，一个转身就挡在了“梁豆蔻”的面前。

一群女人显然没想到会突然有人出现，就仿佛被定格的画面一般，齐刷刷地怔住。

“生哥？”最先回神的人是自从出现在小阳台上，就一直没开过口的蒋纤纤，她的语气里带着明显的诧异。

随着蒋纤纤的话音落定，已经从楼梯上走了下来的陆半城开了口：“到底是怎么一回事？”

顾余生看了一眼陆半城，没说话，只是狠狠地甩开了握着的余莎莉的手。因为力道过大，余莎莉被他甩得人往一旁倾斜了一下，撞在了站在她旁边的蒋纤纤身上。蒋纤纤的身子摇晃了一下，扶着余莎莉站稳，然后看了看顾余生，又看了看秦芷爱，想到当初自己亲眼看到秦芷爱被顾余生在大街上晾晒了三个小时的场面，顿时就抢先开口说：“生哥、半城哥，是蔻姐姐，是她撞了小莎，还欺负小莎。”

秦芷爱本以为余莎莉的那一巴掌会狠狠地甩在自己的脸上，她本能地就闭上了眼睛。

可预想中的疼痛迟迟没来，来的却是蒋纤纤的一句“生哥”。

生哥……是顾余生吗？

秦芷爱本能地以为是自己出现了幻听，直到陆半城开口，她才缓缓睁开眼睛，然后就看到了站在自己面前，把她和蒋纤纤那伙人隔开的顾余生。

真的是他啊……只是他怎么会来这里？

秦芷爱都还没从顾余生出现的错愕中走出来，蒋纤纤又开了口。

她是知道顾余生不喜欢她，所以才这般肆无忌惮地恶人先告状吧？

秦芷爱靠着栏杆，因为腹部太痛，她没开口说话，只是轻抿了一下唇，目光又静静地落在了顾余生的身上。

她等了好一会儿也没等到顾余生转头问她一句 “是不是像她说的这样”。

他脸上的神情平淡得没有半点起伏，不知道是信了蒋纤纤的话，以为真的是她先招惹的余莎莉，还是根本没信。

其实蒋纤纤刚刚的话也只是一个试探，在她说完后，就目不转睛地盯着顾余生打量起来。看到男子没有半点恼怒的迹象，心里忍不住沾沾自喜了起来。

看来她想得没错，顾余生不喜欢她，只要让他知道是梁豆蔻先招惹的麻烦，他定是不会护着她了！

蒋纤纤有了底气，于是就省略掉她们没事找事的那一段，把她们放在最弱势的地步，颠倒黑白地又开口阐述起来：“开始小莎也没想着和蔻姐姐产生分歧的，是小莎被蔻姐姐撞得有些严重，但蔻姐姐一点道歉的意思都没有，小莎就说了一句‘撞了人不应该道歉吗’，也不知怎么回事，就惹了蔻姐姐不高兴，说话特别难听，然后小莎就……”

蒋纤纤讲了那么多话，顾余生自始至终眼皮子都没动一下。听她说到这里的时候，男子突然就抬起头望向蒋纤纤，像是抓住重点一样反问了一句："道歉？"

蒋纤纤有些不明白顾余生的意思，乖巧地点点头，又重复了一遍："是的，生哥，小莎最开始真的只是想让蔻姐姐道个歉……"

在听完第二遍后，顾余生突然就转头看向了余莎莉，他刚刚还心不在焉的脸色瞬间变得有些阴冷。

他开口的声音很低，却带着十足的戾气："你让她给你道歉？"

随着他的话语，他冲着余莎莉迈了一步，那模样凌厉得仿佛要将余莎莉撕成碎片一般。

"就因为她不给你道歉，所以你就拿酒泼她？还要打她？"

余莎莉明显被顾余生给唬住，吓得大气都不敢喘一下。

蒋纤纤完全没想到事情会转变成这样，也被震得一呆。

陆半城生怕顾余生真的和小姑娘动起手来，到时候闹出去会不好听。更何况大家都是一个圈子里的，抬头不见低头见，没必要闹得这么僵，跟有什么深仇大恨一般，所以急忙走上前去，将余莎莉往后拉了一些："好了好了，就是女人之间闹了点小矛盾，哪有那么严重啊。这小蔻撞了小莎，小莎泼了小蔻酒，那一巴掌不也没落上去嘛，这事就这么完了，算了……"

说着，陆半城就冲着蒋纤纤和余莎莉做了一个"快走"的表情。

蒋纤纤和余莎莉瞬间就明白过来，她们相互扯了扯一旁站着同样愣怔的小姐妹，刚准备转身走开，顾余生突然就抬起脚，将一旁摆放着的小圆木桌给踢飞："完了？谁跟你们说这事完了？"

一群女孩被吓得定在原地，谁都不敢动了。

"要不这样，小莎，你跟小蔻道个歉，这事就算……"说到这里，陆半城还看了看顾余生，带着几分商量的语气接着说，"过了？"

顾余生脸上的神情没有丝毫缓解的迹象，陆半城于是往前迈了两步，凑到顾余生的面前，小声地劝说："道个歉就过了吧？都是一群女孩子，总不能你真动手吧？"

"女孩子？"顾余生像是听到了多么好笑的笑话一般，冷笑了一声，然后就狠狠地剜了一眼余莎莉："我是不打女人！"

原本静静站着的顾余生，在这几个字吐落后，猛地就抬起手抓住身后的秦芷爱，将她往自己的身旁一带，然后就握着她的手，冲着余莎莉的脸狠狠地挥过去。

顾余生的反应是真的很快，快得周围的人没一个跟上了他的思维，大家都还在想着他说的那句"我是不会打女人"，小阳台上就响起了一道清脆的巴掌声。然后他一个回拉，就把秦芷爱又重新藏回了自己身后。

瞬间，所有人都仿佛被点了穴道一般，惊呆住不动了。

阳台上的气氛变得凝滞起来。

整个场景就像是一幅静态的画。

秦芷爱是被掌心里传来的火辣辣的疼给惊回神的。

这一巴掌，是顾余生抓着她的手打出去的，她根本就没有使力，全都是他的力道。

她的掌心疼成这样，那……秦芷爱转动眼珠子看向余莎莉，看到她的半边脸都肿了起来，嘴角都有血丝流出来。

她大概是被打傻了，表情愣怔地站在那里，一滴眼泪都没有。

"我是不打女人！"顾余生将刚刚说过的话又重复了一遍，然后就咬牙切齿地冲着陆半城一字一顿地问，"但她是女人，可、以、了、吗？"

说完他就吐了一口唾沫，像是一刻都不愿意多待一般，拽着秦芷爱的手朝着楼梯走去。

在经过余莎莉身边的时候，秦芷爱扫了她一眼，她已经被顾余生刚刚那句话说得彻底清醒了过来，眼泪像是断了线的珍珠一样，一颗接着一颗地滚滚往下坠。

看起来好不委屈可怜……蒋纤纤就站在余莎莉的身边，在擦肩而过的最后一秒里，秦芷爱收回视线时，眼神不经意间碰触到了蒋纤纤的视线。她清楚地从蒋纤纤的眼底捕捉到了一层恨意，强烈而又尖锐。

那样的眼神，让秦芷爱的后背一凉，整个人彻底回过味来。

她被蒋纤纤这一伙人为难，即使蒋纤纤颠倒黑白恶人先告状，可顾余生却帮她出了气……这一刹那，时光仿佛逆转了一般，秦芷爱顿时就想起了八年前在西餐厅的那一晚，顾余生为了她，同样是因为“道歉”，和蒋纤纤的大哥打了一架。

八年前，他护着她；八年后，他还护着她……秦芷爱的心跳莫名地加快，和年少时她看到他为自己打架的那一幕一样，每一下都跳得有节奏又有力度。

她忍不住抬起头，看向顾余生的背影。

他走在她的前面，看都没回头看她一眼。

他抓着她手的力道很大，步伐走得也很快，即使她看不到他的面孔，但也能感觉到此时的他在生气。

穿过宴会大厅的时候，迎面撞上不少人，看到顾余生这副模样，有人关心地询问“怎么了”，也有人好奇地出声问“发生了什么事”。顾余生却像是没听见一般，一概不理，只是目不斜视地拽着秦芷爱往前走。

进了电梯，顾余生的脸色仍然难看得吓人，余莎莉已经被他甩了一耳光，也不知道他在不爽个什么劲，摁电梯关闭键的动作暴戾得有些惊人。

电梯里只有他和她两个人，他却仍然没有松开她的手。

他的力气很大，抓得她的手有点疼。

她见过太多次他生气的模样，生怕一不小心就惹火上身，躲都来不及了，哪里还敢提醒他松开自己的手。所以秦芷爱只能眼观鼻鼻观心地忍着疼，能把存在感放多低就放多低地站在电梯的一角。

电梯下行到一楼的时候，顾余生突然抬起另一只手，用力扯开领带，重重地扔在了地上。

秦芷爱被他这架势吓得呼吸都屏住，低头盯着领带看了一会儿，然后强压着腹部翻滚的疼痛，悄悄地弯腰捡了起来。

她这般小小的动作也不知道怎么的就惊扰了他，他忽地转过头，怒气腾腾地瞪了她一眼，吓得秦芷爱抓着领带保持着半起身的动作不敢再动。

顾余生冷哼了一声，然后就转回了头，盯着面前的电梯门，烦躁地又抬起手解开了衬衣领口处的两颗纽扣。

这都什么跟什么啊！他这一辈子，从小到大压根儿就没受过这种窝囊气！

他带出来的女人，是她们能随随便便埋汰的吗？这不是明摆着打他的脸吗？

顾余生越想越恼火，电梯恰好停下来，门迟迟不开，他抬起脚冲着门就狠狠地踢了一脚。

电梯发出一道警笛声，随后门打开，他就大力地拽着秦芷爱走进了地下停车场。

秦芷爱的腹部突然泛起一道尖锐的疼，他走得快，她跟不上节奏，脚微微崴了一下，险些摔倒。好在顾余生反应快，拉了她一把，然后他的步伐稍稍放得慢了一些。走了没几步，他似是被胸膛里的那股气憋得难受，忽地就停下脚步，转身冲着秦芷爱劈头盖脸地训斥起来：“你说你是不是蠢啊？别人欺负你，你是没长手，还是没长腿啊，你打不过你不会跑吗？你就傻愣愣地站在那里被人欺负？”

“我是不是脑抽啊，今天带你这么一个祖宗来这里。我告诉你，下次再发生这样的情况，谁欺负你你不欺负回去，回家看我跟你没完！”

骂完后的顾余生似是觉得心里舒坦了一些，神情稍缓了点。他抬起手，将本就扯得很开的衬衣领口又用力扯了两下，露出精致漂亮的锁骨，然后又愤愤地来了一句："成天让我气不顺，我到底招了个什么神仙进家门！"这才抓着秦芷爱的手，转身朝着不远处的车子走去。

这一阵腹部疼得格外尖锐，让秦芷爱的身子都颤抖起来。她根本迈不动步子，被顾余生拽得人往前一扑，胃里一反，就干呕了起来。

听见声音的顾余生猛地停下脚步，转头又看向秦芷爱。

借着停车场微弱的光，他看见女孩的脸色苍白如纸，额头上布满了大滴大滴的汗珠，身子不住地哆嗦着。

顾余生轻蹙了一下眉，猛地将秦芷爱整个人拽得站直了身体，盯着她的脸的眼底泛起一层他自己都没有察觉到的紧张："怎么了？"

秦芷爱闭着眼睛，摆了摆手，声音格外微弱："没……没事……"

"没事？这叫没事？"顾余生的声量微微提高了一些，下一秒就火大地冲着不远处喊了一句："小王，备车，去医院！"

秦芷爱被他吼得一时没忍住，发出疼痛的闷哼声。过了一小会儿，她才伸手拉了拉顾余生的袖口，然后忍着腹部翻滚的剧痛，小声说："不用去医院，回家就可以了。我、我每个月都这样……月事来了……痛经。"

她到底还是有些羞怯的，最后那几个字，声音小得可怜。

顾余生没听清楚，"嗯"了一声，就把脑袋往秦芷爱的嘴边凑过来。

因为幅度过大，他的耳郭蹭到了她的唇。

一股电流瞬间传遍他和她的全身，顾余生的身体僵了一下，却稳住脸上的表情，没动。

秦芷爱红着脸，有些羞怯地往后稍拉开了一些距离，垂着眼帘，轻声地将刚刚说的最后两个字又重复了一遍："痛经。"

顾余生"哦"了一声，过了一会儿似乎是明白过来，然后又"嗯"了一声，微点了点头，将脑袋收了回来。

他刚准备弯腰去抱她，突然想起自己上楼去接她时，拐到前台结套房的账单，发现有一笔额外消费。于是他猛地转头，盯着秦芷爱的眼睛："在套房里待着的时候来的？"

"呃？"秦芷爱先是诧异地望了顾余生一眼，然后就垂下眼帘，轻轻点了点头，低柔地"嗯"了一声。

所以……在套房里，她就已经不舒服了？也就是说，她乖巧地陪在他身边应酬了那么久，看起来跟没事人一样，其实一直都在难受？

顾余生盯着秦芷爱，狠狠地蹙了蹙眉，蓦地出声："为什么不早告诉我？"

为什么不早告诉他？他说过不让她烦他的……秦芷爱不知道该怎么回答，就胡乱 "嗯"了一声。

嗯？这是什么答案？顾余生的眉头皱得更厉害了。

他忽地想起，自己在宴会大厅外找到她时，她被人围在中间的场面。

那个时候她就是在难受吧？所以才会一动不动地站在那里，任人泼酒、任人挥巴掌，躲也不躲？

他不是就在宴会大厅里吗？她可以给他打电话啊，她也可以大喊救命啊……就像她痛经痛成这样也可以告诉他，然后就留在套房里休息啊……她跟他说去洗手间，其实是难受得撑不住，一个人躲去小阳台了？

顾余生的心里忽地就翻滚起一股说不出的心疼，压抑得他比刚刚看到她被余莎莉为难时还要难受。他的呼吸变得有些急促，左右看了两圈，然后就对准了她的眼睛，语气暴躁地又问了一遍："我是在问你，不舒服为什么不早告诉我！"

秦芷爱本能地往后退了一步，顾余生却忽地伸出手，掐住她的下巴，然后抬起："哑巴了？"

他的举动惹得秦芷爱的腹部更痛，她皱了皱眉，感觉到男子的怒气更甚。她想，怕是她不给他答案，他是不会善罢甘休了吧。

秦芷爱轻抿了一下唇，过了片刻，才措辞艰难地出声："就是……怕打扰到你……惹你烦。"

她说完这句话就没再吭声，眼帘垂着始终没抬起。

她的睫毛又长又卷翘，这般垂目的模样，看起来十分文静。

可是，不知道是不是他的错觉，顾余生竟然从她的脸上看到了一抹很淡很淡的哀怨。

顾余生的呼吸猛地一紧，她刚刚说过的话，就在他的脑海里又回荡了起来。

怕打扰到你，惹你烦……惹你烦……惹你烦……对啊，他对她说过的，有事没事少烦他。所以她即使难受得要死也会硬撑着，不来打扰他。

仿佛有只无形的手狠狠地握住了他的心脏一般，他的左胸膛感受到一种尖锐的痛感。

那种痛让顾余生的眼珠子慌张地转了好几圈，然后就猛地松开了秦芷爱，往后连退好几步。

四周一瞬间安静了下来，气氛变得有些尴尬。

就在秦芷爱犹豫着要不要开口，提醒一下顾余生"可以回家了吗"时，发动好了许久车都没看到两个人上车的小王跑了过来："顾先生、梁小姐。"

顾余生猛地被惊回了神，他看了一眼秦芷爱，什么也没说，只是往前踏了一步，然后将她一把打横抱起，面色沉冷地走向了车子。

小王识趣地跑到前面，抢先打开了车门。

顾余生将秦芷爱塞进车里，看了她一眼，却没进去，而是关上车门，坐到了前面的副驾驶座上。

察觉到气氛不对的小王身体紧绷地发动了车子，除了看路的时候往顾余生那边的后视镜瞟一眼，其他的时候都是直愣愣地看着正前方。

车子开出地下停车场没多久，顾余生就开始抽烟。

和平日里打发烟瘾的那种抽不一样，是大口大口地抽，一支接着一支。没一会儿，一盒烟就被他消灭掉了一半。即使他那边的车窗落了下来，整个车里的烟味也还是浓得呛人。

这样的顾余生，小王压根儿就没见过，吓得他连被烟味呛出来的咳嗽都硬憋着，生怕发出一点动静，惹得旁边的男子发火。

车子行驶到一半的时候，坐在后面的秦芷爱突然捂着嘴鼻闷闷地咳嗽了两声。

虽然很低弱，可顾余生和小王都听见了。

小王忍不住偷偷看了一眼顾余生，发现咬着烟的男子轻蹙了一下眉，掀起眼皮，透过后视镜往后瞄了一眼。

小王忍不住暗暗捏了一把汗，糟糕，梁小姐怕是又要被训了……他的想法还没落定，他就看到了目瞪口呆的一幕——

顾余生收回视线，抬起手，将嘴里的烟夹了下来，然后徒手掐灭，扔进了一旁的烟灰缸里。

小王一脸不可置信地在心中把刚刚看的那一幕消化了好一会儿，才又偷偷看向一旁的顾余生。

男子歪着头，看着窗外不知在想些什么。他脸上的神情明显地表现出他的心情很不好，烟就放在他的手边，可他却始终没有再抽。

顾先生……竟然真的因为梁小姐的两声咳嗽就把烟给掐了？

这好像是他当顾先生的司机以来，第一次看到顾先生竟然因为别人掐灭烟吧？

看来，梁小姐对顾先生来说……也不是平日看到的那么糟糕啊……哦，不，应该是，梁小姐对顾先生来说，好像很……特殊！

对，特殊！特殊！

小王把自己好不容易想到的这个形容词又反复强调了两遍。

车子抵达别墅，停稳后，顾余生率先下了车，拉开后车门，将秦芷爱从里面抱了出来。

屋里的管家还没睡，听见动静，开了门。看到秦芷爱脸色苍白地被顾余生抱着，立刻担忧地问了一句：“小姐怎么了？”

“肚子疼。”顾余生抱着秦芷爱换了拖鞋，才简单地回了两个字，然后就冲着管家对着秦芷爱的鞋子抬了抬下巴，管家立刻明白了他的意思，帮秦芷爱脱了鞋子。

秦芷爱不是梁豆蔻，从小也没被人这般伺候过，有些不习惯，小声地说了一句：“我自己来就好了。”

顾余生没理会她，管家也识趣地学着顾余生一样不理会她，还帮她穿了拖鞋。

回到楼上，顾余生将秦芷爱放在床上，看了一眼跟着一同上楼的管家，抬起手虚点了点床上的秦芷爱，冲管家做了一个交给她的手势，什么也没说就转身下楼走人了。

没一会儿，楼下就传来了车子发动开走的声音。

管家是女的，秦芷爱面对她要自然许多。她先告诉管家她是痛经，然后就让管家去化妆台上的包里帮自己拿了止疼片。

管家五十多岁了，经历过这些事，等秦芷爱吃了止疼片后，就去更衣室的柜子里拿了两片暖宝宝出来给秦芷爱的小腹和后腰都贴上，然后还泡了一杯红糖姜茶给秦芷爱喝。

止疼片很快就起了作用，疼痛感渐渐消失，秦芷爱终于有了一些活力。她冲着管家道了一声谢，窝在被褥里，闭着眼睛，就动也不想动了。

暖宝宝的热度和姜茶入腹后的舒适感让秦芷爱浑身放松了许多，不一会儿，她就沉沉地睡去。

管家这才帮她关了灯，从卧室里轻手轻脚地离开。

下了楼，管家刚准备直接拐进自己的房间休息，脚步就顿住了。她缓缓转过头去，看到顾余生正站在落地窗前，望着窗外的夜色在抽烟。

刚刚车子开走的时候，顾先生没走啊……管家有些意外，忍不住愣了一下，才开口："顾先生？"

顾余生沉浸在自己的思绪里，不知道在想些什么，夹着烟良久都没有动弹。

就在管家以为顾余生不会理会自己时，男子转头 看向她。他没说话，而是先将烟递到嘴边，深吸了一口后，隔着烟雾缭绕，盯着管家身后的楼梯看了一会儿才出声："她怎么样了？"

"小姐吃了止疼片，已经睡下了。"管家知道顾余生口中的她指的是谁，老实地回答。

顾余生"哦"了一下，继续盯着楼梯没了声音。

他脸上没什么神情，偶尔有着烟气飘过他的脸颊，使他清雅俊美的五官散发出一股缥缈的美。

烟燃烧到尾部的时候，顾余生微微弯腰，将烟头摁灭在了窗台上的烟灰缸里，然后就冲管家站着的地方走来。

有那么一瞬间，管家认为顾余生是要上楼的，可走到通往玄关和楼梯的交叉口时，他却停了下来。

他在原地稍站了片刻，冲着管家下一句"照顾好她"，然后就迈步走向玄关处，换了鞋，没有任何停留地推开屋门走了出去。

过了大概一分钟，车库里传来车子发动的声音。先是越来越响，后来就是越来越小，直到最后什么都听不见。

第十三章
开不了口

月事来的第二天，秦芷爱窝在家休息了一整天。

第三天，秦芷爱彻底恢复如常。

因为昨天傍晚下了雨的缘故，今天的天气格外凉爽。

上午，秦芷爱去花园里采了一大捧欲开未开的鲜花，把家里的花瓶里都插满了鲜花。

午饭过后，她休息了半个小时。醒来后，想到自己最近一直都在用梁豆蔻的手机号，好几天都没看过自己的手机短信，于是就从包包的内置口袋里翻出来一部略显得有些旧的手机。开机后等了一会儿，然后就是一连串的“叮咚叮咚”声，过了大概五分钟，手机恢复正常。秦芷爱看了看，母亲打过一个电话，弟弟发了几条短信，其他的都是10086发来的天气预报。最后一条是快递发来的短信，提醒她有快件在A中的门卫处，请自取。

A 中，就是秦芷爱和顾余生之前一起读过的那所高中。

一看到去门卫处自取快件，秦芷爱就知道，是那个人给她的回信到了。

说来可能没人相信，在现在这个微信和 QQ 泛滥的时代，怕是已经没有人用书信这么老派的方式来沟通了吧。

可她却一直和那个人用书信往来的方式联系着。

而且联系了将近七年的时光。

说来也惭愧，即使她和那个人有过七年的联系，她对那个人却并不了解。除了他是当兵的，还有他是男的以外，其他的信息她一概不知。就连最基本的姓名、年龄，她都不知道。

而且就连他是军人和他是男的也还是三年前，他在书信里无意间提了一下，她才知道的。

信最开始是他寄给她的，那时她住校，写的是她宿舍的床位号，没填名字。

那时的她已读高二下半学期，距离被顾余生爽约已经过去了十个多月她还没回过神来。所以在收到那封信后，第一直觉以为是和平日收到的那些情书一样，没多在意，就随便夹在哪本书里那么放了起来。

后来，每个月她都会收到同样的信封寄来的信，次数多了，她渐渐就好奇起来。然后在一次晚自习的时候，因为无聊，她就把那些信全翻了出来。拆开后才发现，那不是情书，而是类似于交笔友的信。

然后秦芷爱才明白为什么寄来的信上没写她的名字，而只写了她的床位号。原来是随便写的宿舍床位号，来误打误撞交笔友的啊。

当时交笔友很流行，就连许温暖有了吴昊，都没忍住赶那个交笔友的时髦。她特意从一本很畅销的青春杂志上找了一个文艺又动听的名字，然后认认真真地写了一封信寄过去。收到回信后，她还高兴地对着班级里其他寄信的同学得意扬扬地炫耀了许久，惹得其他人羡慕不已。

那时的她本没想着赶那个时髦，但许温暖却觉得很浪漫，觉得这是天赐的缘分，各种劝她回信。于是立场不坚定的她就在许温暖的怂恿下写了一封信，按照那个人给的地址回了过去。

大概就是这样，他和她就这么一来一回地开始了一段时间的书信来往。

后来她升高三换了宿舍，直接就让他把信寄到门卫处。因为是笔友，他没告诉她自己的真名，她也就没告诉他自己的真名，只说让他喊她小 A。

再后来，高三最后的冲刺阶段，因为学习压力大，她就没再回过他的信。毕业后直接去了大学，再回母校已是大一上半学期结束后的春节了。其实也不算是回母校，那天她就是骑着自行车恰好经过学校，因为高中的时候时常去门卫处收信件，所以管理员认识她，叫住她后，交给她厚厚的一沓信，全是那个人寄来的。

大学的课程轻松，许温暖又没回北京，她寒假在家无聊，在一次晚上看完电视剧后，就想起那一沓信。挨个看完后，她心血来潮地回了一封，没想到在新学期开学前竟然收到了他的回信。

她就在北京上大学，从那以后，每个月固定都会去母校一趟，然后每次都能收到他的回信。

因为对方是陌生人，也没想过要变成熟悉的人，所以彼此就像是彼此的垃圾桶，信件里承载的大多都是彼此的负面情绪，他给她纾解，她给他安慰。

大概是四年前，她回了他一封信，却迟迟没收到回信。

当时她以为，那个人和她的信件来往终于要走到尽头了。

毕竟交笔友只是青春年少时的一时憧憬和冲动，谁又会真的当成生命里不可磨灭的珍惜呢？

她不是不失落，可终究不是现实中认识的人，所以在最开始的两个月她去母校门卫处翻看有没有自己的信件，到后来因为屡去屡没有收到过他的回信，她也就没再去了。直到半年后，许温暖回了北京，吵着要吃学校附近的麻辣烫。她在经过门卫处的时候，突然想到传了这么多年信件的他，就顺道拐去了一趟学校门卫处。

当时的她本没抱多大的希望，没想到竟然真的有他寄来的信。

信两个月前就到了门卫处，因为是笔友，只写了地址和笔名，根本就没有留电话号码，所以她人不来，根本就收不到。

回家后拆开信，她看到的第一句就是抱歉，接着就说他因为执行任务受了重伤，刚痊愈。

就是在那时，她知道了他的职业。

也是在那时，她真真正正开始把这个自己一无所知的笔友当成了生命中素未谋面的朋友。

原因很简单，那时怎么都遇不到顾余生的她从他的身上看到了她爱的男子的影子。

他们都有着同样的梦想。

再再后来，她因为父亲欠债的原因变得有些忙，她怕错过了他的信，特意把电话号码告诉了门卫。只要有署名“小 A”的来信，就给她发条短信通知她。

这么多年来，他没问过她现实中的任何信息，她也没问过他的，他和她的信件就这么一直延续到现在。

他不知道她叫什么，她也不知道他是谁。

他喊她“小 A”，她叫他“S 君”。

秦芷爱轻舒了一口气，将神游的思绪给拉了回来。

她抬头望了一眼窗外的天，想着今天没事，天气又不热，索性就去一趟 A 中，把那封寄到门卫处好几天的信给取回来。

A 中附近不让停车，于是秦芷爱将车停在了两百米外的街道旁。

此时的她，脸上顶着的是梁豆蔻的妆容。她怕被人认出来，下车前特意戴了口罩和墨镜。

和她熟悉的那个门卫没在值班室，秦芷爱在一堆信件里翻出了信封上写有“小 A”的那封信，对着今天值班的陌生门卫说了句“谢谢”，就将信装入随身携带的包里离开了学校。

回到车上，秦芷爱摘下墨镜和口罩，拿着车钥匙刚准备发动车子，突然身后就传来一道急促的鸣笛声。

秦芷爱纳闷地往后视镜里瞟了一眼，就看到穿了一身休闲装的顾余生，姿势闲散地坐在车头上，正透过后视镜望着她。

秦芷爱一惊，手中的车钥匙就从指间滑落下去，砸在了她的脚上，有点疼。

她下意识地低下头，伸出手摸了摸脚，然后捡起了车钥匙。

她坐起身，透过后视镜再往后看时，顾余生已经走到了驾驶座车门旁，对着车里的小王不知道说了些什么。然后只见小王点了点头，顾余生往后退了两步，站在了人行道上。小王转动方向盘，将车子往后倒了倒，就掉头离开了。

顾余生还没上车小王就把车开走了，那他……秦芷爱刚想到这里，就看到顾余生单手插兜，慢慢悠悠地冲着她的车子晃过来，然后停在副驾驶座车门旁。他先是伸出手拉了拉车门，没拉开，然后就抬起手敲了两下车窗，发出“咚咚”的声响。

秦芷爱这才回过神，急忙将车锁打开。

顾余生拉开车门，弯身坐进车里，转头看了她一会儿，开口问：“怎么跑这里来了？”

她是以秦芷爱的身份来的 A 中，就肯定不能告诉他自己是来取信的……秦芷爱想了一会儿，开口道：“今天天气好，开车出来随便转转，路过这里的时候，想到高中是在这里上的，就过来看两眼。”

“哦。”顾余生像是信了，淡淡地应了一声。

过了一小会儿，他又开口："身体好了？"

在秦芷爱的印象里，这好像是她扮演梁豆蔻以来他第一次这么心平气和地跟她说话。

而且还是一句"身体好了"。

他这是在关心她吗？

秦芷爱明显感觉到自己的心情波动了起来，她抓着车钥匙的指尖轻轻地颤了两下。过了好长时间，她才压下了胸膛里翻滚的受宠若惊，语气平淡地回答他的问题："已经没事了。"

顾余生又"哦"了一声，似是没话说了，又变得默不作声了。

秦芷爱也不知道该说些什么，只好也保持沉默。

车里一下子变得有些安静，狭小的空间里只有他和她两个人，这样的冷场让气氛越来越尴尬。

就在秦芷爱绞尽脑汁想着该找个什么样的话题打破这样的局面时，学校放学了，从里面拥出来许多学生。身上的校服这么多年来没有任何变化，还是当年他和她穿的那个样式。

本来稍显安静的街道一下子变得热闹起来。

顾余生盯着跑在最前面的几个中学生身上的校服看了一会儿，忽地就收回视线，冲着秦芷爱问了一句："等会儿有事吗？"

他问得突然，秦芷爱没多想，摇了摇头，就回了一个字："没。"

"嗯。"顾余生应了一下，片刻后说，"去陈记吧。"

陈记？那家北京出了名的老字号私房菜？只是，他为什么不让小王送他过去呢？

秦芷爱诧异地望了顾余生一眼，心底隐隐浮现出一个大胆的想法。

难道他那几个字的意思是……秦芷爱凝滞了一秒钟，才继续往下想……他该不会是让她和他一起去陈记吃晚饭吧？

那个想法刚成型，秦芷爱就狠狠地摇了摇脑袋，想都没想就在心底否决了。

顾余生那么讨厌她，怎么可能会让她和自己一起吃晚饭呢？想必是他在陈记有约，而小王恰好有什么急事临时要走，他看到了她，就顺势让她送他一下吧……她重重摇头的举动惹得顾余生蹙了一下眉，不解地冲着她“嗯”了一声。

“没，没什么……”秦芷爱回过神，冲着顾余生连摇了好几下脑袋，然后就打开导航输入地址，再快速发动了车子，朝着陈记开去。

开往陈记的一路上，两个人没有任何交谈。

偶尔在等红灯的时候，秦芷爱会透过后视镜偷瞄一眼顾余生。

他像是有事在忙，视线一直都在手机上，手指还时不时地在屏幕上点两下。

陈记位于步行街上，车子开不进去。秦芷爱于是将车停在了步行街的路边，冲着顾余生轻声开口道：“到了。”

“噢。”听到她的声音，顾余生抬头望了一眼窗外。看到她把车停在路边，又指了指前方，“那边有个停车场。”

然后他就低下头继续看手机。过了两秒钟，他指尖飞快地在键盘上敲打了起来。

等他敲完，已是两分钟后。他似是忙完了，将手机收起来时，看到车子还停在步行街的路口，蹙了蹙眉，纳闷地转头冲着秦芷爱问：“怎么还在这里？”

问完后，顾余生像是明白了什么一样，又开口把刚刚的话重复了一遍：“把车停去前面的停车场吧。”

顿了顿，他继续补充：“你不是晚上没事吗？正好一起吃个饭吧。”

原来她最初的理解没错，他真的是要和她一起吃晚饭……秦芷爱有些不敢置信，看着顾余生的视线有些愣神。

顾余生别开头去，避开了秦芷爱的视线，重重地咳了两声。

秦芷爱连忙收了视线，缓缓地踩了油门，开去了前面的停车场。

停好车后，秦芷爱和顾余生一前一后地进了步行街。走了大概两百米，秦芷爱盯着顾余生的背影，忍不住恍了一下神。

他怎么会突然想要和她一起吃饭呢？

秦芷爱真的不敢多想，可她还是清楚地感觉到自己心跳的速度一点一点加快了。

就在她觉得心脏快要跳到嗓子眼的时候，有人突然喊了一声："顾队？"

走在前面的顾余生停下脚步，闻声转头看去。

秦芷爱看顾余生停下，也跟着停下。

一个身穿警服的年轻男子一路小跑到顾余生的面前，又喊了一声："顾队。"

顾队？竟是顾余生？秦芷爱疑惑地转头，悄悄看了一眼身边站着的顾余生。

不知道顾余生是被警察口中的"顾队"喊得恍了神，还是根本没有听到他的话。他没有出声，只是目光定定地盯着那位警察身上的警服看。

良久，他才收回了神思，冲着跟自己打招呼的警察扯着唇轻笑了一声，半开玩笑地出声道："我哪还是什么顾队，我现在可是顾总……"

说着，顾余生又勾了勾唇，调侃般地说了句："顾队哪有顾总听起来牛！"

顾余生的语气要多轻松就有多轻松，脸上还挂着一抹淡淡的笑，看起来很是真心实意。

可秦芷爱不知道是不是自己出现了什么幻觉，她总觉得此时的顾余生笑得很牵强，更像是在自嘲。他精致的眉眼间明明没有沾染任何情绪，却偏偏给人的感觉就像是萦绕了一层很浓很浓的伤感似的。

不过很快顾余生就收起了嘴角的笑，从兜里摸了一支烟咬住。点烟时，他抬起头瞄了瞄面前的年轻男子，含混不清地问了一句："你怎么会在这里？"

"执行任务啊……"年轻男子很喜欢说话，顾余生只是问了他一句，他就叽里咕噜说了很多，大多都是最近破的案子。

一向没什么耐性的顾余生倒也没打断他的话语，垂着眼帘，却给人一种在认真听的感觉。

"顾队，你说你要是还在部队，我们一起回来，说不定还能在……"年轻男子正在兴头上，也不知道这句话哪里戳到了顾余生的雷点，他忽地就掐灭了指间的烟，一声不吭地迈步离开。

秦芷爱给了年轻男子一个抱歉的眼神，刚想跟上去，顾余生又停了下来。他没转头看她，话也不是说给她听的："秦阳，等会儿你要没事，把她送去B2停车场，我先走了。"

送她去B2停车场？他这是……不打算和她去陈记了？

在秦阳冲着顾余生说完"好"字后，秦芷爱没忍住，叫了一声他的名字："顾、顾余生？"

顾余生原本要迈开的脚步在听到她的声音后，又一次停了下来。

"你、你不是要去陈记吗？"秦芷爱盯着他的背影，小声地问。

"我没兴趣了，要吃你自己去吃！"顾余生没有丝毫犹豫，在秦芷爱问完后，就直截了当回了她的话。

他否决得干干脆脆，让秦芷爱一下子不知道该说些什么，只微抿了抿唇，就垂下了眼帘。

顾余生没有半点回头的意思，背对着她站了片刻，就迈步离开了。

周围的气氛凝滞了片刻，秦阳立刻打圆场般地开口："走吧，我送你。"

秦芷爱点了点头，没再说话，和秦阳一起迈开步子。

两个人这是第一次见面，因为陌生，没什么共同话题，大概是这么干走着很尴尬，秦阳点烟的时候突然冲着秦芷爱来了一句："你跟顾队在一起？"

她和顾余生算是在一起吗？秦芷爱真的不知道该怎么回答这个问题，就笑了笑，然后选了一个自己好奇的问题转移话题："你为什么叫他顾队啊？"

"哦……"秦阳吐了一口烟，说，"以前在部队的时候，顾队是我的队长啊……"

提起以前的事，秦阳明显有了话题，喋喋不休地说个没完，不过嘴里说出来的大多数话语都是围绕着顾余生那个又冷又酷的男人。

"你别看顾队长得看起来很柔软，白皙干净，跟电视里的那些明星一样，其实我跟你讲，我们那一队里，顾队是最爷们儿的那一个！

"顾队说话特别不好听，但我们大家都不讨厌他，都喜欢他。你别看他外表冷，其实他骨子里很热血，他就是天生的军人。当初我们去抗灾，地震时他为了救一个小男孩被砸伤了，躺在医院三个月才捡回来了一条命……

"顾队还特冷静，是我这辈子到现在为止见过最克制、最冷静的人。我们教官说，顾队是难得一见的麒麟之才，是天生的冷兵器！"

秦阳讲的，都是秦芷爱所不知道的。

她没吭声，听得格外认真。

原来他和她没有关联的那几年里，他过得是这般丰富精彩，这般霸气惹人敬佩。

"你是不是觉得顾队特别冷酷无情啊？其实我跟你说，顾队他特别重感情，要不是他重感情，他就不会退伍了……"他是为了他爷爷回来的，他走之前，说他爷爷是他在这个世界上能把握住的最后一个亲人了……"

说到这里，秦阳变得有些伤感。他摇了摇头，又点了一支烟，然后像是想到什么一样，歪着头冲秦芷爱问了一句："你见过顾队哭吗？"

哭？顾余生哭？年少时，她亲眼看到顾余生被他父亲打成那样他都没哭，他后来竟然哭过？

秦芷爱望着秦阳的眼底闪过一抹诧异。

“我见过顾队哭过三次……“第一次是我们刚进队伍不久，大半夜的，我去洗手间，看到顾队一个人躲在里面哭，嘴里还嘀咕着什么对不起，也不知道他是在跟谁说对不起。

“第二次是他退伍的时候，他在我们面前笑着说自己终于解脱了，转身就一个人蹲在部队的操场上哭得跟什么一样。

“最后一次，是他的父母去世……”

秦芷爱还是没吭声，可她却听得眼底泛酸。

秦阳似乎也觉得自己说的话题太过煽情，狠狠地抽了几口眼，便不再出声了。

停车场很快就到了，秦阳没进去。

秦芷爱回到车上，消化了好一会儿秦阳说的那些话才发动车子开出了停车场。

此时的天色已经变黑，街道两旁的灯光都亮了起来。

秦芷爱跟着车流慢慢地往家开，在经过酒吧一条街的时候，她透过后视镜看路，就看见顾余生靠着一棵树，低着头，正在拆烟盒。

他身边的垃圾桶上堆满了大大小小的烟头。

几乎没有任何思考，在看到顾余生的一刹那，秦芷爱本能地就踩了刹车。

后面的车子因为她一脚刹车全被迫停止，没一会儿，街道上就堵成了一条长龙。

秦芷爱毫无察觉，只是目不转睛地盯着后视镜里倒映出来的顾余生看。

他长得好看，气质又卓越，尽管微垂着头，只能让人看到半张脸，可从他面前经过的人都会回头看他两眼。

他就像是没发现一样，摸了一支烟，闷不吭声地塞到嘴里，一手遮挡着风，一手拿着打火机点燃。

他始终保持着一个姿势站立，若不是他时不时地举起手将烟送到嘴边又拿下来，秦芷爱一度以为后视镜里的他是一座没有灵魂的雕塑。

他指间的烟快燃完的时候，他微抬了一下头，正看向他前方的广告栏。那里面展示的是一部电视剧的宣传照，是战争片，主角穿着军装抱着枪脏兮兮地趴在泥土上。

他原本夹着烟要递到嘴边的动作蓦地就停了下来，仿佛被人点了穴道似的，盯着广告栏里的那张图片定了格。

广告栏里的图片每隔一段时间都会更换，可当那张战争片的宣传照换成康师傅绿茶的广告图时，他还傻愣愣地盯着看。

这模样让秦芷爱一下子就想起秦阳跑到他的面前喊他“顾队”，他盯着秦阳身上的警服一脸恍惚的表情。

尽管他什么也没说，也没表现出任何的情感，可他在那时一定对秦阳身上的警服充满了艳羡吧。

所以在他看似云淡风轻地说出“顾队哪有顾总听起来牛”时，其实他的心里是在滴血、在遗憾、在怀念吧？

秦芷爱的心突然闷闷地疼了起来。

直到后面被她堵住的车上有人下来敲她的车窗，她才清醒过来，连连说了好几句“对不起”，在一片吐槽声和叫骂声中将车子缓缓地开往路边。车子停稳后，当秦芷爱透过后视镜再去找顾余生，发现他已经不在原地了。

秦芷爱皱了一下眉，立刻降下车窗，四处寻找了好一会儿，才终于找到了顾余生。他双手插兜，慢慢悠悠地迈着步子，冲着酒吧一条街里走去。

他只有一个人……而且心情似乎是糟糕透了……秦芷爱看了看回家的路，想到秦阳跟自己说的那些话，左胸膛尖锐地扯疼了两下，然后她就转动方向盘跟上了顾余生。

现在时间还早，酒吧一条街上空荡荡的，没什么车。秦芷爱怕被顾余生发现，特意将车速放得很慢。直到她看到他拐进了一家名为“MISS”的酒吧时，她才踩油门加了速度跟上他。

将车子停在酒吧门口后，秦芷爱对着镜子戴好墨镜和口罩才下了车。

酒吧里人很少，乐队还没来，背景音乐放的也不是喧闹的DJ，而是轻缓的情歌。气氛恰好，不会令人生厌。

秦芷爱一进酒吧就看到了顾余生。

她怕被他发现自己跟了过来，到时候以为她又开始缠着他，然后再冲她发火，便快速地叫住了领着她往顾余生的方向走的服务员，而是选了一个距离顾余生比较远的偏僻的角落。

秦芷爱还在经期，不宜喝烈酒。因为没吃晚饭，她拿着菜单先选了一些小吃，然后挑了半天，点了一杯几乎没什么度数的鸡尾酒。

秦芷爱刚将菜单递给服务员，就看见一个侍者端着一托盘的酒走到了顾余生的桌前。

侍者恭敬地往桌子上摆酒的时候，不断地侧头冲着顾余生笑容可掬地说着话。

顾余生微垂着眼帘，咬着烟，没吭声。

酒吧里光怪陆离的灯打在他的脸上，模糊了他的五官。

一直到最后，他才冲着侍者轻点了一下头，然后侍者就将桌上的酒瓶全部打开。顾余生也没看是些什么酒，就随手拎起一瓶往酒杯里一倒，然后送到嘴边一饮而尽。

距离秦芷爱点的东西送上来不过短短二十分钟，顾余生就像是喝白水一样，已经咕咚咕咚喝光了两大瓶洋酒。

入腹的酒对他似乎没有任何作用一般，他整个人稳稳当当地坐在卡座上，神情没有半点变化，只是不间断地重复着倒酒、喝酒这两个动作。

他是要把那一桌子酒全都喝光吗？

秦芷爱拿着叉子，忘了往嘴边送食物，盯着顾余生的眼神因为担忧而略显得有些不安。

随着时间越来越晚，酒吧里的人也越来越多，秦芷爱和顾余生之间渐渐坐满了打扮得光鲜亮丽的人。

酒吧里的音乐也开始变得动感了起来，不少人逐渐开始往舞池里挤，时不时有刺耳的尖叫声和口哨声从四面八方传来。

秦芷爱的注意力一直都放在顾余生的身上。

有不少穿着暴露的妙龄女子在走过顾余生的桌前时，笑吟吟地弯腰跟他打招呼，最后都是带着无趣或者扫兴的神情离开。

他桌上的酒渐渐也都见了底。

他挨个拎了拎酒瓶，发现再倒不出来酒，就抬手招呼服务员，然后点了一支烟，一边抽，一边对着服务员递送过来的菜单随手点了两下。

等到他第二支烟快抽完的时候，他面前的空酒瓶全部被撤了下去，换上了新的酒。

这次的他没再用酒杯，而是对着酒瓶直接喝，比之前的每一次喝得都猛。有些酒洒了出来，沿着他线条完美的下巴一路流淌进他的衣领中。

秦芷爱越来越坐立不安，好几次想要起身，最终却还是忍了下来。

也不知道顾余生喝着喝着酒想到了什么，忽地低着头咧着唇呵呵地笑了起来。那笑容很美、很惊艳，可秦芷爱却看得有些莫名心酸。

她的手蓦地就抓紧了衣襟，刚用力抿了一下唇，就看到男子重新拿起一瓶洋酒，不管不顾地开始往嘴里灌。

他一顿灌猛，喝到一半的时候，突然就重重地将酒瓶放在了桌子上，弯着腰，剧烈地咳嗽起来。

秦芷爱猛地就从卡座上站了起来，等她拎起包，才冷静了下来。

顾余生最不想见到的人就是她……他此时的心情这么糟糕，她再过去岂不是给他徒增更多的烦恼？

秦芷爱原本要冲着顾余生走过去的动作猛地就僵了下来，她定定地望着顾余生，看到男子举着酒瓶又喝了半瓶酒，然后就扶着桌子慢慢地站起身，冲着洗手间的方向走去。

他的步伐很凌乱，时不时会撞到桌角。可他似是感觉不到疼一般，抬起手扶一扶旁边的卡座靠背，就继续踉踉跄跄地往前走。

秦芷爱动了动唇，终究还是担心不已，悄悄地跟上了顾余生。

等她进洗手间的时候，顾余生正冲着男女共用的洗手盆吐得昏天黑地。

秦芷爱盯着他的背影看了几秒钟，就转身走回酒吧。她给服务员塞了些钱，拿了一瓶矿泉水后折回来。

她刚想冲到顾余生的跟前递给他，可刚往前迈了一步，她又停下来，左右望了望，最后找了一个男子，小声地拜托他帮自己送过去。

她躲在洗手间外的墙壁后面，看到顾余生盯着那瓶矿泉水看了一会儿，然后冲着那个男子声音有些沙哑地说了句“谢谢”，才接了过去。

他漱了漱口，又喝了小半瓶，然后打开水龙头洗了一把脸，似是整个人恢复了一些神志，这才慢慢地转过身，冲着洗手间外走来。

秦芷爱怕被顾余生看到，急忙躲到了附近的紧急通道门后，一直等到他走远，她才重新走出来，小心翼翼地跟上他。

回到酒吧，顾余生没再喝酒，而是招呼了服务员结账。

秦芷爱看他结账，也连忙跟着结账，等到她追出来的时候，顾余生已经走到了路边。

酒吧一条街上停了许多车，他却丝毫没有要搭车的意思，而是沿着马路，步伐不稳地胡乱走着。

秦芷爱始终没靠近顾余生，他和她一直都保持了约莫五米的距离。

他喝了那么多的酒，此时大概是起了作用，步伐越来越凌乱。在绕过路灯杆的时候，他自己绊了自己一下，秦芷爱情不自禁地往前猛迈了几步，刚想伸出手搀扶住他，他就稳住了身体。

秦芷爱没有出声打扰他，而是紧跟在他右侧后一米，时不时地冲着他东倒西歪的身体伸一下手。直到他真的有一次快要摔倒在地的时候，她才狠狠地抓住他的胳膊，低呼了一句："小心！"

她费力地将他的身体扶正后才知道，此时的他已经醉得不省人事，嘴里嘟嘟囔囔说着一些话。

马路上有些吵，秦芷爱听不清他在自言自语地说些什么。不过因为他彻底醉了，她暗暗松了一口气，胆子也大了一些，用自己的身体撑住他的身体，慢慢地扶着他到了自己的车旁。

秦芷爱吃力地将顾余生塞进车里。虽然是后车座，但她怕醉得一塌糊涂的他会磕到碰到，还是给他系上了安全带。

回家的一路上，顾余生虽闭着眼睛，唇瓣仍动个不停。

专注开车的秦芷爱没去仔细听他说了些什么，等车子快到别墅的时候，秦芷爱戴上蓝牙耳机给家里打了个电话，让管家出来接她。

车子开进院里的时候，管家已经在候着了。车子一停稳，管家立刻就迎了上来。秦芷爱拉开后车门，管家看到里面坐着的顾余生时大吃了一惊："顾先生这是怎么了？"

"喝醉了。"秦芷爱淡淡地回了一句，就伸出手将顾余生从里面给拉了出来。

男子有些重，她拉得费力，管家急忙凑上前来帮忙。两个人一左一右地将顾余生弄上楼，放倒在了床上。

“你去给他泡杯蜂蜜水。”秦芷爱简单地吩咐了管家一声，就将顾余生身上脏兮兮的外套扒下来拿进浴室，扔进了脏衣篮里。

秦芷爱又拿毛巾用温水浸透，拧干后帮顾余生把脸和脖颈都擦拭了一遍，然后再从一旁扯了被子盖在了他的身上。

秦芷爱刚准备起身将毛巾送回洗手间，管家就端着一杯温热的蜂蜜水进了屋：“小姐，毛巾给我，您喂顾先生喝水吧。”

秦芷爱轻点了一下头，接过水杯，顺势将毛巾递给了管家。

她坐在床头，将顾余生的脑袋抬高了一些，把水杯凑到了他的嘴边。

顾余生醉得厉害，在她的轻哄下只喝了两小口就别开了头。

秦芷爱无奈，只能将水杯放在床头柜上，看了一眼守在床边的管家，轻声说了句：“你先去休息吧。”

“好的，小姐。”管家应了一声，继续在原地停留了片刻，然后又说了一句，“小姐，您如果有事随时喊我。”

秦芷爱轻轻“嗯”了一声，管家这才轻手轻脚地离开。

随着门被管家带关上，整个卧室里一下子安静了下来。

秦芷爱怕躺平的顾余生还会吐，到时呛到自己，守在一旁没离开。

顾余生一直都没睡熟，嘴唇不断地翕动着。随着窗外的夜色越来越深，世界越来越安静，他嘴里的话秦芷爱也慢慢听得清晰了。

“没了，什么都没了……没了……”

没了？他在说什么没了？秦芷爱轻轻蹙起眉，往顾余生的嘴边情不自禁地靠近了一些。

“顾队……顾总……”

前一秒还在说没了，怎么下一秒就变成顾总、顾队了？秦芷爱越发听不懂了。

在秦芷爱晃神之际，闭着眼的顾余生又喃喃地念了起来：“顾总好威风啊……人人羡慕……我也羡慕啊……呵呵——”

即使醉酒，他也没忘记自嘲地轻笑两声，然后语气突然就变得无比颓废和伤感：“可那不是我想要的……不是我想要的……”

“梦想……父母……都没了……没了……没了，都没了……什么都没了……”

他嘴里的话说得颠三倒四，一直不断地重复着“梦想”和“父母”。

刚刚还一头雾水不明所以的秦芷爱此时却完完全全懂了他的意思。

他是在难过他因为亲人而被迫放弃的梦想吧？他是在遗憾，他都已经放弃了他一直想要追逐的梦想，可他的亲人却终究都回不来了吧？

室内很寂静，只有顾余生断断续续的话不断地飘出：“我想要的，全没了，全没了……什么都没了……没了，都没了……”

秦芷爱的心像是被什么东西用力握住狠狠地拧着一般，疼得她呼吸一窒，眼底就涌上了一股酸涩。她不知从哪里来的冲动，忽地就伸出手，紧紧地握住他的手，望着醉酒的他，柔声细语地开口说：“不，不是的，你不是什么都没了，你还有我……”

顾余生嘴里喃喃的话忽地顿住，清俊的眉先是狠狠地皱了一下，然后就缓缓地开始舒展。他以为自己是在做梦，迟疑了好一会儿，然后带着几分不确信地反问：“还有你？”

听到他的声音，秦芷爱明知他看不到，却还是轻轻地点了点头，带着几分笃定地小声说：“是，是的，还有我……”

不知道是不是秦芷爱的错觉，她隐约觉得自己握着的男子的手微微地僵硬了一下。

她嘴里的话稍停了一秒，然后继续开口，温温柔柔地安慰他：“你不会什么都没有的，就算你什么都没有了，你还有我……”

她的话还没说完，闭着眼睛躺在床上的男子突然不知道从哪里来了一股力道，猛地一拽，就将她硬生生地拽倒在自己的怀中。

秦芷爱的身体一僵，本能地想要挣脱，可他却把她抱得更紧，然后用下巴抵在她的头顶，梦呓般低声念了两个字：“别动。”

他的语气里带着几分不易察觉的请求，让秦芷爱一下子就妥协了。她在他的怀中僵了片刻，终究还是缓缓地伸出手回抱住他。

她想……只有在他醉酒的时候，她才敢这般肆无忌惮地靠近他，对他好，给他温暖和安慰，在他的面前释放出她原本的模样吧？

可是，顾余生啊……你又会知道吗？

我不是在用梁豆蔻的身份安慰你。

就像当初，在大马路上，车子开来，我毫不犹豫地推开你，被车撞到的那次一样……我从来都不是在用梁豆蔻的身份对你好。

我是在用那个早已被你忘得一干二净的秦芷爱的身份对你好。

第十四章
背对背拥抱

顾余生再醒来已是第二天中午，窗帘没关，太阳正照在他的脸上，刺得他的眼睛微微睁了一下就重新合上了。

因为宿醉的缘故，他的脑袋像是要爆炸一般，一突一突疼得厉害。

顾余生抬起手，一边揉着泛疼的太阳穴，一边缓缓地坐起了身。

他的脸上带着晨起的慵懒，闭着眼睛靠着床头发了一会儿呆，才慢吞吞地掀了眼皮。

大概是初醒的缘故，他的神情看起来有些茫然，过了没两秒钟，他的视线一下子变得清明锐利起来。他转着头，略略地扫了一眼房间，然后就一点一点地蹙起眉。

卧室里只有他一个人，梁豆蔻并不在，只是……他，怎么会在家呢？

随着疑惑在心底浮现，顾余生慢慢地记起，昨天下午他本是要回公司的，结果经过 A 中附近的那条街道时，他瞄到了她的车子。

她不是来月事了吗？疼得人都快丢了半条命怎么还出门？

当时的他想都没想就让小王将车子停在了她的车后。

在车里坐得有点久，他下来透气的时候点了一支烟。坐在车头吸了没两口，就看到她从学校门口的方向走了过来。

现在仔细回想起来，倒也不知道昨天的自己到底在想些什么，竟然让小王先走了，然后上了她的车。并且还坐在她的车里和她闲聊了两句，最后竟然还跟她提议去陈记吃饭。

以前都恨不得躲她到终生不见，如今居然还会主动凑上前去？

他倒是最近脑抽得越来越厉害了啊……想到这里的顾余生，带着几分不可思议地摇了摇头，掀开被子下床，冲着洗手间走去。

后来遇到了秦阳，饭没吃成，他让她走了。

已经过去两年了，他以为自己已经可以接受从部队离开的这个事实。可当他碰到秦阳，他发现，那种渴望和怀念是如此根深蒂固地扎在他的血液里。

八年前，他为了梦想偷偷离开北京入伍。四年前，他为了亲人放弃了已经实现的梦想；八年前，他可以任性。可是四年前，他无路可选。因为在这个世界上，他只有爷爷一个亲人了，他只能退伍，只能归家。

太遗憾，也太无力了，急需一个宣泄口，所以他去了 MISS 酒吧。他喝了很多酒，好像还有什么好心人给了他一瓶矿泉水……再后来……顾余生忍不住抬起手捏了捏眉心……他竟然又一次喝断片了……忘记自己是怎么回的家了。

不过他却清楚地记得，昨晚的他做了一个很美好的梦。

梦里的自己在绝望和难受的时候，有个人握住了他的手，柔声细语地对他说：“你还有我。”

后来她还抱住了他，那个拥抱很温柔，也很温暖，让他整个人奇迹般地就宁静了下来……那个拥抱他也很熟悉，大概是四年前……四年前，在一个下大雨的漆黑的夜里，有人给过他一个一模一样的拥抱。他心情不好的时候喜欢抽烟，却很少喝酒，所以他一生醉酒的次数屈指可数。

而四年前的那一晚，他恰好也喝了酒。

那是他父母去世的第七天，那天他的退伍报告恰好被批准了，心情糟糕透了的他在墓碑前喝得剩下一地的空酒瓶。

那天他喝的都是啤酒，又是在郊区，喝完后没那么容易叫酒，所以醉得并不像昨晚那么不省人事。

那天夜里下起了大雨，他像是自虐一样，蹲坐在墓碑前不肯离开。

雨越下越大，他被淋得像只落汤鸡。就在他想着自己会不会被雨淋死的时候，他的头顶出现了一把伞，然后他的身边静静地坐下一个人。

天很黑，一点光亮都没有，他看不清来人的长相。但她紧挨着他散发出的气息让他知道，那是一个年轻的女孩。

她大概是知道他很难过，也知道他不想说话，便没出声打扰他，只是静静地陪着他。

后来酒劲上来了，他有些难受，可能是说了一些胡话。虽然具体是些什么他已不记得了，但他很清醒的知道，陪着他的那个女孩给了他一个无声的拥抱。

很多时候，安慰是不需要言语的。

即使已过去四年，当他回想起那个拥抱，仍然感到……很温暖。

再后来，酒劲上来了，他靠着那个女孩睡着了。等他醒来时天已大亮，而她却已不在。

倒不是因为那件事对那个女孩就有了多深的情感，而是在他最难过的时刻，她给了他最温柔的陪伴。

所以这件事就一直被他记了下来。

或许是那个拥抱真的暖到了他的缘故吧，所以昨晚，他才会做了那么相似而又美好的梦……

洗完澡的顾余生收了收自己的思绪，换上一身干净的衣服走出卧室。

管家一看到他，立刻进了餐厅，等到顾余生坐在餐桌旁时，饭菜已经全摆好了。

和上次醉酒一样，仍是蔬菜瘦肉粥。

顾余生昨晚就没吃东西，今天又睡到了大晌午，胃里空荡荡的，端起粥，一口气喝了小半碗后，才冲着一旁站着的管家好奇地问了一句："昨晚我是怎么回来的？"

"顾先生，您是搭乘出租车回来的。"

"噢。"顾余生应了一声，兴许是喝得太醉了，才对出租车师傅随口说了别墅的地址吧。

顾余生拿着筷子夹了两口菜，察觉到只有他一个人吃午饭，又问了一句："小姐呢？"

"小姐昨晚回家后没多久就接到了电话，好像是经纪人打来的，出去到现在还没回来。"管家停了一下，又补充了一句，"应该是有工作要忙吧。"

顾余生含着粥，含混不清地"嗯"了一声，没再说话，而是快速地解决好午餐，拿了车钥匙就离开了别墅。

管家站在窗前，看着顾余生的车子开出院门口，这才快速地跑到座机前打了一个电话出去："小姐，顾先生已经醒了……他吃过粥了，看起来人没什么事……"

"嗯，顾先生问了……没有，我按照您的吩咐说的，他信了……"小姐，依我看，您就应该让顾先生知道昨晚是您把他带回来，照顾了他一整夜的……您怎么就一定确定顾先生知道后会不开心呢？"

电话那端的秦芷爱在听到管家的这句话时，盯着窗外明晃晃的阳光沉思了一小会儿，才轻声开口说："他已经很不开心了，没必要在不确定的情况下再惹他不开心了。"

尽管秦芷爱的话语说得很平缓，没有夹杂任何悲伤的语气，可管家还是听得心里一阵难受。

以前小姐总是无理取闹地缠着顾先生。

她那时是真的觉得小姐很不懂事，也不是真心喜欢顾先生。不过就是看中了顾先生带给她的那份荣耀和地位，想要死死地霸着罢了。

直到现在她才知道，原来是她看错了小姐，小姐对顾先生是打心眼里的好。

管家握着听筒走了一下神，然后就笑吟吟地换了个话题：“小姐，你都不知道，顾先生很喜欢吃你做的饭，他今天吃得格外多！”

听到这句话的秦芷爱，眼底染上一抹浅淡的笑意，她和管家又随意扯了两句才挂断电话。

手机早上出门的时候忘了充电，秦芷爱找来充电器，刚插上电源，屋门就被推开了。

进来的人是周婧，一脸愤怒：“正好，我刚准备打电话约你出来碰个面，你今天就来公司了！”

相比较周婧的恼火，秦芷爱显得格外冷静，她将手机放在桌上，冲着周婧回：“怎么了？”

“这几天简直是要被气死了！”周婧将包重重地往沙发上一扔，就急躁地开了口，“你知道下个月我们准备开拍的那部古装剧吗？一亿片酬的那部！”

秦芷爱轻点了一下头，没出声。

“那部剧是双女主设定，一个是你，另外一个是林忆。本身当初签合同的时候谈的是你的戏份比较重的，结果林忆那个小贱人，前两天不知道从哪里拉了几千万的投资，然后导致最新的剧本你的戏份被砍了很多。你本身现在就比林忆地位高，那部剧明显就是靠着你和男主角撑台面的，但你的戏份这么一被删减，等到上映后，这部戏必然大红大紫，到时候不就等于白白给别人当了垫脚石？”周婧气冲冲地抬起手顺了顺头发，盯着窗外看了一会儿，然后就做了决定，“这样吧，你去找找顾总。”

秦芷爱蹙起眉：“顾余生？”

“对，顾余生！”周婧肯定地点了点头，然后又摇了摇头，“不，是让顾余生出面解决。但你去找顾余生他未必会帮你处理。以前小蔻在娱乐圈遇到什么棘手的问题都是去找顾老先生的，所以你也去找顾老先生。反正顾老先生肯定是会帮小蔻的，到时候有顾老先生出面，顾余生肯定会处理这件事的。”

说到这里的周婧眼睛一亮：“所以你这几天哪天有时间去顾家老宅一趟，讨好讨好顾老先生，再把这件事赶紧解决掉！”

如果顾老先生可以解决的事她是愿意去找找的，可如果找了顾老先生还要麻烦顾余生……秦芷爱想了片刻，出声问：“除了这个办法，就没有其他方法了吗？”

“你觉得呢？”周婧反问了一句，“潜规则导演，你会去做吗？去找新的投资人，哄他们开心，你愿意去做吗？即使你愿意，我也不会让你去。因为你现在是小蔻，如果你抛开了小蔻的身份，想去讨好谁就去讨好谁，我不管！顾老先生很宠爱小蔻的，只要小蔻开口，顾老先生不会不答应。现在的你就是小蔻，你也别动什么心思，好好扮演好小蔻，拿你该得的钱，我们银货两讫就好。所以，我等你的消息！”

周婧干脆利索地说了一长串话，说完又仔细想了一下，确定没什么遗漏的了，便拿起刚刚丢在沙发上的包，给秦芷爱又留下一句“记得去找顾老先生”，就踩着高跟鞋风风火火地离开了。

随着门关上，秦芷爱忍不住抬手按了按有些发疼的眉心。

有这么一个唯利是图的经纪人，也难怪顾余生和梁豆蔻的关系会闹得那么僵。

一有麻烦就让顾老先生施压给顾余生帮她解决，换了是谁怕是都反感到底了吧？

不过梁豆蔻也真是够没脑子的，她是真喜欢顾余生，还是把顾余生当成稳固自己的事业的垫脚石呢？

秦芷爱摇了摇头，就打开电脑，研究起了关于那部古装剧的资料。

梁豆蔻和顾余生怎么样她管不着，也没资格管。

现在的她，好不容易才把梁豆蔻丢下的烂摊子给稳住，顾余生不像开始那样一见她就翻脸了，所以她是肯定不会凑上去没事找虐的！

顾老先生那边肯定是不能去找了，但这件事又要解决，不解决周婧肯定跟她没完……而她还需要从他们那里拿钱。

就在秦芷爱绞尽脑汁地想着该怎么处理这件事的时候，她在那部古装剧的主要投资人处看到了一个熟悉的名字：陆半城。

陆半城和梁豆蔻是很好的朋友，而且据她最近和陆半城的接触，他对梁豆蔻似乎也挺照顾的。

主要投资人的权利是最大的，剧本的那件事，其实对于陆半城来说，就是简单的一句话的事。所以，她完全可以找陆半城帮忙不是吗？

虽然秦芷爱心里有了方向，却没急着立刻联系陆半城。

一直等到四天后，周婧不断地打电话来催，她才在心底简单地组织了一下语言，然后找到陆半城的电话拨了出去。

陆半城从跑步机上下来，拿着毛巾擦了擦脸上不断冒出来的汗水，走出了健身房。

他瞄了一眼坐在客厅的沙发上，正抱着电脑飞快打字的顾余生，问了一句：“喝水吗？”

“不喝，谢谢。”顾余生简单地回了他四个字，视线紧盯着电脑，没有丝毫转移，指尖上敲字的动作也没有受到任何影响。

陆半城耸了耸肩，没再说话，直接打开冰箱拿了一瓶矿泉水，拧开盖，一边喝，一边晃回了客厅。

他站在沙发旁，盯着处理公务的顾余生看了一会儿，再将矿泉水瓶放下，上了楼。

陆半城洗完澡下来的时候，客厅里多了顾余生的司机小王。

顾余生的电脑屏幕亮着，被放在茶几上，他手中捧着好几份文件，一边翻页，一边时不时地拿着笔在上面划两道。

小王看到陆半城，冲着他客套地点了一下头，没有出声，怕打扰了正在忙碌的顾余生。

陆半城冲小王简单地扬了一下手，就坐在沙发上，拿着手机胡乱地按了起来。

整个别墅里安静了大概二十分钟，顾余生将那些文件合上，递给小王："把这些送去公司。"

"是的，顾先生。"

等小王抱好文件后，顾余生又从电脑下面抽了一个老式信封出来递给小王："还有这个，回公司的路上拐到邮局，贴上邮票，扔进邮箱里。"

"知道了，顾先生。"

顾余生没再说话，只是冲小王摆了摆手。

小王客套地冲着顾余生和陆半城说了声"再见"，然后转身离开。

前一秒屋门被小王带关上，后一秒陆半城就一脸吃惊地冲着顾余生开了口："不会吧？生哥，你不要告诉我，你跟那个笔友到现在还有来往？"

顾余生扫了一眼陆半城，没半点要说话的意思，而是拿起电脑放在膝盖上，手指摸着触摸板，继续浏览起邮件来。

"不是，生哥，那都是上学那会儿玩的游戏了，现在都什么时代了，你和对方竟然还保持着书信来往？"

……

“你们联系也没错，但也要与时俱进吧？怎么也应该用微信、QQ，实在不行邮件也可以啊？”

……

“或者，你问对方要个电话号码，你们发发短信、打打电话都是可以的啊……”

……

陆半城一个人发表了许久的意见，看顾余生始终没有接话的意思，突然像是想到了什么一样，带着几分试探地问：“生哥，你该不会到现在为止，和那个笔友联系了这么多年对人家还一无所知吧？”

顾余生摸着触摸板的动作缓缓地停了下来。

难道还真被他猜中了？陆半城脸上的表情瞬间凝滞，他微张着嘴愣了好一阵子，才摇了摇头，回过神来：“这年头，竟然还真有纯粹的笔友存在，我以为这些所谓的一切陌生的联系，都是为了以后可以有更好的发展……”

顾余生微抬了一下眼皮，吓得陆半城立刻讨好地笑着改口：“你不好奇，我却挺好奇对方到底是什么人，竟然能让你一直这么联系着，还是以写信的方式！”

一句话说得顾余生安静了下来，过了好一会儿他才开口，语气很淡漠：“我不知道。”

“不过……”顾余生只说了两个字，眉毛微动了动，然后就停了下来。

那个和他以信件的方式来往的人叫“小 A”。

从小 A 的来信上可以了解到，好像是他主动给小 A 寄的信。

而在他的印象里，他的记忆似乎并没有出现过什么遗漏。可他一直都有点搞不明白，当初的自己为什么会主动给这个叫小 A 的人写信？

因为家庭的原因，他一向不喜欢跟旁人诉说自己的心事，也觉得那种矫情的诉说有些难以启齿。或许当初的自己化名 S 君，只是单纯地想找个毫无关联的笔友宣泄一下心事吧？

不过不管怎样，那个叫小 A 的笔友陪伴了他长达七年的时光……即使 S 君和小 A 素未谋面、互不相识，可是在曾经度过的那段漫长的岁月里，小 A 给过 S 君很多真实而又细微的温暖……顾余生若有所思地歪着头，盯着窗外像是在很认真地思考着什么形容词。过了好一会儿，他才接着刚刚的话开口："对我来说，信件的主人应该算是……一个很重要的人吧？"

顾余生最后的几个字的音量放得很小，像是在问自己。

陆半城没有听清，"嗯"了一声。

顾余生回了神，冲着陆半城摇了摇头，说了句"没事"，就继续看电脑。

陆半城看得出顾余生不愿围绕着"笔友信件"多谈，就识趣地闭了嘴，拿着手机看球赛。看了没几分钟，他的手机就在掌心里震动起来。

随着铃声响起，球赛被来电所掩盖，看得正精彩的陆半城忍不住埋怨了一句："谁呀，球踢得正激烈呢！"

他一边说，一边瞄了一眼来电显示，然后随口就说了句："小蔻的电话？"

正对着电脑认真工作的顾余生在听到"小蔻"这两个字的时候，眉骨明显动了动，敲打键盘的指尖动作变得不似刚才那般流畅。

陆半城大概是怕接电话影响到他，举着手机站起身接听，然后一边走，一边喊了一声："小蔻……你怎么突然想起来给我打电话了？请我吃饭吗？……"

陆半城尽管走出了有一段距离，可他的讲话声还是清晰地传入了顾余生的耳中。男子敲打键盘的动作慢慢地停了下来，注意力变得不是那么集中，频繁去捕捉陆半城的声音。

"有正事找我？想让我帮忙？行啊……你说……不不不，我现在不忙……"

梁豆蔻打电话找陆半城，是有事找他帮忙？

顾余生的眼神略变得有些淡薄，眉眼闪动了一下，想都没想就退出了桌面上的邮箱，点了一个软件出来，在上面随意而又快速地敲打了几下。没过几秒钟，陆半城放在茶几上工作用的另外一部手机就响了起来，紧接着，陆半城家里的座机也响了起来。

手机铃声和座机的铃声混在一起，好不热闹。

陆半城握着手机还没走到阳台上，就对着电话里的“梁豆蔻”抱歉地说了一句：“不好意思，我接个电话。”

然后他就折回来，随手拿起座机听筒举到耳边。里面的人也不知道说了些什么，陆半城的神情一下子变得凝重起来：“什么？我们的官网被黑了？”

“废话！我当然知道晚上八点新产品要上展览！我现在立刻开电脑看看到底是个什么情况！”陆半城挂断座机，又拿起茶几上还在响的手机，划拉了一下屏幕，举到耳边：“我知道，技术总监给我打电话了，我现在立刻处理……”

陆半城一边说，一边举着手机往楼上走。走了还没两步，坐在沙发上抱着电脑，看似专注在做自己事情的顾余生微微抬起头，看了一眼陆半城手中握着的另一个和“梁豆蔻”还保持着通话状态的手机，然后就拿起抱枕冲着陆半城的后背砸了过去。

陆半城一惊，猛地就回了神。刚准备冲顾余生发飙，就看到顾余生指了指他另一只手里握着的手机。

陆半城愣了愣，然后反应过来，对着公司那边打来电话的手机说了一句：“稍等。”

然后他又将“梁豆蔻”打来电话的那部手机举到耳边：“小蔻，真的很抱歉，我现在临时有点工作上的事情要处理，你等我一会儿，我处理完就给你回电话过去。”

顿了顿，陆半城又问了一句：“你现在不着急吧？”

“那就好，再见。”陆半城前一秒挂断“梁豆蔻”的电话，后一秒就举起公司那边来电的手机："我马上到书……"

陆半城的话还没说完，坐在沙发上的顾余生就拿起自己的手机，装模作样地按了两下，然后微微抬起头，神情淡然地冲着陆半城开口："我手机没电了，你的借我打个电话。"

陆半城着急处理公司的事情，想都没想就将刚刚和"梁豆蔻"联系的那部私人手机扔给了顾余生，一边冲着和公司联系的那部手机讲话，一边快速地奔上了楼。

一等到书房的门被陆半城重重地甩关上，顾余生立刻将膝盖上的电脑扔在了一旁的沙发上。

他刚刚黑了陆半城的公司网站，怕是有他一会儿忙的了……顾余生拿着陆半城的手机，慢条斯理地靠在沙发上，找到"梁豆蔻"的电话号码。他先是看了看拨通键，想着自己和陆半城说话的声音不一样，于是又换成短信，在上面敲打了几下，发了一条消息过去。

"有个紧急会议要开，不能打电话，你有什么事，直接发短信告诉我吧。"

过了大概一分钟，陆半城的手机屏幕亮起，收到了"梁豆蔻"的回复短信："会不会打扰到你开会？"

"不会。"顾余生想都没想就敲了两个字发过去。

这次等的时间有些久，约莫过了五分钟，陆半城的手机才有了新的短信提醒。

"是这样的，你还记得你年初投资的那部《盛唐遗风》吗？最近也不知道剧组那边遇到了什么问题，把剧本进行了更改，我的戏份被删减了很多，然后有些戏份也不是那么妥当……如果就这么开拍的话，那和我最初签合同时谈好的条件的出入太大。我跟剧组那边尝试着沟通过，但沟通不下来，这部剧的主控权还在你手里，你能不能帮我试着跟剧组那边再谈谈？"

如果按照梁豆蔻的作风，秦芷爱想，她肯定会直接对着陆半城说是林忆抢了她的戏，她要抢回来！

可她毕竟不是梁豆蔻，在真的对陆半城开口的时候，还是将意思表达得含蓄隐晦了一些。

尽管如此，秦芷爱在发出短信后还是感觉很不好意思，她用力握了握手机，有些脸烧地想了片刻，又给陆半城发了一条消息过去："这事算是我麻烦你了，回头我请你吃饭。"

……

"梁豆蔻"这次发来的短信有些长，顾余生看完第一遍的时候，眉眼间的气息就变得有些冷然。

他的唇微绷了一下，盯着屏幕，从上到下逐字逐句又看了一遍。像是为了确认什么一般，他还特意一字一顿地将短信给读了出来。

越读，顾余生的脸色就越臭。在读到最后一个字的时候，他脸上的神情冷得仿佛北极的冰川，眼底散发的光凌厉而又阴沉。

她这是在工作上遇到了什么麻烦，自己解决不了，所以就来找陆半城帮忙？

她放着他不找，找什么陆半城呢？她是眼瞎还是看不起他，觉得这点小麻烦他搞不定？

顾余生的脑海里突然就闪过前些阵子陆半城去他的别墅吃饭，她给陆半城又是盛汤，又是有说有笑的模样。还有，陆半城搀扶她，她就好声好气地冲着陆半城说谢谢。而他呢？一碰他她就跟老鼠见了猫一样，恨不得立刻一溜烟消失不见！

顾余生的胸膛忽地起伏不定，一股怒火无法压抑地从心底一直往上冒。

他刚想闭上眼睛深吸两口气，结果手机又收到一条新的短信。

"这事算是我麻烦你了，回头我请你吃饭。"

吃饭，她还要请陆半城吃饭？

这句话就像是火一样，瞬间烧疼了顾余生的神经，他气得想要掐死电话那端的小女人的心思都有了。他手的力度渐渐收紧，手机硌得他的掌心生疼，他却毫无察觉。脑海里环绕的仅剩下“梁豆蔻”有事找陆半城却不找他，甚至还要请陆半城吃饭……顾余生保持着那样阴冷的模样僵持了不知道多久，掌心的手机又一次震动起来。他慢慢地低了一下头，看到屏幕上又多了她发来的一条短信：“可以吗？”

可以个屁啊！顾余生想都没想就将手机高高举起，冲着屏幕上噼里啪啦敲了三个字：“想得美！”

敲完后，顾余生刚准备按发送键，忽地又停了下来。

他气息不稳地盯着手机屏幕，想了片刻，就将刚刚敲的那三个字一个一个地删掉，然后换成：“你在哪儿？”

电话那端的人大概是被他发出的这三个字弄蒙了，隔了好一会儿才回了短信：“我在家啊……”

顾余生在看到短信的那一秒，丝毫没有回复的意思，猛地将旁边的电脑重重地合上，拿着就站起身。刚准备走，手里的手机又收到一条短信：“怎么了？”

怎么了？他都没回她短信了，她还给陆半城发短信？她就那么想跟陆半城多聊两句？

顾余生怒气腾腾地抱着电脑朝着门口走去，快走到门口的时候，他才想起自己还拿着陆半城的手机。

他简直是被那个女人给气糊涂了！

顾余生火大地转身，将陆半城的手机往沙发上狠狠地一丢，就将脚上的拖鞋踢开，换上皮鞋。

他连鞋带都没系，直接推开门就准备往外走。不知怎么的，他又想到陆半城上楼之前给那个女人回的那句 “我处理完给你回过去电话”。

好啊，还想着要电话联系？

顾余生顿了顿，就将电脑往玄关处的鞋柜上一放，连鞋子都没换，大步流星地又走回沙发前，拿起陆半城的手机，找到梁豆蔻的电话号码看了一会儿，然后就点了“编辑”，把手机尾号的“4”胡乱改了个“7”。

不是要回电话吗，随便回，让你陆半城那丫的把电话打到别人家去！

顾余生刚准备将手机扔回沙发上，突然又像想到什么一样，点了短信，冲着“梁豆蔻”回了一句：“忙，等会儿电联。”

然后稍等了半分钟，等到“梁豆蔻”回复了“好”字后，顾余生二话不说就将短信全删除了。

陆半城这边存的电话号码都是错的了，你还“好”，好什么好啊，看你能不能接到电话！

顾余生这才稍稍气顺了一些，将陆半城的手机往沙发上一丢，转身扬长而去。

一辆出租车开进院里的时候，管家恰好正在浇花。

她有些诧异地放下喷水壶，站起身，刚准备看来人是谁，就看到后车门被人猛地推开，顾余生阴着一张脸从车上下来。

顾、顾先生怎么回来了？而且还是搭出租车回来的……管家震惊了好一会儿才回神，急忙问好：“顾先生。”

顾余生像是没听到她的话一样，扔给出租车师傅一张红票子，就单手拎着电脑，朝着屋里走去。

管家立刻跟上，帮顾余生拿了拖鞋。

顾余生换完拖鞋，一进客厅，就将电脑重重地往茶几上一放，吓得管家哆嗦了一下，然后本能地就往后躲了两步。

顾余生扫视了一圈客厅，没看到那女人的身影，就转身问了管家一句：“小姐呢？”

“小姐在楼上……”

管家的话还没说完，顾余生就已经消失在了楼梯的拐角处。

他先去了主卧，里面空荡荡的，没他要找的人。他关了屋门，顺手就推开除了自己以外，其他人不会进去的书房。

同样是空的。

然后他就烦躁地将西装外套一脱，冲着次卧的屋里胡乱一扔，一边扯领带，一边冲着楼道的尽头走去。

快要接近阳光房的时候，隔着明亮的玻璃，顾余生看到了蹲在花架前，拿着剪刀正在修剪花草枝叶的秦芷爱。

顾余生的脚步缓了一下，然后下一秒就疾速地往前大跨了两步，猛地推开了阳光房的门。

门开得毫无征兆，修剪花草的秦芷爱被吓了一跳，手一抖，将一朵开得娇艳欲滴的玫瑰花一刀给剪了下来。

顾余生长期不回来，秦芷爱以为是管家有什么事，风风火火地上楼来找她。看着散落一地的花瓣，她蹙了蹙眉，一边转头冲着门口看过来，一边有着少许责怪地开口："什么事，这么……"

秦芷爱只说了五个字，顾余生迎着光线的脸就跃入了她的眼底。

她的话语蓦地就噎在了咽喉处，望着顾余生就愣住了。秦芷爱的大脑有几秒钟是一片空白的，随后她才留意到他的脸色并不好看，眉眼之间似是隐隐跳动着怒气。秦芷爱有过太多次他冲她发火的经历，她的身体本能地紧绷，手下意识地就握紧了剪刀。

他怎么会突然回来？而且看起来好像很生气。难不成是爷爷那边……秦芷爱的身体轻轻颤抖了一下，整个人潜意识地变得十分警惕，望着顾余生的眼底都带了一抹防备。

他盯着她，迟迟都没有开口说话的意思。

阳光房里的气氛变得有些凝滞，秦芷爱不安地咬了咬下唇，因为想要打破这种尴尬，她并没有想太多，而是顺口问了句："你……怎么突然回来了？”

这是他的家，他回来难道还需要一个理由？

顾余生的眼神微沉，只是觉得火大得无处宣泄，最后怒极，反倒盯着秦芷爱笑出声，然后话都没过大脑就脱口而出：“怎么？这是我家我不能回来？那你希望谁回来？陆半城？”

他这话说得简直有些莫名其妙，怎么就跟陆半城扯上关系了？

秦芷爱虽然听得一头雾水，可她却明显感觉到，男子笑过后，身上散发出来的气息越发冰冷可怕。

直觉告诉她，她再这么待下去肯定会遭殃。于是她将剪刀放在一旁的小凳子上，站起身，在心里暗暗斟酌了一下语言，才冲着顾余生又开了口：“管家知道你回来吗？我下去告诉她，让她准备你的晚餐。”

说着，秦芷爱就快速地低下头，朝着门口走去。

站在门口倚着门悠闲地靠着的顾余生看到她这种反应，“噌”地就站直了身子。

她一看到自己，表情就变得那么疏离戒备不说，现在还想随便找个借口躲开？她怎么就没这么躲着陆半城呢？

顾余生觉得自己真是要气炸了，竟然第二次笑出声，甚至还边笑边冲着她开口：“哟，看我不是陆半城，就火急火燎地想走了？”

说到最后一个字的时候，顾余生的话里没了半点笑意，他几乎是咬着牙挤出来的那个“了”字，声音冷得仿佛能将周围的空气冻得结冰。

秦芷爱被他的语气吓得心怦怦直跳，她脑海里瞬间就充斥了他从前对她下手又狠又重做的那些事。她心里虽然疑惑他怎么又提起了陆半城，却也只是轻轻地皱了皱眉，什么都没说，只是加快了脚下的步伐。

好啊，刚刚还找个借口跟他说句话，现在干脆连话都不说了？还走得这么快，就这么想快点从他面前消失不见吗？

顾余生气得险些没晕过去，他猛地抬起手，将脖子上的领带一把扯下来，冲着秦芷爱的面前重重地砸了过去："哑巴了？还是当我的话是耳旁风，没听见？啊？"

领带扫到了秦芷爱的脖子，打出一丝尖锐的疼，秦芷爱像是被电击了一般。原本只是快速走着的步子，条件反射般地就变成了百米赛跑。

她的速度特快，动作特敏捷。

顾余生就站在门口，整个人还在气呼呼地想着怎么跟她算账，她一个弯腰就从他身体和玻璃门的缝隙中溜了出去。然后她没有丝毫犹豫，直接冲着楼梯处逃命般地撒腿狂奔而去。

顾余生简直被秦芷爱这样的行为气得当场呕血身亡。他用力咬着牙，闭上眼睛深吸了一口气，然后就转身，大步流星地冲着秦芷爱追了上去。

他腿长，胳膊也长，秦芷爱才不过跑到书房门口，就被他伸出手揪住了头发，将她硬生生地往后拉了两步。

秦芷爱疼得倒吸了一口凉气，刚准备伸出手去捂后脑勺，整个人就被浑身冒着戾气的顾余生狠狠地推靠在了墙壁上。

她还没来得及抬起胳膊去推开他按在自己肩膀上的手，他的身体就压在了她的身上。

他满身都是愤恨和焦躁，他也不知道自己到底哪里来的这么大的怒气。他就是怒不可遏，以往一生气就能口齿伶俐地说出各种难听话的他，此时愤怒得说不出一个字来。

他阴着一张脸，狠狠地盯着她，然后就加大了压在她身上的力气，凭借着这个举动宣泄着心中的不悦。他压得是那样用力，像是恨不得把她硬生生地挤进坚硬的墙壁里一样用力。

她被他压得喘不过气来，胸膛里仅存的那点空气都被挤压了出来，她的脸没一会儿就憋得通红。

窒息的感觉让她格外难受，唯一能动的腿开始胡乱地踢。在踢到他的小腿时，他吃疼得蹙了蹙眉，然后突然像是想到什么一样，猛地离开了她的身体，揪着她的胳膊就往主卧走去。

他大力地踹开主卧的门，拖着她进去以后，就开始四处乱翻。

枕头和被子被他扔得满地都是，她包里的东西被他一股脑地倒在桌子上，口红、眉笔、护手霜滚得到处都是。直到最后，他在沙发的一角找到了她的手机，他才停止了那些混乱的行为。

他单手点开她的手机，像是在找什么一样按了一会儿，然后就将手机举到她的面前，语调锋利地开口说：“把这些话给我一字不落地读一遍！”

那是她和陆半城互发短信的页面。

屏幕上显示的是她发给陆半城最长的那段让他帮忙的话。

他让她读这些是什么意思？

秦芷爱动了动眉，望着屏幕上的字，没有出声。

她的沉默让顾余生心头的火气更盛，她能冲着陆半城开口说这些话，怎么就不能冲着自己开口说出来？

顾余生等了片刻，看她始终没有要说话的迹象，握着手机的指尖因为愤怒而轻轻地哆嗦起来：“怎么？跟陆半城发短信的时候也没见你话这么少？你不是在他面前挺能说的吗？现在给我装什么哑巴？！赶紧给我读，一字不落地把这条短信给我读出来！”

说完后的顾余生忽地想起当初秦芷爱冲着陆半城有说有笑的模样，又补充了一句：“笑着给我读！”

这是他今天第三次冲着她提陆半城的名字……前两次，她是真的有些莫名其妙，此时看到手机里的短信，又听到他说的这些话，她隐约明白了过来。

他是因为她找陆半城帮忙，所以才这么生气的吗？

可是他为什么要生气呢？是他让自己不要打扰他的，自己都已经照着他说的去做了，他有什么可生气的？

秦芷爱抿了抿唇，下意识地垂下眼帘，遮挡住了看手机的视线。

不过只是几秒钟的工夫，她的下巴就被顾余生的手指狠狠地捏住并抬起，强迫她的视线对上手机屏幕：“是没听明白我说的话，还是故意装成听不见我说的话？还是根本不想给我读？”

顾余生越问越气，那股迸发的怒气像是一波又一波的巨浪，狠狠地席卷过他的胸膛。他不受控制地加大了掐着她下颚的力道，带着毁灭一切的怒意，咬牙切齿地又开了口：“我告诉你，今天你读也得给我读，不读也得给我读！”

她被他掐得牙齿都疼得打起了寒战，她好几次想开口说话，却只是动了动唇，没发出声音。

“我再说最后一遍，给我读！”顾余生似是忍无可忍了一般，冷着声音挤出最后一个“读”字，就彻底没了耐性。他一把将她甩到沙发上，失去理智般地扬起手机，冲着她的身上就要摔去。

秦芷爱像是浑然不觉顾余生的暴戾一般，目光都没有闪烁一下。她趴在沙发上，脸上的神情出奇平静，说话的声音又轻又淡：“我为什么要这么做，你不知道吗？”

顾余生欲砸手机的手在听到这句话的时候，忽地停住。

他盯着她的脸，神情一片阴寒，像是真的被她问住一样，没有吭声。

秦芷爱慢慢翻了个身，从沙发上缓缓地坐起来。她仰起头，回望着顾余生的眼睛，字句清晰地把刚刚说过的话又重复了一遍：“我为什么要去找陆半城，你真的不知道吗？”

“你忘了吗？是你说过的，让我能离你多远就多远，让我有事没事都少烦你！”

顾余生像是被点了穴道一样，顿时僵了下来。

是啊……他怎么就忘了呢？

顾余生也在心底这么问自己。

她说得没错，当初是他想尽一切办法把缠着自己不放的她赶离自己身边的，现如今他如愿以偿了，他怎么反而一点开心的感觉都没有？甚至她乖乖地开始躲着他以后，他竟然觉得比她缠着自己时更不爽……就像今天，他为什么会听到陆半城说是她打来的电话后，他就那么想要知道他们究竟聊了些什么？

他为什么看到她有事去找陆半城帮忙会那么不爽，甚至还气冲冲地回了家？

他到底是怎么了？三番五次这么脑抽？而且一次比一次脑抽得厉害……顾余生的眉缓缓皱起，像是陷入了一个百思不得其解的谜团中一般。他手中的手机因为他定了神一时没拿稳，从指间滑落，直直地砸在了自己的脚面上。

他似是感觉不到疼一般，依旧定定地盯着秦芷爱瞧，脑海里环绕的全是那些为什么。

秦芷爱的情绪平静得没有任何波动，她的嘴角似是隐隐浮起一丝微笑，接着刚刚的话，继续不温不火地说："你说的我都乖乖地听了，你还要我怎么样？我都躲得你远远的了，你怎么还跟我过不去？你到底要我怎么样？"

顾余生本就想不透，此时她又这么一口气连问了他几个怎么样？

他回答不上来，觉得喉咙里像是被塞了一块石头，堵得他喘不过气来。

她还在望着他，像是在无声地等待答案。

她的眼睛水汪汪的，时不时像是有什么光亮在她乌黑的眼里闪烁一下。

越是这样，他就越找不出答案。越找不出答案，他心中就越莫名其妙地慌乱。

这好像不是第一次他被她搞得这么不知所措，上次他带她去参加宴会，她痛经，不肯告诉他。他问她为什么，她说怕惹他烦……那时他就和现在一样，惊慌又失措，不过好在最后小王跑了过来，打破了那种尴尬的局面。

可是现在……只有他和她！

顾余生不知道自己到底在慌什么，好像还有点怕，这种感觉是他从未有过的，让他陌生而又无助。到最后，实在不知该如何解决的他突然就翻了脸，恼羞成怒地弯腰抓住她的手腕，将她直接拖到床边，一个反手就把她甩到了床上。然后他抓住她的脚踝，把她的双腿打开，再附身压住了她的身体……他冲击的力道很大，不知道是在跟自己过不去，还是在跟她过不去。

他不知道自己为什么会选择这样的方式发泄自己的愤怒，可是当他和她的身体彻底交融在一起时，他体内堆积的那些无处发泄的怒火竟奇迹般地消失不见，只剩下无穷无尽的欲望。

他明明是被她问得恼羞成怒，想要给自己挽回面子的。他那么气势汹汹地压在她的身上，看起来那样张牙舞爪，像是要把她撕碎千刀万剐似的。他的本意是来惩罚她的，可是当欲望淹没了他的头脑以后，他原本凶狠的力道不受控制地开始变得温柔轻缓。直到最后，他就像是丢了魂一般，彻底沦陷在她柔软的身体里。

最后，一切终于结束了，连顾余生自己都没有察觉到，这次结束后的他，竟然没像从前那样立刻从她的身上撤离。而是压在她的身上，重重地喘息着。

身下的她娇软而又温热，让他的大脑泛起阵阵眩晕。过了好一阵子，他都没从那样极致而又圆满的快感中走出来。

他的脸附在她的颈窝，她身上香甜的气息中夹杂着他的气味，不断地往他的鼻子里飘，让他越发沉迷不拔。他情不自禁地就侧了头，看向她的脸。

她闭着眼睛，脸上全是汗，可能是因为他最初闯入的时候力道太大，她疼得厉害，唇瓣下全是牙印，有些甚至还渗出了血。

顾余生蹙了蹙眉，大脑还没来得及思考，他原本放在她耳边的手已经轻轻地抬起，冲着她的下唇伸去。

她像是察觉到了他的举动，尽管累得精疲力竭，却还是轻轻地掀了眼皮。

她的视线和他的视线猛地对到了一起，顾余生一惊，刚刚抬起不过几厘米高的手忽地就停顿在她的脸庞上，没再往她的唇瓣上落去。

秦芷爱只是和他对视一眼就移开了视线，她先是动了动身子，像是要从他的身下挣脱。大概是被他折腾得太厉害，她使不出丁点力气，最后也只是稍微挣扎了两下就停了下来。她没有重新转过头来看他，只是冲着他语气清淡地出声问："我想去一趟洗手间，可以吗？"

她的话一下子就让顾余生彻底清醒了过来。

他俊朗的脸上原本带着的一抹沉醉和不易察觉的柔情消失殆尽，他冲她眯了眯眼睛，僵在她面颊的手猛地就掐住了她的下巴，再将她的脸抬高，盯着她的眼睛，语气冷沉地开口说："我告诉你以后少找别人帮忙，你可别忘了，是你自己死皮赖脸住进我家，给自己贴上'顾余生'的标签的。你现在去找别人帮忙，丢的可是我的脸！"

说着，他就从她的身上翻身而起，在捡起衣服穿上身时，他突然像想到了什么，又侧头对着床上的秦芷爱扔下一句："你不要脸可以，但别扯上我跟着你一起丢人现眼！"

在顾余生最初开口的时候，秦芷爱的眼帘就垂了下去。

她的睫毛本就又长又密，化了妆后更像是两把精致的小扇子，将她的眼睛遮得严严实实的。

她一直以为自己早已习惯了顾余生的这种冷言冷语，可此时听到，她的睫毛仍不受控制地微微抖动了两下。

她就说自己去找陆半城帮忙他为什么会生气呢，原来是……他觉得她丢了他的人啊！

幸好当时的她没真的产生错觉，以为他是在吃醋……秦芷爱在心里轻嘲了两下，像是没听到顾余生的话语一般慢条斯理地坐起身，扯了床单裹在身上，然后进了浴室。

没一会儿，浴室里就传出“哗哗”的水声。只穿上西装裤，正在更衣室里找衣服的顾余生下意识地转头看了一眼浴室门。听了好一会儿流水声，他才随手拿了一身衣服出了主卧。

顾余生在次卧的洗手间里冲了个澡，换上一身干净的衣服出来，对面恰好就是主卧，他想推开门看一眼里面的女人在做什么。可是走到门前，他的手还是收了回来，而是拐去了书房。他从书桌的抽屉里拿出一盒烟，摸了一支咬在嘴里，一边点燃，一边坐在了办公椅上。

以往他心情不好的时候，总喜欢抽烟，一支烟缓解不了情绪，那就两支，总是可以让自己平静下来的。

可是最近，烟对他似乎一点作用都不起了。不管抽多少，到最后只觉索然无味，该烦的还是烦得他要命。

顾余生在不知道是第几次掐灭烟后拿起烟盒，发现一整盒烟竟然在自己毫无察觉的情况下，全被抽完了。

他恼火地将空烟盒往垃圾桶里一丢，打开抽屉，准备再摸出一盒烟。他的手碰到烟盒，最后还是放弃了，将抽屉重重地一关，就靠着椅背找了一个舒服的姿势闭上了眼睛。

谁知脑海里竟一下子就浮现出那个女人的身影。

也不知道她现在在做什么，是不是心情很糟糕？或者她有没有哭过，还是还在哭？

随着这些想法，顾余生觉得自己好不容易找到的舒服的姿势变得格外不舒服起来，他只好重新换了一个坐姿，然后又换。换来换去换了不知道多少次，不但没有任何舒服的迹象，反而更难受了。于是他干脆站起身，走到落地窗前。然后他才后知后觉地发现，窗外原本夕阳西下的天，竟不知何时已经变得漆黑一片。

他愣了一下，转头看了一眼墙壁上的时钟，竟然已经快九点钟了。

怎么管家也没来喊他吃饭？或者他刚刚是在想些什么，没听见？

都过了这么长时间了，那个女人的心情总该好了吧？要不去看看她？不对啊，他去看个什么劲啊？

顾余生抬手揉了揉眉心，最终还是转身走出了书房。关门的时候，他看了一眼主卧的门，没走上前去，而是双手插兜，踩着楼梯慢悠悠地晃下了楼。

管家正在看电视，看他下来，立刻站起身："顾先生，您现在要吃晚饭吗？"

"嗯。"顾余生点了点头，停下脚步。想了片刻，他又看似很漫不经心地问了一句，"小姐吃过了吗？"

"小姐没吃。"管家摇了摇头，"我去喊过小姐，她说她没胃口，不想吃，要休息。"

"她说她没胃口就不吃了？我花钱请你是当摆设的吗？连个人都照顾不好！"顾余生狠狠地皱了皱眉，冲着管家就劈头盖脸地训了一顿，然后指了指楼上，"去，去把她喊下来，让她吃饭！"

管家看得出顾余生的心情不太好，知道顺着他准没事，一听到他的吩咐，立刻回了声"是"，就一溜烟地跑上了楼。

管家敲了好几下门都没人理会，就推开门往屋里悄悄地看了一眼，秦芷爱背对着门躺在床上睡得正香。管家小声地喊了两声"小姐"，看秦芷爱始终没反应，又悄悄地关了门，然后下楼。

此时的顾余生正一派优雅地坐在沙发上，拿着一份报纸跷着腿在看。他听见管家下楼的动静，就歪头朝她望了过来。

管家站得距离顾余生远远的，如实回答："小姐睡着了，我喊了好几声她都没醒。"

顾余生的眉皱得更厉害："没醒就继续喊，一定要把她喊醒。这大晚上呢，什么东西也不吃哪能行？"

“是，顾先生，我这就去。”管家怕顾余生接下来发火，二话不说转身又上了楼。

夜里的别墅很安静，管家推开卧室门的时候，顾余生听到了声响，望着报纸的神思开始往楼上飘。

主卧的门大概没关，管家的声音恰好可以清清楚楚地传到楼下：“小姐？小姐，您醒醒？”

隔了好一会儿，顾余生才模模糊糊听见秦芷爱的声音传来:“怎么了？”

“小姐，您吃点东西再睡吧？”

“我不饿。”

“顾先生交代的，再说，您这么有一顿没一顿不吃东西，对身体也不好……”

管家好说歹说了许久，最后才隐约传来秦芷爱的一句：“我不想吃。”

管家似是为难了，声音都变得有些讨好：“小姐，您好歹还是下楼吃点吧，您就算是心里不舒服，也不能跟自己的胃过不去啊……”

这次，好久都没传来秦芷爱的声音。

她像是直接无视管家，顾余生只听见管家一声一声“小姐”地喊着。

真是个废物，喊个人吃饭都做不到！顾余生将手中的报纸狠狠地往茶几上一丢，然后就站起身朝楼上走去。

顾余生刚走到主卧的门口，就看到管家趴在床边，轻声细语地哄着闭着眼睛无视她的秦芷爱。

顾余生没进去，在门口停了下来。

管家察觉到有人来，抬起头叫了一声：“顾先生。”

床上的女人听见这三个字，身子明显颤抖了一下，然后就将脑袋往枕头里埋了埋，直接给了他一头乌黑的长发。

看到秦芷爱的这种反应，管家吓得脸色都变得有些苍白了。

小姐这是在跟顾先生赌气吗？她哪能赌过顾先生啊？

就在管家心惊胆战地以为顾余生要发飙的时候，门口站着的男人竟然开了口，语气是出人意料的心平气和："起来，下楼吃了饭再睡。不饿也得吃，动动筷子也好过什么都不吃！"

秦芷爱像是没听到顾余生的话一般，一丁点反应都没甩给他。

管家明显感觉顾余生的脸色变得有些难看，她悄悄抬起手，推了推秦芷爱："小姐，您就起来吃点东西吧？"

管家看秦芷爱还是不动，生怕下一秒顾余生就会翻脸，快速地凑到秦芷爱的耳边，用只有两个人才可以听见的声音，小声地说："小姐，我知道您心里不舒坦，可您跟顾先生较真，到时候遭殃的不还是自己吗？"

是，管家说得没错。

她就是因为怕自己遭殃，所以才想尽一切办法躲开他。可是躲到现在呢？她不还是逃不开遭殃的命运吗？

反正她怎么做都会是遭殃的下场，她何不让自己顺心点？再惨也不就是承受一顿他的怒火，被他再欺负一次吗？

想到这里，秦芷爱干脆破罐子破摔起来。只见她翻了个身，直接给了管家一个后背，顺带着拉上被子蒙在了脑袋上。

管家看到她这样的反应，吓得一屁股蹲坐在地上。

小姐这可是在挑战顾先生的底线啊 ？

管家小心翼翼地转头，飞速地看了一眼顾余生。只见男子的唇紧绷着，眼神冷得吓人，像是随时都会冲过来，将床上瘦弱的女人撕成碎片。

管家在心底暗暗给自己鼓了好久的勇气，才结结巴巴地开口说："顾、顾先生，小、小姐她可能身体不舒服，要不然，等她饿了，晚、晚上我再给她，做、做……"

管家的话还没说完，站在门口的顾余生就走了进来。

管家的心一下子提到了嗓子眼。

顾先生该不会是要打小姐吧？那她是不是要拦一拦？可是她拦了，会不会殃及无辜啊？

算了，不管了，小姐平日待她不薄……管家暗暗地咬了牙，刚准备站起身挡住顾余生，顾余生就伸出手，将遮挡在秦芷爱身上的被子用力扯开，弯腰将床上闭上眼躺着的女人一把抱了起来，冲她扔了一句：“下楼，备餐！”然后他就抱着秦芷爱头也不回地走出了主卧。

管家看着这一幕，瞬间睁大了眼睛。

顾、顾先生不但没发火，还抱着小姐下了楼？他这是在对小姐示软的意思吗？

管家感觉自己的心跳加速，像是受到了多么不可思议的打击一般，好一会儿才拍了拍胸口，快速跑下了楼。

管家到餐厅的时候，秦芷爱和顾余生已经坐在了平日里他们惯坐的位子上。

管家将菜端上桌，问：“顾先生、小姐，你们想喝粥还是想吃米饭？”

“米饭。”顾余生答了两个字，然后瞄了一眼坐在位子上垂着眼帘一言不发的秦芷爱，又补充了一句，“她喝粥。”

“是。”管家应了一声，就麻利地将主食端上了桌。

顾余生下午折腾得秦芷爱又累又疼，她现在才刚勉强缓过神来，半点想吃东西的胃口都没有。她望着一桌子的佳肴，始终没有动筷子。

顾余生拿起筷子吃了两口饭，看她动也不动，就停下来。他侧头看着她一声不吭的脸，片刻后夹了一块鱼肉放到她的碗里。

他嘴里含了东西，发出一个模糊的“吃”音。

秦芷爱盯着碗里的鱼肉，抿着唇静坐了好一会儿，终于拿起了勺子。

看到她的这个举动，站在一旁的管家暗暗松了一口气。

秦芷爱拨开鱼肉，舀了一勺下面的粥，只喝了小半口就放下来：“我吃饱了。”

原本看到她动勺子，心情莫名有些变好的顾余生在听到她说的这几个字时，蹙了蹙眉，就转头看向她的碗。

他夹的鱼肉她没动，粥动了，却和没动没什么区别。

他说让她下楼动动筷子也好过什么也不吃，她就真的给他动了两下筷子糊弄他？

她这是跟他赌气赌上瘾了吗？他都已经给了她台阶，她不但不领情，难道还要蹬鼻子上脸不成？

顾余生的脸色一下子冷了下来，声音不大，却格外有魄力："吃完！"

秦芷爱安静地坐在餐椅上，没有动。

尽管顾余生没再说话，可管家可以清楚地感觉到，他面无表情的背后酝酿着滔天怒火。

刚刚在楼上，她担心的吵架没发生，该不会现在就要发生了吧？

管家飞快地转了转大脑，连忙开口："小姐，您是不是不想喝粥？您现在想吃什么告诉我，我这就给您去准备！"

"准备什么！不想吃就别吃，饿着！从明天开始，一顿饭都别给她吃！"顾余生突然扔了手中的筷子，盯着秦芷爱的侧脸冷笑了一声，嘴里的话却是冲着管家说的，"你真以为她是不想喝粥，她这是在给我找不痛快！给她点好脸色她就不知道天高地厚，还真把自己给当回儿事了！"

顾余生越说越生气，他就是神经搭错线了，听说她不吃饭，怕对她的身体不好，非要喊她下来吃东西。可结果呢？反而自取其辱！她压根儿就不买他的账！

他这一辈子何曾对一个女人这样低过头，在楼上她那么给他摆脸色，他不都忍了？还亲手抱她下楼……顾余生想着想着就爹了毛，转头冲坐在座位上的秦芷爱咬牙切齿地吼起来："不是吃饱了吗，还坐在这里干什么？赶紧给我滚！"

秦芷爱还是一言不发的沉默模样，她听到他的话，没有半点停留地站起身，走出了餐厅，冲着楼梯走去。

顾余生看着她的身影，只觉得火气更大。他拿起筷子吃了两口菜，忽地又重重地将碗筷放在了桌上，冲着已经走到楼梯口的秦芷爱怒气腾腾地又开了口：“我是让你往楼上滚了吗？你给我往屋外滚！看到你我就来气，别待在这个家里碍我的眼！”

小姐穿的是睡衣，没带钱包也没带手机，顾先生难道要这样把她赶出家门？

管家顿时就急了：“顾先生，小姐她知道错了，您消消气……”

说着，管家就冲着秦芷爱挤眉弄眼起来，示意她赶紧哄哄顾余生。

秦芷爱对管家视而不见，站在楼梯口静静地望了一眼顾余生，最后什么也没说，直接转身冲着玄关处走去。

顾余生气不顺，是在口不择言的情况下才说出那句话的。

说完以后他就后悔了。

他以为她穿成这样，总不会真的转身离开，却没想到她竟然比他想象中的要有勇气多了，真的没有丝毫犹豫和迟疑就那么转身走了。

在她甩关上门的一刹那，顾余生条件反射般地就从餐椅上“噌”的一下站起来。

他刚准备踢开身后的椅子，管家突然就着急忙慌地冲着他开了口：“顾先生，小姐真的走了……”

被管家这么一喊，他才后知后觉地反应过来，自己竟然打算追出去。

顾余生宛如被人狠狠地揍了一拳似的，当场僵住。

“顾先生，您就别跟小姐计较了，小姐穿成那样出去，万一出了事可怎么办？”

管家喋喋不休的话语让顾余生回过神来，今天频繁地失态和失控让他想都没想就冲着管家发起了火：“吵什么吵？出了事，死在外面最好！有本事她一辈子都别回来！”

管家被顾余生训得顿时一句话也不敢说，因为担忧，她频繁地往窗外看去。

顾余生看管家往窗外看，也跟着往外瞟了一眼。

院子里空荡荡的，只有昏黄的路灯亮着。她是一路小跑出去的，早已经不见了踪影。

顾余生的心里莫名其妙越发焦躁，他踢开身后的椅子，朝着楼上走去。

管家不敢去招惹他，好几次想开口却又不敢。直到最后他快要走到楼梯的拐弯处时，她才大着胆子出声："顾先生……"

顾余生此时烦得很，被管家一喊，心头火冒得更凶猛。他停下脚步，转身，居高临下地瞪着管家，又劈头盖脸一顿臭骂起来："顾先生什么顾先生？你总喊我干什么？喊我她就能变回来？你眼瞎啊！没看到她是穿着睡衣跑出去的啊，还愣在这里干什么？赶紧给我去把她追回来！还有没有智商了？"

管家被他骂得一愣一愣的，后来才反应了过来，快速冲着门外跑去。

伴随着屋门被管家重重地甩关上，顾余生咬牙切齿地又嘟囔了一句："花了那么多钱，养了一个摆设！"

然后他才转身上了楼。

回到书房，顾余生快速摸了一支烟，点燃，站在阳台上抽的时候，时不时会往门外瞄一眼。

院门口始终都很安静，追着她出去的管家一直都没回来。

此时已经将近夜里十点钟，她只穿了睡衣，没钱、没手机，也没带车钥匙……也不知道管家到底有没有找到她。

顾余生心里的火气瞬间就被说不出来的担忧所替代。

他变得开始坐立不安起来，抽着烟在阳台上走来走去。

其实时间也没过多久，一支烟也不过就燃了大半截，可顾余生却觉得像是过了漫长的一个世纪一般遥远。他越等就越觉得忐忑不安，抬起手想抽烟，结果险些把烟头塞进嘴里。他恼火地掐灭了烟，转身回屋找到手机，就开始给管家打电话。

电话响了一声，顾余生就开始在心底嘀嘀咕咕起来。

是没长耳朵吗？听不见铃声吗？手机是摆设吗？简直要气死他了……就在顾余生想着待会儿管家接了电话，他肯定要好好训训她时，电话就被接通了。前一刻还想着要训斥的他，开口说的第一句话竟是："找到了吗？"

"没，我出来时小姐已经不在门口了。我现在在小区门口，大街上空荡荡的，也没看到小姐的影子……"

顾余生蹙了蹙眉，就冲着电话里的管家没好气地开了口："没人？怎么会没人？刚跑出去没几分钟，她穿着拖鞋，哪会跑那么快？是不是你看漏了？还是她就在小区的哪个地方藏着呢？"

"我这就回小区里再找找……"

"找？你都找半天了？你找到了吗？我就说我养了一个摆设吧！你现在去给我联系物业的保安，把小区的角角落落都给我翻一遍！外面我去找！"顾余生说完就"啪"地挂断电话，拿起一旁的车钥匙和钱包，冲着楼下的车库走去。

开着车出了小区的门，顾余生才发现，自己根本就不知道该去哪里找。

他对"梁豆蔻"的了解太少了，少到几乎为零。

他连她的朋友都有些谁都不知道。

他唯一知道的和她有联系的人，就是周婧。他托人找了周婧的电话打过去，问过后才知道，"梁豆蔻"根本就没联系过她。

好端端的一个人总不可能说蒸发就蒸发吧，她没钱，打出租车肯定难，大概是在哪里游荡吧？

顾余生这么想着，就缓速开着车，望着路的两边，一条街一条街地找。

他的别墅位于西城，他把西城的环路、大街，甚至是小胡同都绕了个遍，最后回到了别墅门口，也没看到她的人影。

管家大概是担心得睡不着，就在门口站着。看到他的车，立刻就跑了过来："顾先生，找到小姐了吗？"

管家这话让顾余生瞬间知道，她还没回来，可嘴里还是问了一句："她还没回来？"

"没。"管家摇了摇头。

顾余生烦躁地推开车门下了车，朝着院里走去。

该不会是她压根儿就没跑出别墅吧？

他想着，就绕着偌大的院子开始转。

管家起先不懂他的意思，后来才明白了过来，也帮着他一起找。

游泳池的水很清澈，一眼就能看到底。顾余生却弯着腰，盯着里面仔仔细细看了好一会儿，才重新走回了院门口。

当他遇到同样一个人单独从另外半个院子折回的管家时，就知道她没在家里。他伸出手，扯开了领口处的两颗纽扣，烦躁地在门口走来走去，然后就生气地来了一句："她最好能给我躲一辈子，别让我找到她，否则看我不打断她的腿！"

顾余生刚放完狠话，管家像是想到什么一样，突然来了一句："顾先生，小姐会不会去老宅，或者回梁家了？"

一句话像是点醒了顾余生，管家都还没反应过来时，顾余生的车子已经消失在了她的眼前。

因为不确定"梁豆蔻"是不是真的回了梁家，顾余生去之前特意拐到公司，拎了两瓶好酒，然后假装顺路经过的样子，摁响了梁家的门铃。

天色已晚，梁家的人基本都已经休息了，只有一个小保姆还醒着，给他开了门。

坦白来说，别说是以前了，就算是现在梁家的人都认为梁豆蔻嫁给了他，他除了今年春节来给梁老先生拜过一次年外，其他的时候从没登过梁家的门。

所以当小保姆打开门，看到来人是他时，呆了好一阵子才出声："顾、顾先生，您、您怎么来了？"

就在顾余生想着该怎么开口问"梁豆蔻"有没有回来过时，小保姆歪着头往他的身后看了看，然后诧异地问："大小姐没跟您一起过来吗？"

一句话瞬间就让顾余生明白"梁豆蔻"没回梁家，他面对小保姆的招呼，也没往屋里走，只是将手中的酒递过去："刚从老宅那边出来，顺路，爷爷让带给梁老先生的。"

停顿了一下，顾余生又说："既然大家都休息了，我就不打扰了。"

出了梁家，坐上车，顾余生没有任何停留地就开去了老宅。

老宅的人全都已经睡下了，顾余生有钥匙，自己开门进了屋。他悄悄地将顾宅楼上楼下逛了个遍也没看到秦芷爱的身影，这才离开，又回到车上。

她既没在老宅，也没回梁家……顾余生抬起手腕看了一眼时间，已经深夜两点多钟，这么晚了，她会不会是躲在哪里也躲累了，回了家？

顾余生先给管家打了个电话，一直没人接，就干脆发动车子又回了别墅。

别墅的灯还是明晃晃地亮着，管家这次没在家门口守着，而是坐在客厅的沙发上打盹儿。她一听到开门声，立刻就被惊醒站起了身，冲着门口跑。当她看到只有顾余生一个人回来时，神情立刻蔫了下来："还是没小姐的消息吗？"

顾余生没吭声，换了鞋后坐在沙发上。

管家本有些困，现在看秦芷爱还没音信，瞬间清醒过来。她先是去给顾余生倒了一杯水，放在他面前时，有些没底气地开口说了一句："大晚上的，小姐能去哪里啊？她会不会出什么意外？"

在外奔波了好几个小时的顾余生真的是有些渴了，他端起水杯刚递到嘴边，就听到了管家的话，眉头一皱，顿时连喝水的心情都没了，将水杯重重地放回到茶几上。

好不容易在沙发上稍微坐住的他，被管家的那句“意外”说得怎么坐怎么难受，最后暴躁地站起身，在客厅里一边看时间，一边烦躁地走来走去。

时间飞逝到四点钟的时候，管家一个没忍住，又出声说：“这都四点钟了，小姐怎么还没回来？也不知道小姐现在在哪里，又是不是安全？”

说着，管家就冲着顾余生问：“顾先生，你说我们要不要报警啊？”

“报什么警！不就是一晚上没回家吗？那么大个人了，难不成还能死在外面？”顾余生恰好经过壁柜，上面摆放着一个瓷器。他眼睛都没眨一下就伸出手抓住后摔到了地上，随着“哗啦”一声巨响，他又怒气腾腾地开口吼道，“谁都别给我找她，走了就永远别回来！你待会儿给我上楼把她东西收拾收拾，全部打包扔出家门！”

说完，顾余生就咬牙切齿地手叉腰，绕着客厅又转了两圈，然后就冲着玄关走去。在他推开门正准备往外走时，忽地像是想到什么一样，朝着屋里的管家恼火地又喊了一句：“还有，把门的密码也给我改了！”

随后他就狠狠地甩关上门，上了车。

顾余生发动车子之前，还是没忍住，拿出手机拨了“110”。刚准备按拨出键的时候，他才迟钝地想到，报案也得失踪了二十四小时之后才行。

他将手机往副驾驶座上一扔，管家的话就在他的耳边反反复复地回荡起来。

她穿成那样，该不会真的遇到了什么危险吧？

越想顾余生就越不淡定，最后脚踩着油门，缓速绕着街道又找了起来。

他在经过酒吧一条街的时候看到一个女子喝得烂醉，被一个男人搀扶着往旁边的一家小旅店里走去。

那个女子身材纤细，和秦芷爱有几分相似，顾余生条件反射般地就将车子停在路边，车门都没关就冲了过去，将那个女子一把搂入自己的怀中。

“你干吗！”之前搀扶着那个女子的男子瞬间就怒了，“你谁啊！想抢我老婆啊？”

男人一边喊着，一边将喝得醉醺醺的女人从顾余生怀里给扯回来，然后护在身后，一脸防备地盯着顾余生。

顾余生皱了皱眉，这才察觉到自己认错了人。他没吭声，往后退了两步，重新回到车上，继续开着车慢慢悠悠地在大街上晃荡。等他回到家的时候，已是清晨六点，天光大亮。

一夜没睡的管家正在餐厅里准备早餐，听到开门声，她拿着锅铲走出厨房：“顾先生，您要不要现在吃点东西？”

吃什么吃？现在是谈吃饭的时候吗？

顾余生冲管家摆了摆手，这次连发脾气的心情都没了。他坐在沙发上，盯着窗外看了一会儿，就拿起手机开始打电话。

不管了，他得给陆半城打个电话。虽然他很不喜欢陆半城和她走得近，但此时的他真的特希望她有联系过陆半城，或者她就在陆半城的家里也行。

可电话打通以后，还没睡醒的陆半城听到他问 “梁豆蔻人呢”，愣了好一会儿后才莫名其妙地回了一句：“我怎么知道啊？小蔻人不见了，你找我干什么？跟我又有什么关系？”

陆半城是他所能想到的最后一个有可能知道她消息的人了，可现在她也没跟陆半城联系过，那她能去哪里呢？

顾余生蹙了蹙眉，又问：“你知道她平日里都和谁联系得比较密切吗？”

陆半城想了一会儿，就给他报了一连串的名字，什么杨小姐、李小姐、孙小姐……听得顾余生头疼，直接来了一句：“你帮我给她们逐一打个电话，看看她在谁那儿？”

过了大概十分钟，陆半城的电话就回了过来，答案很不理想——“梁豆蔻” 都不在谁那里。

梁豆蔻和陆半城可是从小就认识的，这么多年来，两个人的关系一直不错。

所以陆半城说的和梁豆蔻关系好的人基本八九不离十，不应该一个都不知道她的去向啊。

或者，她是不是有什么其他的好朋友是陆半城不知道的？

毕竟，北京城的治安这么好，那么多女人大半夜在大街上晃也没出什么事……可万一真的闹出什么事呢？

顾余生觉得自己的脑袋都快炸了。他靠在沙发上，抬起手用力地按了按有些发疼的眉心。

他到底在紧张个什么劲啊？他什么大风大浪没见过？现在竟然为了一个女人，这么沉不住气？想当初他在部队里的时候，炸弹就在他旁边，三十秒钟爆炸，他都可以气不喘汗不滴地跟玩游戏一样，快速而又准确地拆除掉。

对，他要冷静，冷静……顾余生闭上眼睛，深吸了一口气，强迫自己镇定下来。然后沉思了好一会儿，他就拿手机给小王打了个电话："查一下梁豆蔻最近的通告。"

他真是蠢到家了，怎么就忘了她的身份呢？

她近半年的行程怕是都已经安排好了，那些都是有合约的，她能躲开他不见，但跑得了和尚跑不了庙，她总是要去工作的。

只要他掌控了她近期的通告安排，就可以轻而易举地把她给抓回来！

挂断电话后的顾余生的心情终于稍微平静了一些，他眯着眼睛，耐着性子等小王的回电。

不到一分钟，他的手机就响了起来。

小王这次的效率还挺快……顾余生一边想，一边举起手机。他本能地想要去按接听键，结果却看到屏幕上显示的不是小王的来电，而是一个显示"未知电话"的来电。

顾余生停顿了片刻才按了接听键，将手机举到耳边没吭声。等了大概两秒钟，里面传来一道粗犷的男声：“顾总，请问你知道我是谁吗？”

顾余生还是没出声，神情平淡得没有任何变化，仿佛一点也不好奇打来电话的人是谁一般。

“顾总不知道我是谁没关系……”讲电话的男人刻意顿了顿，然后才继续开口，“只要顾总知道梁豆蔻是谁就可以了。”

梁豆蔻？顾余生皱了皱眉，终于出了声：“什么意思？”

“昨晚，九点四十七分，梁豆蔻从顾总的别墅里跑了出来。只穿了睡衣和拖鞋，没带钱包，也没带手机……”

顾余生的脸色瞬间冷下来：“你是谁？你把她带去哪里了？”

电话里的人听到这句话，瞬间笑了：“顾总果然聪明，我只说了两句话，顾总就什么都知道了。”

“没错，梁小姐是在我这里。不过我也是看在顾总的面子上才请了梁小姐跟我走的。毕竟梁小姐是巨星，在大街上衣衫不整的，万一被狗仔拍到了，恐怕会对梁小姐的名声有损吧？所以顾总，这您得谢谢我啊，我这可是在帮您啊……”

顾余生像是听了多么好笑的笑话一般，嘴边浮起一抹冷笑，然后低沉着声音吐出三个字，打断了对方阴阳怪气的话语：“说条件！”

“顾总就是爽快！”电话那头稍停顿了一下，然后就收起了刚刚笑嘻嘻的语气，正经起来，“顾总，我是振华集团的王总，前不久我们竞标的城东的那块地皮顾总还有印象吧？那块肥肉本来都快要到我嘴里了，结果半路杀出个顾总，被抢走了。所以我的条件很简单，顾总拿着那块地皮的转让书来听音阁和我一会。顾总多少钱买的那块地皮，我一分不会少，还多给顾总百分之十的报酬。如果顾总要是觉得不合适……”

他原本还算是很平稳的声音突然变得阴狠毒辣起来：“没关系，我就实话告诉顾总，我也不是什么怜香惜玉的人。更何况梁小姐长得还不错，又是大明星，皮肤又白又嫩的，我想这样的女人谁都会想要吧……”

顾余生无表情地握着手机，听着那人的话，始终没有出声。可是他的周身却有杀气弥漫出来。

他在对方说完最后一个字的时候，才不疾不徐地开了口：“振华集团，王总，对吧？”

随着他反问的话音落定，他的声音一下子变得凌厉起来，带着足够的威胁和魄力：“你动她一下试试！”

“哈哈哈——”面对顾余生的威胁，电话里的王总大笑了起来。笑声停止后，他的语气也跟着变得十分坚决，“顾总，我之所以多给你百分之十的钱是不想跟你撕破脸，我就想要那块地皮。就因为这样，所以你女人我现在好吃、好喝、好穿地供着。但两个小时之后，我如果见不到合同，那我可就不敢保证我会做出什么事情来！”

说着，王总就要挂电话，随后又像是想起什么一样，又将话筒举到耳边说：“顾总，奉劝你一句，别动什么歪心思。我在这行混了这么多年，只要是我想做成的生意，就没有做不成的。我既然敢把顾总的女人请过来，就说明我已经做好了充分的准备。顾总要是敢报警或者有什么其他的行动，我瘸子王今天就和顾总的女人同归于尽！”

然后，电话就被挂断了。

顾余生听着电话里的忙音，恼火地将手中的手机砸了出去。手机落在不远处的地板上，发出“砰”的一声巨响。

威胁他？从小到大他就没尝过被人威胁的滋味。

什么振华集团？一个靠着下三滥的手段混出来的三流公司竟然也敢来威胁他？

顾余生气得胸膛起伏了好一阵子，然后拿起一旁的座机拨打小王的电话：“给我准备合同，城东那块地皮的转售合同！”

“你管我卖给谁？问那么多干什么，要你准备就准备！半个……二十分钟，不，十分钟给我送到家门口来！”

说着，顾余生就狠狠地将话筒甩了出去。

真憋火，生平第一次被人威胁成功，竟然是因为一个女人？

顾余生越想越觉得窝火，他咬牙切齿地站起身，狠狠地踢了一脚茶几，就上楼洗澡更衣去了。

第十五章
爱得太迟

顾余生换了一身黑色的西装，配的还是白衬衣，没打领带，领口的扣子系得严严实实的。

他一边阴着一张脸从楼上往下走，一边扣着手腕上的纽扣。

顾余生走到玄关换完鞋，刚准备出门，突然转头喊了一声："管家！"

管家只知道他接了个电话就变成了这副吓人的模样，早就躲在厨房里不敢出来。现在听到他的喊声，也只是悄悄地把门拉开一条缝，探出脑袋，冲着顾余生弱弱地回："顾先生？"

"你准备点吃的，我去把她给弄回来！"说完，顾余生就拉开门往外走了一步。之后他又回头补充了一句，"要好消化的！"然后就关了门，上了车，再扬长而去。

说是两个小时内到，顾余生只花一个小时二十分钟就将车子开到了"听音阁”的楼下。

“听音阁”就是振华集团名下的企业，门口站着的一个黑衣男子一看到他下来，立刻迎了上来，喊了一声“顾总”，就带着他上了楼。

顾余生一手拿着文件，一手插在兜里，慢慢悠悠地跟在后面，到了顶层最里面的那间包间门前。

领着他上来的黑衣人推开了屋门，对着里面做了一个“请”的手势。

瘸子王一看他，立刻就热情地开了口：“顾总来得可真快啊，快请进，快请坐！”

顾余生站在门口没动，淡淡地扫了一眼里面的场景——瘸子王坐在茶桌前，一个穿着旗袍的女人正跪在一旁给他泡茶。房间的四周站了大概八个人，均身材壮硕，看起来都是练过的。

不过几秒钟，顾余生就收回了打量的视线，慢条斯理地迈着步子进了包间。他将文件往茶桌上一扔，就坦然地坐在了瘸子王对面的位子上，开门见山地问：“人呢？”

“顾总，别急，我先看看合同。”瘸子王说着就拿起了顾余生扔在桌上的文件，先冲着一旁的女人使了个眼色，才打开文件看了起来。

那女人接收到瘸子王的信号，立刻给顾余生泡了一杯茶递了过来。

顾余生没理会她，径自从兜里摸了一支烟，点燃，咬在嘴里，慢吞吞地抽着。

瘸子王盯着合同看得格外仔细，生怕里面设了什么文字陷阱，几乎每一页都会反复翻看一遍。

顾余生倒是一点也不着急，姿势慵懒地靠着椅子，一脸的无所谓。除了时不时地抬起手夹一下烟外，他没有任何多余的动作。

过了大概十分钟的样子，瘸子王将合同合上，满意地冲着顾余生“哈哈”大笑了两声：“早就听闻顾总公司里个个都是精英，今日一见，果然如此。

能在这么短的时间里写出这么一份条理分明的合同，实在是佩服！”

顾余生面对瘸子王的夸赞，脸上的神情很平淡，没什么反应。

瘸子王面对顾余生的无视也不生气，盯着合同又看了几眼，然后就放在桌上，点了点桌上的空茶杯。一旁的女人立刻帮他倒了一杯热气腾腾的茶，他端起喝了一口，才冲着合同扬了扬下巴，又开了口：“顾总如果没什么问题的话，就签字吧？”

跪坐在一旁负责泡茶的女人立刻识趣地将合同递到了顾余生的面前。

顾余生还是没理会瘸子王的话，他垂着眼帘，慢慢地抬起手，将烟递到嘴边，悠闲地吸了一口，然后缓缓地吐出一个漂亮的烟圈。一直等到鼻腔里的烟味尽数散尽，他才掀起眼皮，扫了一眼桌上的合同。

瘸子王看顾余生始终没动作，又出声：“顾总是没带笔？来人啊，拿支笔给顾总！”

“是。”一旁站着的几个黑衣人中有人应了一声，很快就递过来一支金光闪闪的钢笔。

“顾总，请。”瘸子王伸出手，对着顾余生做了一个“请”的动作。

顾余生面无表情地垂着眼帘静默了一会儿，掐灭烟头后抬起头，终于看向了瘸子王：“王总是不是忘了什么？”

瘸子王一时半会儿没反应过来顾余生话里的意思，愣了愣，“嗯”了一声。

顾余生勾了勾唇，坐正身体：“既然王总验完货了，是不是该轮到我了？”

瘸子王这才恍然大悟地回过味来：“顾总这是怕梁小姐不在我手上呀？”说着，瘸子王就冲着左侧的一个男子示意了一下：“去把梁小姐请过来！”

秦芷爱真的是被请过来的。

那个黑衣男子离开后不到一分钟，门就被重新推开。黑衣人率先往里走了一步，站在门口，冲着屋里毕恭毕敬地弯腰做了一个“请”的姿势，然后秦芷爱才面色平静地走进来。

只是她的身后还跟了两个人高马大的壮硕男子，她往屋里走了不过一米远，就被瘸子王派去“请”她的黑衣人拦住了。

随后，站在瘸子王身后的那几个黑衣人也快速往前走了几步，站在了顾余生的椅子旁，挡住了他去往秦芷爱那边的路。

瘸子王这是怕他动手抢人啊……恐怕现在只要他一动，那女人就立刻会被那三个黑衣人控制住吧？

顾余生不动声色地观察了一下房间里的布局。

若只有一个他，别说是这几个黑衣人了，就算是再多一倍，那都是小菜一碟。

可他要先确保那个女人的安全，万一真动起手来，伤到了她……反正钱对他来说也不是那么重要，现在最重要的是安安全全地把她带回去。

瘸子王这笔账他先记下，反正来日方长，以后有的是机会慢慢跟他算！

顾余生快速地在心底掂量了一会儿，想都没想就否决了动手的念头。他气定神闲地坐在椅子上，别说是站起身走向秦芷爱了，就连看都没看她一眼。

“顾总，梁小姐请来了，完好无损，现在总可以签字了吧？”瘸子王敲了敲茶桌上的文件，笑眯眯地望着顾余生说。

顾余生笑笑，这才微微偏头，冲着已经进来一小会儿的女人看过去。

她昨晚离开家时穿的睡衣外面披了一件红色的大衣，吊牌都没剪，脚上的拖鞋也换成了一双平底鞋。

她的气色看起来很好，不像被欺负或者虐待过，想必瘸子王只是想要达到目的，不想闹得太难堪，所以对她应该一直都是客客气气的。

顾余生将秦芷爱全身上上下下扫了一圈，最后才往上移，看向了秦芷爱的眼睛。

女孩一直都在盯着他瞧，在接触到他的视线后，像是惊恐的小猫一般，飞速垂下了脑袋，给了他一个毛绒绒的头顶。

昨晚上不是挺横的吗？现在闯了祸，知道怕了？

顾余生被她的反应逗得暗暗发笑，一时没憋住，嘴角勾起一抹弧度，随后就转身拿起桌上的笔，翻开文件，看都没看内容，就直接在签字栏上写下自己的名字。

秦芷爱在顾余生提笔的时候悄悄抬起了头，又看向了男子。

她的性子温顺，却并不代表没脾气。昨晚的她是真的有些不高兴，才一气之下转身就离开了别墅。出了门，被夜风一吹，她立刻清醒过来，然后发现自己身上只穿了睡衣，脚下还穿着拖鞋后，顿时就后悔了。

她都没想好自己接下来该怎么办的时候，就被两个打手捂着嘴塞进了一辆车里。

之后，她就被他们带到了“听音阁”。

她虽然是被绑过来的，但他们对她倒也算客气，好吃、好穿、好住地供着。

她当然知道，他们把她大费周章地绑过来，不是为了把她当成大小姐伺候，肯定是别有目的。

她最初以为是梁豆蔻的什么变态粉丝想要得到她才做的这事，直到早上她才知道，原来是要利用她来威胁顾余生的。

瘸子王给顾余生打电话的时候她就在旁边，她听不见顾余生在电话那头说了什么，但当她听完瘸子王的话后，她就不抱什么希望了。

那么大的一个项目，顾余生怎么可能为了一个自己厌恶到极致的女人而妥协呢？

搞不好顾余生还会感谢瘸子王帮他处理掉了一个棘手的麻烦！

所以她唯一祈祷的就是顾余生别太狠心了，就算他不会为了她而妥协，好歹也帮忙报个警，别真的让她被撕票了……当瘸子王的人去她待的房间请她过来的时候，她真的是害怕极了。

明明说好的两个小时，这才不过一个小时三十七分钟，难不成瘸子王打算提前撕票？

她真的是抱着必死的心情过来的，然而她没想到的是，门推开，她竟然看到了顾余生……那个她觉得根本就不可能来的顾余生。

她觉得自己肯定是看花了眼，眨巴了好几下眼睛，甚至还暗暗地掐了一下手心。直到疼痛传来，她才彻底相信，这一切都是真的。

她都没来得及消化这个冲击，他就朝她看了过来。

完了，她给了他惹了这么大的麻烦，他肯定气炸了吧？

她吓得立刻垂下了脑袋，屏住了呼吸。

她本以为自己会迎来一场凶神恶煞的臭骂，没想到等了许久都没等到男子出声。她有些纳闷和好奇，就忐忑不安地抬起了头。谁知男子竟然拿着笔在签字。

秦芷爱的眼睛蓦地睁到最大，感觉要多不可思议就有多不可思议。

他不但没发脾气骂她，还真的落笔签了合同？她该不会是在做梦吧？

秦芷爱还沉浸在顾余生签字带给她的震撼中，没回过味来时，顾余生已经签好了字，将笔往桌子上一丢，就靠回了座椅上。

瘸子王立刻拿起文件，仔细盯着签字栏的名字反复看了几遍，确定没有任何失误，这才眉开眼笑地提笔也签了字。

顾余生似是耐性用完了，一等瘸子王落笔，就立刻站起身：“请问，人我可以带走了吗？”

“可以，可以，顾总请便。”瘸子王倒真是单纯地冲着城东的地皮来的，现在目的已达到，也就没有为难顾余生，只摆了摆手，示意那些黑衣人让开。

顾余生这次连一句话都懒得回了，稍稍整理了一下衣衫，就大踏步冲着秦芷爱走过去。

看着他一步步地靠近，秦芷爱的心“扑通扑通”乱跳了起来。等他走到她面前的时候，她的掌心已经布满一层密密麻麻的汗。她不安地揪了揪身上的衣服，因为不知道顾余生接下来会做些什么，吓得大气都不敢喘一下。

谁知男子只是在她面前静站了一会儿，然后就开了口，语气出奇平缓：“走吧。”

走吧？她没听错吧？

秦芷爱有些诧异地抬起头看了一眼顾余生，然后就匆匆地转过身，朝着门口走去。

她走了还没两步，手腕突然就被顾余生一把抓住，硬生生地拉回到他的面前。

伴随着他的举动，秦芷爱的心一下子就提到了嗓子眼。

该不会是这男人要跟她算账了吧？

就在秦芷爱心里七上八下的时候，顾余生的手伸向了她的左脸。

他、他这是要打她吗？

秦芷爱想都没想就往后退了一步，飞快地抬起手捂住自己的脸。

顾余生蹙了一下眉，伸出手扣住她的脑袋，将她重新带回到自己面前，然后又用力把她的脑袋往左一撇，就看向了她的耳垂处。

从耳垂到锁骨处有一道长长的划痕，像是被指甲勾破的，隐隐有些出血。

伤情不重，又或者说根本不值一提，基本上两三天就可以恢复如初。

现在还这般扎眼，就说明是新伤……也就是说，是在瘸子王手上的时候弄出来的伤口？

从出现在“听音阁”到现在，一直都显得有些漫不经心的顾余生眯了眯眼睛，脸上瞬间变得阴云密布。

秦芷爱察觉到他身上泛出的隐隐怒气，吓得动都不敢动弹一下，只能任由他扣着自己的脑袋，盯着她的耳朵看。

瘸子王看着原本要离开的顾余生定在门口迟迟没动，有些诧异地放下茶杯。大概是得到了自己梦寐以求的地皮，他的心情好得很，连开口的话里都带着藏不住的笑意：“怎么？顾总还有什么事吗？”

还有什么事？

顾余生听到这句话，脸色更阴沉了。

他抬起头左右看了两眼，然后悠悠地回了瘸子王一句：“没什么事，就是刚刚那事我想了想，决定没完了！”

瘸子王被顾余生说得一愣，过了一会儿才收了脸上的笑容，带着几分戒备地开口：“顾总，您这话是什么意思？”

“就字面的意思。”伴随着顾余生的回应，秦芷爱突然就被他拉着往包间洗手间的方向走去。他的速度很快，一屋子人都还没什么反应，她就被他用力推进了洗手间。她踉跄了两步，整个人还没搞懂他要做什么，就听见他一声低低的警告：“别出来！”

然后，门就被他用力带关上。随着“砰”的一声巨响，秦芷爱隔着门板听见外面传来打斗的声音。

刚刚不是都说了走嘛，怎么转身就打起来了？外面人高马大的壮硕男子少说都有十个，顾余生能以一敌十？

秦芷爱吓得一哆嗦，本能地就冲到洗手间的门前。她抬起手刚想打开门，就想到顾余生的那句“别出来”。

她是一个女人，又没练过，这要是出去了，岂不是等于给顾余生添乱？

秦芷爱顿了顿，急忙将手又收了回来。门外传来一声巨响，像是有人撞到了什么架子上发出的声响。她的身体被震得微微颤抖了一下，然后又将手伸到门把处，把洗手间的门给反锁上。

虽然她不知道现在是顾余生占了上风，还是瘸子王那边的人占了上风。但她知道，手无缚鸡之力的自己只有乖乖地待在洗手间里，才是对他最大的帮助。

洗手间外，玻璃碎裂的声音、女人尖叫的声音、木头断裂的声音，还有时不时发出的惨烈叫声……接连不断。

秦芷爱因为看不到外面的场景，每听一下，就心惊胆战一次。到了后来，她的气息都变得格外不稳起来。

门外“砰砰砰”的动静持续了好一会儿后，终于消停了下来。

这是打完了？

秦芷爱这才发现，自己听得腿都软了。她慢慢往前走了一步，刚准备开门，就听见门被敲响，传来顾余生有些紧绷的不悦的声音：“开门。”

秦芷爱飞快地打开门，看向了站在门口的顾余生。

他身上的西装外套脱了下来，随手搭在胳膊上，身上的白衬衣和西装裤皱得挺厉害。

秦芷爱漆黑的眼珠绕着顾余生的周身打量了一圈，在看到他的胳膊、肩膀以及腿上有好几处脏兮兮的脚印时，她再也顾不上怕他，向前迈了一步就伸出手冲着他的身上摸去：“你没伤到哪里吧？”

她的触碰让顾余生的身体紧绷了一下，然后他就飞快地握住她的手腕，刚准备说一句“没事”，目光就被她手腕上的一圈红痕吸引了注意力。

他狠狠地皱了皱眉，抓起她的另一只手，看到手腕处同样有一圈红痕。

这也就是说，昨天他们不但划伤了她的脖子，还拿什么东西绑过她的手腕？

顾余生胸膛里的怒气忽地就腾腾地蹿了上来，他指了指洗手间，冲秦芷爱皱着眉来了一句：“你给我重新进去，再等我一会儿，刚刚还打轻了！”

说完，他就将手中的西装外套冲着秦芷爱的脑袋上一丢，转身就又折回包间里，逮住距离自己脚边最近的一个人，眼皮子都没眨一下就踹了上去。

随着一声惨叫，秦芷爱猛地就将顾余生的外套给扯下来，然后才留意到包间里的场景。

那简直是惨不忍睹，一片狼藉。

柜子、桌子、椅子摔得东倒西歪的，地上满是瓷器、茶具以及玻璃碎片。

十几个人高马大的壮硕男子躺在地上，吭吭唧唧地挣扎着，怎么站都站不起来。有的人嘴角流了血，有的人鼻子里流着血。

不久前还喜滋滋地拿着文件瞧的瘸子王此时鼻青脸肿地抱着腿“哎哟哎哟”地呻吟着。

场面都已经这么惨烈了，顾余生也不知道抽的哪门子风，竟然挨个逮住那些毫无反击之力的人，又利索暴戾地连踢带踹了一顿，才在一片惨叫声中收了手。

他背对着秦芷爱，拍了拍之前和人搏斗时被踹到身上的脚印，然后冲着洗手间的门口转了身。

他看到她竟然站在门口没进去，蹙了蹙眉，就问了一句：“不是让你进去等？”

秦芷爱被他一系列的举动吓得有些蒙，傻愣愣地瞧着他，没说话。

顾余生走到她面前，接过她手中紧紧拽着的西装外套，丢下一句“走了”，就率先冲着门口走去。

秦芷爱在原地定了几秒才清醒过来，迈开步子，急忙跟上。

就在她快追上他的时候，他猛地停下脚步。她纳闷地望了他一眼，看到他盯着自己的身后，眼神变得格外凌厉。

秦芷爱刚想出声问他“怎么了”，顾余生就窜到了她的面前，把她往怀里一搂，拥着她一个快速地转身，就和她互换了一个方向。

他的力道很大，因为惯性，她的身体倾斜了一下。她本能地伸出手，抓了他的肩膀，却没完全稳住身体的平衡，就听见刀刃划过皮肉发出的模糊声响。

第十六章
只要和你在一起

秦芷爱全身的血脉瞬间一凝，就连呼吸和心跳在这一刻都跟着停了下来。

她还没继续有所反应，甚至连大脑都还没来得及反应那个声响代表了什么，顾余生就猛地又推了她一把。她往后踉跄着退了好几步，还没站稳脚步，就惶然地抬起头看向顾余生。

他的肩胛处被划了一道很长的口子，鲜血直流，没多久就染红了半边衬衣。

原本趴在地上的一个黑衣人不知从哪里找到一把匕首，毫无章法地冲着顾余生就砍。

那样惊心动魄的画面就像是电视剧里的武打片，看得秦芷爱心惊肉跳。

黑衣人似是急红了眼，挥着匕首的动作又快又迅猛。

顾余生反应敏锐，虽然避得及时，却也惊险无比。

看到最后，秦芷爱的心都提到了嗓子眼，腿软得有些站不住。她喘着粗气，左右看了看，然后就胡乱往一旁退了两步，靠在墙壁上，勉强支撑住自己的身体。

顾余生眉眼凌厉，虽然受了伤，却像是感觉不到疼一般，动作依旧利索。两个人纠缠了没一会儿，他突然一个猛抬脚，速度快得秦芷爱都还没看清楚他到底要踹向哪里，屋内就发出“哐当”一声响。黑衣人手中的匕首落了地，然后顾余生一个劈手就将那个黑衣人砸趴在了地上，再也无法动弹。

他似是怕有人再拿起匕首伤人，抬脚就将黑衣人身边不远处的匕首踢向了洗手间的门口。然后他再弯腰捡起刚刚和人动手时随手扔在地上的西装外套，转身朝着秦芷爱走回来。

秦芷爱真的是被吓傻了，顾余生都站在她的面前了，她还愣愣的。

顾余生抬起手在她的面前晃了晃，看她没什么反应，就直接抓住她的手腕，拉开门，拽着她走了出去。

一直回到顾余生的车上，秦芷爱才彻底清醒过来。她下意识地转身看向顾余生，男子眉眼平静，仿佛根本就没有受伤一般转动方向盘，正往后倒车。

“你……”秦芷爱一开口才发现自己的声音颤抖得不像话，她深吸一口气，让自己的情绪稍微稳定了一些才继续开口，“的伤？”

顾余生微微偏头瞥了她一眼，没吭声，脚踩油门就上了主路，朝着家里的方向开去。走了大概十几分钟，恰好经过市人民医院，秦芷爱又出声：“医院。”

顾余生丝毫没有减缓速度，不过一眨眼的工夫，医院就消失在了后视镜里。

在等红灯的时候，顾余生从裤兜里摸出一支烟咬在嘴里，又去裤兜里找打火机。他摸了半天都没摸到，这才想起来扔在了“听音阁”，于是就打开了一旁的储物盒。就在他刚准备去找个新的打火机时，红灯变绿灯，他只能看着正前方的道路，一手控制着方向盘往前，一手在储物盒里盲摸。

秦芷爱坐在一旁盯着他放在储物盒里的手看了一会儿，然后就伸出手在里面翻找了两下，拿出打火机递给他。

他愣了一下，接了过去。拿起打火机刚准备去点嘴里咬着的烟，他突然想起前阵子她坐在他的车里，他抽烟她微微咳嗽的场景，动作蓦地就停顿下来。

女人真是个麻烦精啊……顾余生暗暗嘀咕了一句，就转头将齿间咬着的烟往储物盒里一吐，然后顺势将打火机也往储物盒胡乱一丢，再重新直视正前方。

相比较顾余生的平静，秦芷爱的视线却时不时地往他肩膀上的伤口处瞟。

鲜红的血还在往外渗，衬衣已经被血浸得湿透，车内充斥着血腥味。

在不知道看了多少次以后，秦芷爱终究没忍住，轻轻地动了两下唇，先开口打破了车内的宁静："还是去一趟医院吧？"

她的话和刚刚一样，没有得到任何回应。

就在秦芷爱以为顾余生不会再搭理自己的时候，他转头透过后视镜扫了她一眼。

接收到他的视线，秦芷爱的心莫名紧张起来。

他和她的关系一向都不怎么好，他除了凶她以外，其他时候都当她不存在懒得跟她讲话。她今天频繁地开口这么多次，会不会惹恼了他？再说了，他身上的伤口还是因为她而受的……就在秦芷爱忐忑不安之际，顾余生开了口："不用去医院。"

他说话的语气很平缓，没有任何恼怒之意。秦芷爱有些惊讶，又看了他一眼。他没看她，仍直视着正前方，又说了两个字："小伤。"

小伤？流了这么多血还是小伤吗？他怎么说得那么轻描淡写？若不是他当时反应快，怕是那一刀就割在她的身上了吧？

虽然秦芷爱对顾余生舍身救她的反应不敢抱有太多奢望，可她的情绪还是变得有些激动。

她抿了抿唇，垂着眼帘，稍微安静了一会儿，又小声地开口："可是，万一感染了怎么办？"

顾余生又没了声音。

秦芷爱还想再劝他两句，可是她不确定自己给他惹了这么大的麻烦，他心里是不是憋了一股火，毕竟他是那么烦她。

犹豫了一会儿，秦芷爱最终还是放弃了，转头看向车窗外。

她盯着沿途的街景看了一会儿，视线又悄悄地落在后视镜里他的侧颜上。

那么触目惊心的伤口像是完全没有影响到他一般，表情格外淡然。

街道两旁的树木枝繁叶茂，随着车子驶过，时不时有亮光打在他的脸上，让他整个人看起来清隽文雅，宛如画里的存在。

车子刚开进别墅的大门，屋里的管家就听到动静，跑了出来。

车子刚停稳，管家就打开了车门。在看到秦芷爱后，她立刻长松了一口气："小姐，您可算是回来了。"

秦芷爱冲着管家抱歉地笑笑，没下车，而是转头看向一旁的顾余生。

随着她的举动，管家这才看到顾余生身上的整件衬衣都被血染红了。

"这是怎么回事？怎么流了这么多血？"管家顿时就顾不上秦芷爱了，绕过车头，跑到驾驶座门旁，"好端端的出个门，怎么回来就受了这么严重的伤？这么深的伤口是很容易感染的……顾先生，您有没有叫医生？"

管家喋喋不休地说了很多话，问完最后一句话后才反应过来，忙从兜里摸出手机："我这就给罗医生打个电话，让他赶紧过来……"

管家一边拨电话，一边让开了车门口："顾先生，您先下车，进屋我先给您上点药，把血止了……"

顾余生看了一眼被管家抛下的秦芷爱，狠狠地蹙了一下眉，转头就冲着跟自己说个没完没了的管家没好气地来了一句："你围着我转个什么劲啊？我能有什么事？你把她看好就行了！"

管家被顾余生吼得往后退了两步，闭上嘴，再也不敢多说一句话。

顾余生阴着脸下了车，用力甩关上车门，迈步朝着屋里走去。在经过管家身边的时候，他还不忘狠狠地瞪她一眼。然后走了两步他又停下来，转头冲着管家语气不善地说："还愣在这里干什么？赶紧把她带屋里去，让她吃了饭就回楼上！盯好了，别让她没事干瞎往外跑，给我惹事！"

管家一听到这话，立刻麻溜地跑到副驾驶座的车门旁。

顾余生看管家终于有了反应，这才转身大步进了屋。

秦芷爱和管家进屋时，顾余生已经不在楼下了。

他一到家就发了火，秦芷爱和管家两个人虽然都很担心他身上的伤，但谁也不敢上楼去看他。

顾余生已经交代了让秦芷爱先吃东西，所以一进屋，管家就将秦芷爱领去了餐厅。

在顾余生的别墅里住了这么一段日子，秦芷爱也知道了，他交代的事情要是管家没办好，铁定是一顿劈头盖脸的臭骂。所以即使她没胃口，也还是坐在餐桌前乖乖地拿着勺子喝了小半碗粥。

放下勺子后，秦芷爱并没急着离开餐厅，而是在餐椅上安静地坐了一会儿，对管家开口说："你刚刚不是说要给罗医生打电话吗？"

管家面露难色："是……可是顾先生……"

秦芷爱知道管家在担心什么，没顾余生的允许就擅自叫罗医生来，搞不好换来的还是他的训斥。她微抿了一下唇，似是拿定了什么主意一般，轻声开口说："你还是给罗医生打个电话吧，到时候他问起来，你就说是我让你打的。"

"就顾先生那脾气，小姐您又不是不知道……"管家有些动摇。

"没事，你打吧。"秦芷爱给了管家一个安抚的笑。

管家犹豫片刻，最后还是打了个电话出去。

秦芷爱一直等到管家挂断电话，才从餐椅上站起身上楼。

次卧的门和主卧的门是相对的，秦芷爱还没走到主卧门前，就注意到了次卧的门是开着的。

她走到主卧门前，刚准备推门进去，没忍住，就扭头望了一眼次卧。

染血的衬衣已经被顾余生脱掉了，随意地丢在门口的地板上。

茶几上放了一个水盆，里面冒着热气。他赤裸着上半身站在沙发旁，弯着腰正在拧毛巾。

秦芷爱看顾余生没有发现自己，就悄无声息地站在主卧门前，盯着次卧里的他看了起来。

他拧干毛巾后，就对着镜子擦起了身上的血迹。

他看不到身后，一边肩膀又受了伤，行动不是特别方便，所以擦得很潦草。

大概他也知道自己擦得不是特别干净，又费力地拿着毛巾往后背上胡乱地擦了两次，索性就作罢。他将毛巾往水盆里一丢，坐在沙发上，拿起桌子上的一个药瓶，冲着肩胛处的伤口上起药来。

他扭头能看到的地方，勉强还能准确无误地上药。可他看不到的地方，即使对着镜子大概知道伤口的具体位置，可试了好几次，药粉都撒在了身上或者是沙发上。

秦芷爱怔怔地站着看了一会儿，就收回了视线。

她知道顾余生烦自己，所以一直尽量和他保持距离。她不确定自己过去了会不会惹他嫌弃，被他骂多管闲事。

可她盯着主卧的门沉思了片刻后，还是转身朝着次卧走去。

她的步子迈得很轻，几乎没发出什么声音。一直等她站到他的身后，他才察觉到，猛地扭头看过来。

她下意识地垂下眼帘，避开了他的视线。

因为从来都没有主动往他面前凑过，所以她开口的话略显得有些磕绊：“我、我没别的意思，就是想帮你……”

她指了指他的后背，过了一小会儿才把话说完整：“上药。”

回应她的是一片安静。

秦芷爱垂着脑袋，没去看顾余生。她等了许久都没等到他说话，刚准备再开口跟他说一句“如果你不愿意，我去喊管家好吗”，他就缓缓地转过身来，将药瓶递到了她的眼前。

秦芷爱诧异地抬起头，看了一眼顾余生，然后又飞快地垂下眼帘，接过药瓶，快速走到了他的身后。

屋子里很安静，两个人没有任何交谈。

秦芷爱所有的注意力都在顾余生的伤口上。

顾余生低着头坐了一会儿，似是觉得这个姿势有些累，小幅度地换姿势时，视线不经意地扫过面前的镜子。透过玻璃镜面，他看见了站在自己身后，安静无声地给自己后背上的伤口上药的她。

他盯着她看了一会儿，不知怎么地就想到她刚刚进屋时，对着他小心翼翼地开口说的那句 “我、我没别的意思，就是想帮你……上药。”

她的没别的意思，是在跟他解释，她不是来纠缠他的吗？

她是有多怕他会生气，才会一见到他就先跟他澄清？

顾余生的心里突然就变得有些不是滋味，浑身都不舒服起来。他潜意识地想要抽烟，可是刚摸到烟盒就停住了。最后，他缩回了手，转头看向窗外明晃晃的阳光。

上好药后秦芷爱才发现，顾余生的后背还残留着好几处大面积的血迹。

因为隔了一段时间，血液已经凝固了。

秦芷爱抬起头看了一眼顾余生，发现他表情疏淡地盯着窗外不知在想些什么，索性就没打扰他，然后轻轻地将药瓶放在茶几上，再用手试探了一下水盆里的水温。她发现水有些凉了，就端起水盆轻手轻脚地进了浴室。

她换好新的热水，刚从浴室出来，顾余生就将头转向了她。

秦芷爱的脚步一顿，端着水盆的手指下意识地用力。

顾余生先看了一眼她手上端着的水盆，然后视线就落到了她的脸上。虽未出声，但眼底却带着几分询问。

秦芷爱微抿了一下唇，小声地跟他解释："你的后背，没擦干净。"

她的话语看似说得很镇定，可她端着水盆，因为过于用力都有些发白的指尖彻底泄露了她心里的惴惴不安。

她就连跟他说话都这么紧张？

顾余生的心里又很不是滋味，这种感觉冲击得他有些不知该如何开口回她。

秦芷爱看顾余生沉默了，有些猜不透他的心思。她怕自己的擅作主张惹恼了他，指尖抠了抠水盆的边缘，又轻声开口："我、我叫管家过来帮……"

顾余生听得喉咙莫名一堵，还没等她把话说完就开了口。尽管只有两个字，但声音却是连他自己都不敢相信的柔和："你来。"

说完，他就将视线移到了面前的镜子上。透过镜子，他可以清楚地看到，她在听完自己的话后，像是经历了一场死里逃生一般，闭着眼睛轻轻地吐出一口气。然后她又悄悄抬起眼皮打量了一会儿，似是在确定自己真的没有动怒，这才端着水盆走了过来。

她将水盆放在离他最远的茶几的一角上，动作很轻地拧干毛巾，才缓缓地走到他的身后，小心翼翼地帮他擦起了背。

她这样一系列的细微动作，处处都透着谨慎和防备，一下子就刺痛了顾余生的眼睛。

他本就不舒服极了的心里漫起一层细细密密的疼，很浅，却很清晰，让他的呼吸一窒，盯着镜中的她恍惚了神思。

她帮他擦好后背以后，没在他身边过多地停留，端起水盆就进了浴室。

他是被她倒水的声音惊回神的，然后他就听见了“哗哗”的水声。过了好一会儿，才传来她从浴室走出来的脚步声。

她没靠近他，站得远远的，冲着他“那个”了一声。

等到他侧头看她，她立刻胡乱指了一下对面主卧的门，匆匆说了句“我过去了”，然后也不等他回答，就转身迈着步子离开了。

她的步伐很快，像是恨不得立刻从他的眼前消失。

顾余生望着她的背影，心里的那种滋味变得浓烈，进而翻滚起来。

他在她伸出手推主卧门的时候，不受控制地张了一下嘴。等话到嘴边，他才后知后觉地意识到自己要做什么。

他急忙狠狠地咽了一口唾沫，将险些脱口而出的话用力地憋回了腹中，然后再把视线从她的身上硬生生地拉回到正前方墙壁上挂着的一幅壁画上。

他看着她离开，竟然想要叫住她……她现在这般识相地和他保持着距离，不就是他之前梦寐以求的吗？

他为什么会背道而驰地有一种想要她留下来的冲动？

顾余生的心一下子就被搞得烦乱无比，次卧里没了秦芷爱，他几乎没有任何犹豫地就拿起茶几上的烟盒，抽出一支点燃，再咬进嘴里。

烟草的气息稍微让他的心平复了一些，他懒洋洋地隔着缭绕的烟雾望着雪白的天花板，在心底纳闷地又问了自己一句：他刚刚怎么又在问自己为什么？

最近他的为什么可是真多啊……例如，他为什么会在接到瘸子王的电话后，二话不说就拿着合同书单枪匹马地过去赎她？

再例如，他为什么在看到她耳边的伤痕和手腕上的绑痕时，会那么愤怒？比自己被人打了还要愤怒？

再再例如，回到家，他看到管家那么关心地围着他转，把她一个人丢在车里不管，他怎么就看管家那么不顺眼呢？

好像从她住进他的别墅的第一天起，他在老宅无意间和她的眼睛对视过一次以后，他就不断地开始问自己“为什么”。

可那么多的为什么，他绞尽脑汁想了许久，却始终找不出一个答案。

吸着烟的顾余生想到这里，烦躁地站在起身，开始在次卧里走来走去。

走着走着，他就走到了走廊上。然后他靠着次卧的门，静静地盯着对面紧闭的主卧门看了一会儿，再咬着烟往前走了几步，就站定在了主卧门前。

他冲着主卧门抬了抬手，又抬了抬手，却始终没有伸向门把。就在他犹豫不决地举着手挣扎不定时，楼梯口传来了脚步声。

顾余生脸上的表情有些许惊慌，下意识地就缩回手。然后他左右看了看，急急忙忙往后退去。

他本想靠在墙壁上，装出一副若无其事地抽烟的模样，谁知因为太慌乱，他一时没控制住速度，后背直接撞上了墙壁，伤口处随即传来火辣辣的疼。

他闷哼了一声，手一颤，指尖的烟就掉到了地上。

随后，都没等他有所思考，管家就带着罗医生走到了他面前，一头雾水地冲他问了一句：“顾先生，您怎么在楼道里待着？”

顾余生心里本就烦，想要借着烟来掩饰烟却又掉了，还撞得伤口生疼，现在再听管家这么一问，脾气一下就上来了：“谁让你叫的医生？”

管家顿时被噎得停下脚步，再不敢动了。

虽然小姐说过顾先生如果问起来就说是她叫的，可现在顾先生明显不爽快，若她再说是小姐让叫的，那岂不是给小姐找麻烦？

反正她都已经被骂了，也就不在乎再多骂几句了……管家刚想硬着头皮开口让顾余生给罗医生瞧一瞧伤，顾余生又沉着声音开了口：“我有让你叫医生吗？什么时候这个家轮到你做主了……”

顾余生冲着管家劈头盖脸地训得正溜，紧闭的主卧门突然被人从里面一把拉开。

他的话语蓦地一顿，转头就看向门口。

秦芷爱还穿着昨晚离家的睡衣，赤着脚，握着门把手，站在门口。

他一看过来，她就本能地往后退了小半步，然后将原本大敞的门稍微关了一些，才开口说："罗医生是我让管家叫来的。"

是她叫的？

顾余生冲着秦芷爱用力皱了一下眉。

他的脸上还残留着刚刚凶管家时的怒气，一皱眉，神情就显得越发低沉。秦芷爱潜意识里以为他的怒火要从管家的身上转移到自己身上，急忙将门又关了一些，只露出一张小脸，吞咽了一口唾沫后才又小声地说："虽然上了药，却也怕感染，还是让罗医生帮你看看吧……"

她的语速很快，几乎没有任何停顿，一边说还一边关门。等到她说完最后一个字，只留下一双黑黑的大眼睛在外面，然后盯着他又补充了两个字"保险"，就"砰"地将门重新关上。

楼道里重归安静。

顾余生盯着主卧的门，迟迟没有反应。

罗医生悄悄给管家使了个眼色，管家大着胆子开口："顾先生？"

顾余生轻轻地"嗯"了一声，视线仍停留在主卧的门上没有移开。

管家不确定他此时的平和是真的平和，还是在酝酿着什么其他的滔天怒火，语气依旧谨慎："罗医生还在等着您……"

顾余生"嗯"了一声，终于将视线从主卧门上收了回来。他看了一眼管家和罗医生，语气清淡地留下一句"进来吧"，就转身率先进了次卧。

这是准了罗医生为他看伤？

管家和罗医生面面相觑了两眼，然后一前一后地走了进去。

罗医生先看了看顾余生背后的伤，然后才开口："顾先生，您的伤口得缝针，有几处有点深。"

顾余生一脸淡然地“嗯”了一声，然后又说：“好。”

“那我先给您打麻药？”罗医生一副商量的语气。

“不用，直接缝吧。”顾余生漫不经心地回完话就趴在了床上。

他肯这么心平气和地让人给他看病，就已经是谢天谢地了，谁还敢再忤逆他？

罗医生一看他趴下，立刻打开医药箱准备起来。

在缝针之前，罗医生还是说了一句：“顾余生，您要是疼得忍不住可以告诉我，我就给您打麻药。”

顾余生连话都没回，盯着窗外明晃晃的阳光，想到秦芷爱开门后，一边跟自己说罗医生是她叫来的，一边怯怯地关门的模样，一时没忍住，嘴角勾了起来。

罗医生此时已经下了针，管家看着都疼，有些不忍心地瞥开了眼。结果她却看到顾余生眉眼温和地在笑，瞬间就傻了眼。顾、顾先生，这、这是怎么了？正常人不打麻药缝针，不是应该哭吗？他怎么还在笑？简直太不正常了……管家照顾了顾余生好些年，早就习惯了他喜怒无常的性子，也知道他个性挑剔得很，可是却从没见过他这副模样。她生怕待会儿顾余生又闹出什么花招来折腾人，想着反正罗医生在这里，她也帮不上什么忙，就胡乱找了个借口溜之大吉。

从昨晚折腾到现在，顾余生、秦芷爱和管家谁都没有休息过，一直到尘埃落定，大家都感觉有些脱力。

顾余生在次卧，秦芷爱在主卧，管家在楼下，大家各自补起了眼。

秦芷爱在睡前洗了个热水澡，因为顾余生在家，她还特意化了个妆才睡下。

等她一觉醒来，窗外的天已黑。

她先去梳妆台前看了看妆容，确定没什么问题后才出了卧室。

次卧的门敞开着，她往里面瞄了一眼，已经不见顾余生的身影。

她早已习惯了他成天不归家，稍稍担心了片刻他后背的伤，就收起神思，扶着栏杆下了楼。

客厅里没人，电视机却开着，里面正在播放《新闻联播》。

厨房里传来抽油烟机的声响，秦芷爱知道，一定是管家在准备晚餐。

午饭没吃，她的肚子也有些饿了，便没在客厅里多停留，直接就去了餐厅。

才一进门，她就看到了坐在餐桌主位上的顾余生。

他正举着手机在讲电话，面前放着一杯喝得快见底的咖啡、一盒烟和一个打火机。

他听见动静，抬起眼皮看了她一眼，连声招呼也没打就继续去讲电话了。讲了两句后，他突然捂着手机话筒停了下来，冲着餐厅喊了一句："管家！"

管家立刻跑了出来，顾余生没再说话，只是点了点餐桌，又指了指秦芷爱，又重新将手机放到耳边，说了句"抱歉"，又讲起了电话。

管家毕竟跟了顾余生好些年，知道他那两个举动的意思。只见她先跑到餐桌前帮秦芷爱拉开一把椅子，等她坐下后，就去厨房把准备好的饭菜给端了出来。

顾余生伤的是右肩膀，他左手举着手机，右手行动不便，拿筷子夹了好几次菜都没夹起来，最后就换成右手举着手机。

那姿势大概是牵扯到了伤口，他闷哼了一声，然后就将手机放在了桌面上，直接打开免提。

秦芷爱这才听出来，他这是在开电话会议。

秦芷爱安静地吃着饭，眼角的余光时不时地瞥一眼顾余生。男子换了没受伤的左手拿筷子，大概是不太习惯，只能夹一些长条的青菜。碰到丸子和鸡块，要么就夹不起来，要么夹到一半就掉在桌子上。

最后，顾余生懊恼地将筷子扔在了桌上，直接单手端着碗喝起了汤。

秦芷爱咬着筷子，盯着碗里快见底的饭看了一会儿，就轻手轻脚地起身进了厨房。再出来时，她的手中多了一把勺子。

她坐回餐桌前，伸手拿过顾余生的碗，然后把他刚刚用筷子夹过的菜全都选了一些放在碗里，再用勺子戳成小块，和米饭搅拌均匀后，连碗带勺一起放回到顾余生的面前。

顾余生明显愣了一下，然后转头看向了秦芷爱。

他在讲电话，她怕出声影响到他，就指了指碗，冲他做了一个用勺子吃的动作。

顾余生又盯着她看了一会儿，才收回视线，一边语气淡淡地冲着手机回话，一边拿起勺子，慢条斯理地吃了起来。

秦芷爱这才低下头继续吃饭。她吃了还没两口，顾余生突然就伸出手，在她的面前敲了两下。

她疑惑地抬起头看向他，只见他在听手机那头的人讲话，什么也没说，只是将空碗递到了她的面前。

秦芷爱懂他的意思，刚准备伸出手去拿碗帮顾余生再盛一碗饭，做好甜品的管家恰好从厨房里出来。看到这一幕，她立刻赶过来，凑到秦芷爱的耳边压低声音说："小姐，我来……"

管家的话才刚说完，顾余生就转头狠狠地瞪她一眼。管家吓得手一抖，原本伸向空碗的手立刻缩了回去。

管家虽然摸不透顾余生的心思，但有些事她却能猜个大概，敢情顾先生这是要让小姐给自己盛饭的意思……于是她急忙识趣地找了个"肚子疼"的借口，匆匆离开了餐厅。

秦芷爱又伺候顾余生吃了两碗饭，再喝了一碗汤，才结束了晚餐。

管家进餐厅收拾餐桌的时候，想到顾先生既然喜欢小姐伺候他吃饭，想必也喜欢小姐伺候他的其他事。虽然顾先生的脾气是有点大，但只要顺着他一些，他倒是什么事都好商量。反正只要他高兴了，大家的日子就都好过。于是管家在进厨房洗碗筷的时候，冲着站起身准备离开餐厅的秦芷爱来了一句：“小姐，您等会儿记得提醒顾先生吃药，还有伤口的药也要换了。”

秦芷爱先转头看向顾余生，男子此时已经挂断电话，在听到管家的提议后，倒是没有任何拒绝的意思。

秦芷爱这才冲着管家轻点了一下头，说：“我知道了。”

顾余生一直到伤口拆线前都没去公司。

小王倒是每天都会来别墅一趟，每次都会抱很多文件来，又抱很多文件走。

自打那一晚，秦芷爱伺候顾余生吃饭、吃药、上药后，管家索性就将这些事全推给了她做。

而且在受伤的第二天，秦芷爱本来想给顾余生上药的，结果顾余生恰好有个紧急视频会议要开，就让她等了一会儿。

开完会已是十点钟，那会儿秦芷爱正好在主卧里背剧本。顾余生推门进来，等她给自己上完药，就没再离开。

起先秦芷爱又是要频繁地去照顾他，又是要和他睡在同一张床上，内心还是有些忐忑的，生怕一不小心就惹得他发脾气。

然而这几天里，他虽然从不主动跟她说话，晚上睡觉也不碰她，就仿佛她是个隐形人，大多数时候对她的态度也都是冷冷淡淡的，却没再对她发过火。

甚至有一次她去给他送咖啡，不小心弄洒在他的书桌上，将他正在看的文件给毁了。

她当时吓得腿都软了，哆嗦着唇，冲着他说了一句：“对不起”。

他盯着她看了好一阵子，眼底的情绪起伏不定。她本以为他会发火，没想到最后他倒像个没事人一样，一句话也没跟她说，直接叫了管家过来收拾。之后他又给公司打了个电话，让人重新送了一份文件过来。

她那天躲回房间里避了他三个多小时，一直到吃晚餐，看他都没要跟自己算账的意思，才彻底放下心来。

也是从那时起，她在他的面前渐渐开始放松，不像最初那般惶惶不安了。

顾余生在部队执行任务的时候，更重的伤都受过，所以这点伤他压根儿就没放在眼里。

疼，他不怕。但后来伤口愈合时泛起的痒，却让他难以忍受。

尤其是罗医生来给他拆完线的当天夜里，伤口痒得他挠心挠肺的，折腾得他辗转反侧难以入眠。最后实在困得受不住，闭上眼睛迷迷瞪瞪的时候，他还时不时地伸出手去抓一下后背。

顾余生进主卧的时候秦芷爱已经睡着了，他的举动虽然一直都放得很轻，但还是吵醒了她。

她借着主卧昏暗的睡眠灯，一脸茫然地望了他一会儿，才反应过来他是在抓伤口。然后她急忙伸出手去按住了他的手。

顾余生本就没睡踏实，她一握住他的手，他就醒了。他先是看了一眼被她紧握着的手，然后就缓过神来，声音有些含糊地问："吵醒你了？"

"没。"秦芷爱摇了摇头，刚准备松开他的手，就发现他的指尖沾染了几丝血痕。她皱了皱眉，匆忙看向了他的肩膀，发现伤口周围已经被他抓得泛红，有些地方还肿了起来，缝线的针眼处更是冒出了血珠。

她抽了纸巾将血珠擦干净，然后才轻声开口："你不能抓，会留疤的。而且力道大的话，会影响伤口愈合。"

她想了想，还是有些不放心，怕他等会儿睡着了，在梦里没意识，又去抓后背，于是干脆一手抓住他的一只手。

他倒是没挣扎。

房间里重归安静，大概是被吵醒的缘故，秦芷爱一时没了睡意。

她闭着眼睛，感觉顾余生时不时地动一下身体。她忍不住侧过头，悄悄地看向他的侧脸。

他眉心蹙得厉害，可能是痒得难忍。他一直强忍着，到最后，秦芷爱甚至都能听见他咬牙的声音。

秦芷爱看了一眼墙上的时钟，已经深夜三点钟了，他这是被伤口折磨得一晚上都没能好好入睡吗？

不管当他救她时心里到底是怎么想的，可他的确是为她受的伤。

看着他备受煎熬，秦芷爱的心里有愧疚，也有些难受。她咽了一口唾沫，转头又看向他的侧脸。迟疑了片刻后，她轻声开口说："谢谢你。"

她突如其来的道谢惹得他一怔，侧头，纳闷地看向了她。

秦芷爱指了指他肩胛的伤口，又小声地说了一句："那天，谢谢你。"

顾余生在秦芷爱指向他伤口的时候就明白过来她谢的是什么了。

他微蹙了一下眉，还没来得及回她，就又听见她道谢的声音传来。

这次比刚刚的"谢谢你"还多了两个字，那天。

他不是没被人道过谢，当初他看她冲着陆半城说谢谢的时候，心里还不高兴自己冒着大雨去郊区接她怎么不见她跟自己说谢谢呢。甚至在他把她从瘸子王的手中带回来后，他还想过一次她怎么也不跟他说声谢谢？

她一直没说，他也就拉不下脸来逼着她说，这事也就渐渐过了。

可是现在，她竟然毫无征兆地跟他道谢。

她说话的声音偏轻，柔柔缓缓的，很悦耳，在寂静漆黑的卧室里显得格外温软。就像是在说悄悄话一般，听得他全身一酥，心猛地就漏跳了半拍。然后连带着原本在他反应过来她的谢谢指的是什么事时，已到嘴边的"没关系"一下子就怎么也说不出口了。

过了好一会儿，顾余生的心跳才恢复了正常。然后他才意识到自己竟然被旁边的女人简单的一句道谢搞得失了态。

他向来不是个吃亏的人，她噎了他，他同样也要噎回去。所以他想都没想就开口冲她回了一句："原来扯后腿的还知道别人帮了自己后要说谢谢啊？"

明明她是很认真地在跟他道谢，怎么他一开口就说她是扯后腿的呢？

秦芷爱心底的心疼和愧疚瞬间就被顾余生的这句话打得消散了一半，她本能地噘了噘嘴，就撇开了头，没再说话。

不知道为什么，顾余生被她刚刚的反应逗得心情格外好，情不自禁地勾了一下唇，又语调慵懒地开口说："怎么？不喜欢麻烦精？那给你换个词……"顾余生沉思片刻，"闯祸鬼？"

秦芷爱仅存的一点心疼和愧疚彻底消失干净，甚至都有些后悔跟顾余生道谢。她松开自己抓着顾余生的手，直接翻了个身，留给他一个后背。

"还不满意？你也太难打发了吧？"顾余生看秦芷爱背对着自己没反应，就伸出手抓了她的胳膊，一个猛力把她拉倒在自己身上。然后他盯着她的眼睛说，"要不我勉为其难再帮你换一个？"这次他倒是没过多久就出了声："麻烦精？"

这简直太符合了，她就是个麻烦精，不是下大雨让他去接，就是被蒋纤纤欺负不还手，还被绑架，哪次不是他给她解决的麻烦？

想到这里，顾余生在心底将"麻烦精"这三个字又想了一会儿，越想越觉得满意，就又出声："就这个了，麻烦精，小麻烦……"

许是顾余生近来都没跟秦芷爱发火，她的胆子稍微大了些，在听到他嘲弄她没玩没了后，一时没忍住就回了他一句："我被绑架，还不是因为……"

秦芷爱的最后一个"你"字还没说完，就看到顾余生安静了下来。

刚刚她被他想的那些不好的形容词堵得心里有些憋闷还没意识到，直到现在，她才突然发现，刚刚的他像极了当年第一次正儿八经和她说话时的他。

那天的他问她叫什么名字，她告诉他自己叫秦芷爱，他可以喊自己小爱，可爱的爱。

他和刚刚一样，张口就来了一句，噎得她面色通红。他说：“还可爱的爱？明明是爱吃的爱吧？”

然后他看她不吭声，就说了和刚刚差不多意思的话：“你不喜欢爱吃的爱？那我换一个……要不深爱的爱？”

那时他就为了一个称呼换来换去，最后才定了小深爱。

八年后，在时光流转的这个夜里，他还是为了一个称呼换来换去，最后定了小麻烦。

原来，这么长的时光里他没变，还是她曾经认识的那个他……秦芷爱的胸膛被一种类似于感动的情绪刹那间充斥得满满的。

顾余生，你知道我有多怀念往日时光里的那个你吗？

顾余生起先真的只是为了噎秦芷爱才回的那样一句话。

其实他没想过后来要跟她说那么多的话，可刚刚也不知道到底中了什么邪，在看到她那样可爱的反应时，他忽地就起了逗她的心。

这些年来，在他的印象里，他是从没逗过女孩的。

因为没想过要和任何女孩有沾染，所以一开始就把关系摘得干干净净。

可是他没想到，他逗起来她竟逗得那么顺畅，就好像是在前尘旧梦里做过同样的事情一般。

他本以为她只会给他气呼呼的反应，没想到她竟然还嘴了。

她这是不怕他了吗？

他也不知道为什么，在这个认知划过大脑的那一刻自己在高兴个什么劲。总而言之，就是很开心。可她的话只说了一半，就停了下来。

她是说了一半想起来害怕了，所以停下来了？

他的心情就跟坐过山车一样，突然变得有些失落。他缓缓地抬起眼皮，看向她的眼睛，这才发现，她不是怕了，而是盯着自己发起了呆。

她的眼睛可真漂亮，尽管屋内的灯光昏暗，他看不太清她的五官，可他却可以感觉得到她漆黑的眼底流淌着盈盈波光。甚至到最后，也不知道她想到了什么事，那抹光越变越亮，撩拨得他的心“扑通扑通”地跳了起来。连带着他的身体都跟着发烫，有了一股冲动。

秦芷爱因为想起往事恍惚了神思，一直没有留意到自己趴在顾余生的身上。直到她耳边响起了一道压抑的闷哼声。她下意识得抬起头，在看到顾余生炙热的视线时，几乎没有任何停留，直接想要从他的身上离开。可是她才刚动一下，他就抢先一步抬起手按住了她的后背。

他的力道不算特别大，却足以让她动弹不得。她感觉到他在看自己，脸上的红晕蔓延到了耳边，连带着脖子都红了。

他的喉结抑制不住地上下滚动了两下，然后他就微微抬起头，将唇落向了她的眼帘、鼻尖、额头、脸上……直到最后，他的唇才对上了她的。他先是轻轻地碰了碰她的上唇，然后又缓缓地蹭了蹭她的下唇，最后才慢慢地贴上去，力道温和地摩挲了起来。

……

秦芷爱醒来已是中午。

顾余生已不在卧室里。

床上一片凌乱，她和他的睡衣，东一件西一件地丢在地上。

窗子没开，屋内还依稀残留着他和她昨晚欢爱的味道。

秦芷爱刚略略扫过室内的场景，就想起昨晚他和自己的那些旖旎的画面，脸上顿时就泛起微微的红。她忍不住往被子里缩了缩，心跳加速了好一会儿才恢复平静。

因为顾余生这些天都在家，所以她基本二十四小时带妆，皮肤明显有些吃不消。她起来去浴室洗澡的时候，顺势做了个全套的皮肤护理，出来后又化了个妆才下了楼。

吃过午饭，秦芷爱闲着没事，就去整理阳光房里的那些花花草草。

她蹲在几株玫瑰花前施肥的时候，情不自禁地就又想起了昨晚的事。

他给她取的那些绰号，他那么温柔地亲吻她，还有他那么投入地和她欢爱……八年啊，从当年他留给她一个空号爽约了她后，整整八年时光，她终于和他有了相对比较美好的相处。

秦芷爱想着想着，就盯着一株开得娇艳欲滴的玫瑰花，嘴角微微泛起了一抹浅笑。

秦芷爱不知道自己发了多久的呆，直到管家上楼喊她的名字，她才回过神来。

“小姐，刚刚顾先生来电话，说晚上不回家吃饭了。”

他以前不回来也从没打过电话啊，怎么今天会打电话回来？

秦芷爱不敢多想，怕是自己自作多情。可她的心还是忍不住悸动了两下，眉眼带着一丝笑意地冲管家“嗯”了一声，表示自己知道了。

第十七章
黄粱一梦

将近十天的时间没来公司，堆积了许多会议要开、客户要见，顾余生一直从早上到下午，忙得连喝水的时间都没有。

等到他终于空闲下来的时候，已是下午四点钟。

昨晚没睡几个小时的他此时有些头疼，靠在办公椅背上揉着眉心。刚休息了没一会儿，桌上的手机就响了起来。

他停下动作，侧头看了一眼时间，是陆半城打来的。他神色未动地滑动屏幕，接听了电话。

“生哥？明早吴昊的飞机，回上海，今晚出来吃个饭呗？”

顾余生点了一下电脑的触摸板，看了一眼行程安排，接下来没什么重要的事，于是就应了一声：“好。”

“那晚上七点在京城大饭店见！”

顾余生敷衍地“嗯”了一声就想挂电话，结果指尖还没碰到挂断键，里面又传来陆半城的声音："生哥，今晚没什么其他人，你带上小蔻一起过来玩呗！"

顾余生没想太多，留下一句"知道了"就挂了电话。

被陆半城提了一嘴"小蔻"的缘故，顾余生脑海里就晃过了昨晚自己和她做的那些事。

顾余生的眉眼情不自禁地就舒展开了。她大概是被他折腾得累坏了，他早上离开的时候，她还在沉沉地睡着，也不知道她现在醒了没有……要是没醒，那管家又有没有喊醒她叫她吃饭？

想到这里，顾余生就拿起桌上的座机，给家里打个了电话。

刚接通，他的电脑就收到了新邮件。他一边浏览，一边冲着接电话的管家问了一句："小姐醒了吗？"

"早醒了，吃过午饭，在阳光房里整理了半天花草了……"管家顿了一下，又问，"要我叫小姐接电话吗？"

"不用，你告诉她……"顾余生本来是想说"六点钟，我去接她，有个饭局"的，可话到嘴边，他突然又停了下来。

陆半城约他聚会就约他聚会嘛，好端端的让他带着她去做什么？

顿时，顾余生没有丝毫停顿地就将后面的话硬生生地改成："我今晚不回家吃饭了。"

说完，他就带着几分恼火地将电话挂断。

陆半城是有病吧，还带她一起过去玩，玩什么玩啊！

秦芷爱是五点钟从阳光房回的主卧。

她先是拿起梁豆蔻的那部手机看了一眼，确定没错过什么重要的电话，才找出一直被静音的自己的手机看。

有两个未接电话。

是半小时之前打来的。

电话号码她再熟悉不过，是她最好的朋友，许温暖的。

秦芷爱拿着手机，想都没想就走向阳台，给许温暖回拨了过去。

电话响了没两声就接通了，里面传来许温暖埋怨的声音：“小爱，你还知道给我回电话啊！”

“刚刚没听到，对……”

秦芷爱的道歉都还没说完，许温暖就又开了口：“我可不接受口头道歉，我要你请客吃饭！”

“好啊，等你以后来北京，或者我去上海的时候……”

许温暖又抢了她的话：“不用那么麻烦了，今晚七点钟，北京大饭店见！”

秦芷爱停了两秒，瞬间就懂了许温暖的意思：“暖暖，你什么时候到的北京呀？”

“就我跟你打电话那会儿啊，刚下的飞机……”隔着听筒，秦芷爱听见许温暖对着出租车师傅报了“北京大饭店”的地址，然后等到出租车师傅应答后，许温暖才继续对着电话讲，“我明天上午约了一个公司面试，下午就和吴昊一起回上海了，所以，有点赶……”

许温暖说了许多，突然才想起问重点：“对了，小爱，你今晚有空吧？”

“有啊……”秦芷爱看了一眼手机上的时间，已经五点二十了。顾余生的别墅距离北京大饭店有些距离，而且现在又是晚高峰，“那我就先不跟你聊了，待会儿见了面再说。”

挂断许温暖的电话后，秦芷爱跑进更衣室，从藏在柜子最里面的行李箱里找出一件自己的衣服塞进包里，然后又跑到梳妆台前拿了化妆品，再换上梁豆蔻的衣服，这才快速地抓了车钥匙，急匆匆地拎着一个大包下了楼。

管家刚准备上楼问她晚饭想吃什么，看她衣衫整齐地从楼上跑下来，立刻停下脚步：“小姐，您这是要出门吗？”

“嗯，和朋友有约，晚饭就不在家吃了。”秦芷爱边说边打开鞋柜。她先是拿了一双高跟鞋，随后想到自己待会儿要换衣服，于是又放了回去，找到一双小白鞋，快速地穿上，就推门离开了。

秦芷爱开着梁豆蔻的车出了别墅以后，没直接去“北京大饭店”，而是先拐去了梁豆蔻最喜欢去的一家淑女会馆。

她将车停好后就拎着包进了会馆。面对私人接待员的招待，她没让人家先安排房间，而是先去了洗手间。

会馆的洗手间都是独立的房间，还有淋浴。秦芷爱进去以后，先是洗澡、卸妆，然后从包里翻出夹板，将原本为了扮演梁豆蔻而特意烫卷的长发一缕一缕地拉直。

秦芷爱不喜欢化妆，所以只随意抹了一些保湿乳，再换上自己的衣服，然后将梁豆蔻的品牌衣服和化妆品全部装回大包里。她又对着镜中倒映出的自己曾经的模样仔细打量了一会儿，确定没有任何问题才走出了洗手间。

没有了梁豆蔻的模样，会馆里的私人接待员没再热情地招待她，于是她直接去了停车场，将包放回了梁豆蔻的车里。她再出了会所，站在路边拦下一辆出租车去“北京大饭店”。

车子刚停稳在“北京大饭店”的门口，秦芷爱就接到了许温暖的电话。她按下接听键，还没开口说话，就隔着出租车的车窗看到了拎着一个行李箱站在饭店门口的许温暖。

秦芷爱急忙付了车费，推开车门，冲着许温暖举着手机喊了一声“暖暖”，然后就跑了过去。

许温暖见到她，先是激动地尖叫了一声，然后连行李箱都不顾了，直接扑过来，搂着她又蹦又跳地叫了起来：“小爱，你知不知道我都快想死你了！”

“暖暖，我也好想你啊，想想我们都好久没见面了，你快让我看看……”

秦芷爱抓着许温暖的胳膊，将她从自己身上拉开了一些，眼底带笑地看向她的脸。许温暖剪了短发，看起来比以前干练了许多。

“是好些年没见了！”许温暖捧起秦芷爱的脸，左看右看了好一会儿，“不过你还是以前那个样子，除了变得更美外，没太大的变化。”

起先许温暖去上大学的时候，每逢寒暑假回北京，秦芷爱和许温暖还会见一面。

后来许温暖大学毕了业，因为吴昊在上海的工作稳定，她也就夫唱妇随地跟着在上海找了一份工作。然后因为工作忙，她几乎没怎么再回北京。而秦芷爱又因为父亲的事情，也没多余的时间和钱去上海。

两个女孩细算下来，这都要将近两年没怎么见面了。

即使两个人经常通过电话聊天，可现在见了面，却还是有着说不完的话。直到最后经由“北京大饭店”的保安提醒，两个人才想起被许温暖扔在门口的行李箱。

秦芷爱连忙帮许温暖拉了行李箱，两个人手挽着手一起走进饭店的大堂。

许温暖将行李箱寄存在饭店前台时，秦芷爱想到许温暖在电话里跟自己说明天要应聘的事，顿时就盈盈地笑开：“暖暖，你说明天要应聘，是打算回北京了吗？”

“是啊，吴昊在上海的工作虽然稳定，但毕竟工资有限，吴昊就想着能回北京创业。而我呢，当然要支持他了……”许温暖登记完存储行李箱的表，然后就搂着秦芷爱的胳膊，一边往电梯里走，一边“咯咯”地笑出声，“所以，小爱，以后咱们俩又可以像高中时那样每天都鬼混在一起了！”

“想想都好激动啊！暖暖，那你确定了什么时候就彻底回到北京吗？”

“我可能要下个月底了，因为我在上海负责的工作得完成才能离职。不过吴昊明天会跟我回上海，下周就又回来北京。等他在这边彻底安顿好了，我就立刻从上海飞过来……”

两个女孩围绕着许温暖回北京的事情，兴奋地谈了好一阵子。直到上了“北京大饭店”的三楼，在楼道里走了大概十几米远的时候，秦芷爱才回过神来：“咦？这里不都是大包间吗？我们两个人要这么大的包间做什么？”

秦芷爱刚准备问服务员“楼下还有没有位子”，许温暖就笑嘻嘻地打断她的话：“小爱，我只是跟你开玩笑说让你请我吃饭，这么高档的地方，我怎么舍得拽你来这里烧钱呢。实话告诉你吧，今天我是带你来蹭大餐的……”

“蹭大餐？难道还有别人吗？”秦芷爱刚问完，服务员就推开了3011的包间门，里面闹哄哄的，听起来像是很多人的样子。

许温暖回她一个“废话”的表情，没说话，直接牵着她走了进去。

秦芷爱一进包间，下意识地就抬起头看向屋里的人，然后她的视线就定在了坐在主位上的顾余生的身上。

包间里的灯全开着，亮得肆意，他恰好就坐在最璀璨的灯光下面，本就白皙的面颊被照得宛如瓷器般无瑕。

今天的他穿的是一件黑色衬衣，西装外套随意地搭在身后的椅背上，衬衣的扣子解开了两颗，看起来悠闲而松散。

他右手边坐的是陆半城，不知道在跟他讲些什么，时不时地笑一下。

他的神情倒是很平和，歪着头，只听，不开口。偶尔在陆半城笑得摇晃时，嫌弃地扫他一眼。然后陆半城立刻就止住笑，又继续讲话。

“我媳妇来了！”距离门口相对比较近的吴昊察觉到门开了，转头回看了一眼。然后在看到许温暖时，他立刻放下手中的水杯，站起来招呼了起来：“媳妇你来了？快过来坐……”

虽然吴昊喊的人是许温暖，可秦芷爱却收回了神。她任由许温暖牵着，走到吴昊身边的两个空位处，分别坐下。

吴昊先是给许温暖铺了餐布，然后又倒了一杯温水递给她：“喝点水，马上就上菜了。”

即使过了这么多年，吴昊见到许温暖，还是贴心得很。

那一瞬，秦芷爱有一种仿佛穿越时空的错觉，总觉得自己像是回到了当初年少的时光，她被许温暖拉着过来找吴昊，然后就在他们的聚会上碰见了他。

这么想着，正在铺餐布的秦芷爱忍不住抬起头，冲着坐在自己斜对面的顾余生又看了一眼。

顾余生正跟许温暖打招呼，收回视线的时候，恰好扫到了秦芷爱投来的视线。他的眉毛微动了动，就将视线调回到秦芷爱的脸上。

秦芷爱被他瞧得呼吸蓦地一顿，然后他就不冷不热地将视线又收了回去，冲着正跟自己讲话的陆半城语气淡淡地回了一句：“你刚刚说什么？”

菜在秦芷爱和许温暖来之前就已经点好了。

等了不到一分钟，服务员就端着托盘进来，陆陆续续开始上菜。

今天来了不少人，绝大多数都是顾余生和吴昊的高中同学。

有那么一两个，当初在高中的时候，秦芷爱跟着许温暖和吴昊他们一起玩的时候碰到过，但不熟，现在秦芷爱连名字都有些叫不出来了。

陆半城的高中没在A大上，初中毕业就被陆家送出了国，所以这还是他第一次见到许温暖。

等到酒上来以后，他和其他人碰完杯，就将酒杯举向了许温暖，对着吴昊说：“耗子，你不应该该介绍一下吗？”

吴昊搂着许温暖的肩膀，一脸自豪地说：“我媳妇，许温暖。”然后他又侧头，对着许温暖的声音一下子变得温柔了许多：“我跟你提过，陆半城，放着他们的家族企业不接手，就喜欢拿钱去投资影视剧的那个陆少。”

许温暖被吴昊的介绍逗得莞尔一笑，随后就落落大方地站起身，和陆半城碰了杯，然后两个人一起各自饮尽杯中酒。

等到许温暖坐下后，陆半城的视线就落在了秦芷爱的身上："那……这位呢？"

"这我可得给大家好好介绍介绍……"吴昊隔着许温暖冲秦芷爱伸了伸手，"这是我媳妇最好的朋友，秦芷爱！"

说完，吴昊就转头冲着秦芷爱微微一笑："小爱，这是陆半城，我刚刚有介绍过。"

秦芷爱轻点了一下头，端起面前的酒杯，站起身，和陆半城轻轻地碰了碰杯子，柔声柔气地说："陆先生，你好。"

"你好，秦小姐。"陆半城礼貌地回了秦芷爱一个笑，然后收回酒杯，喝完后，又等着秦芷爱先坐下，他才绅士地坐下。

因为几乎整个包间的人秦芷爱都不认识，所以吴昊从陆半城的右手边起帮她介绍了一遍，介绍的最后那个人，就是顾余生："小爱，生哥，你还记得吧？"

秦芷爱轻点了一下头，握着酒杯的指尖因为紧张，微微有些收力。

"生哥，这就是我当初跟你说过的，我媳妇的闺密，秦芷爱。"吴昊看到秦芷爱点头，才转头冲着顾余生开了口。

顾余生随着吴昊说话的声音缓缓地掀起眼皮看向秦芷爱，然后他的视线就落在了她的眼睛上。他一直默不吭声地盯着她看，像是在观察什么。

秦芷爱被他看得心跳莫名加速，微垂了一下眼帘，就将酒杯冲着他举了举，用打招呼方式的掩饰了一下自己的紧张："顾先生，你好。"

陆半城还沉浸在吴昊刚刚的话里，好奇地看了看吴昊，又看了看顾余生问："上次，哪次？你们什么时候背着我偷偷聚过？"

顾余生没说话，直接无视陆半城的话语。他对秦芷爱轻点了一下头，算是对她刚刚打招呼做了回应，然后就将视线从她的脸上挪开。他没起身，只是端起桌上的酒杯冲着她回举了一下，象征意义地饮了小半杯。

接下来，大家聊的都是一些关于吴昊回北京创业的打算。

顾余生向来话少，坐在一向话多的陆半城身边显得格外安静。一顿饭吃下来，他给人的感觉倒像是从没开口说过话一般。

饭后还有安排，所以饭局散得很早。

秦芷爱本想回家的，但许温暖拉着她不肯放人，非要她陪自己一起去“金碧辉煌”玩一会儿。

两个人那么长时间没见，秦芷爱也想和许温暖多待一会儿，想着回去也没事，索性就答应了下来。

几个人都喝了酒，所以是顾余生和陆半城的司机各自开了商务车载大家过去的。

秦芷爱、许温暖和吴昊，还有另外三个男生坐一辆，其他人则坐了另一辆。

秦芷爱坐的那辆车到的时候，顾余生他们早已开好了房间、点好了酒，陆半城正抱着话筒在唱歌。

高中的时候许温暖就是麦霸，这么多年过去，习惯依旧。她一进包间，立刻就霸占了点歌台，开始一首接一首地点歌。

在播放《广岛之恋》的时候，许温暖拉着秦芷爱陪自己一起唱的。

许温暖先唱，唱的是男声，屋内的人已经听了许久她的歌，所以此时都坐在软沙发上丢骰子、聊天，倒是没什么反应。

等到秦芷爱唱女声的时候，因为她的音质偏柔，一开口就让整个包间静下来。然后所有人都转头看了她一眼，包括陆半城。

“耗子他媳妇的这个好朋友长得还挺漂亮的，清新脱俗……”陆半城侧头对着顾余生发表了一下看法，然后又上上下下将秦芷爱的一身打扮研究了一番，继续说，“她身上的衣服都不是什么品牌，却还能给人眼前一亮的感觉，说明这女孩是真好看！”

顾余生也不知道是听见了陆半城的话，还是没听见，面色偏淡地坐在沙发上，端着一杯酒，没接话茬。

陆半城倒也没介意，继续盯着唱歌的秦芷爱看了一会儿，突然就大惊小怪地“啊”了一声。然后他就凑到顾余生的面前，恍然大悟般地开口说：“我想起来了！我想起来了！在饭桌上，耗子说上次跟你提过一嘴，就是去你的别墅吃饭的那天，他说的那个女孩啊！”

“我记得耗子说，他媳妇闺密长得像小蔻……”

陆半城一边说，一边又将头转向秦芷爱，盯着她认真地看了一会儿：“咦，你还别说，不留意倒是没感觉，觉得像是两个人。可仔细留意一下，这女孩跟小蔻还真是像……”

“不过又说句公道话，这女孩长得比小蔻要好看。小蔻化了妆虽然惊艳，但少了这个女孩特有的那种干净……不过这股干净，现实中也没多少女人有……而且小蔻的脸可是动过刀子的，这女孩一看就是纯天然。那鼻子翘翘的，挺可爱，还有轮廓是真完美啊……标准的瓜子脸……嗯，如果小蔻之前没动过刀，跟这个女孩充其量也就是四分相似，动了刀后，倒是像得厉害了一些……”

陆半城一个人自言自语地评价了好一会儿，像是要寻求肯定一般，侧过头，冲着顾余生又开了口：“生哥，你是不是也觉得她们俩很像？”

一直没搭理陆半城的顾余生在听到这里的时候，微微抬起头，扫了一眼秦芷爱。

女孩握着话筒，和许温暖面对面地站在灯光下。

她是素颜，皮肤细腻白皙得看不见半点毛孔。她的嘴一张一合，有婉转动听的歌声从她的嘴里流淌出来。

陆半城看顾余生也在打量秦芷爱，就又催问了一句：“是不是真的跟小蔻有点像？”

顾余生听到陆半城的话，这才将视线从秦芷爱的脸上移开，然后举起酒杯，慢吞吞地喝了一口，这才回了陆半城的话：“好像是有点像，眼睛有点像。”

“眼睛？”陆半城刚喝了一口酒，听到这话，险些喷出来，“你是在逗我玩吧？小蔻跟她的眼睛哪里像了？她们最不像的就是眼睛好吗？就因为她们俩的眼睛不像，我一开始才没觉得两个人有多相似的……”

眼睛最不像？

顾余生皱了皱眉，没再回陆半城的话，而是转头又看向了秦芷爱。

他看了她好一会儿，越看越觉得她和梁豆蔻的眼睛像……都是那种大大的眼睛，眼珠子黑得宛如两颗上等的黑曜石。

若是非要给眼睛找点区别，那就是梁豆蔻喜欢化妆，而她素颜。她的穿着打扮也没有梁豆蔻那么艳丽华贵，头发简单地直垂着，所以导致她的眼睛看起来比梁豆蔻的眼睛还要干净纯粹几分……

“怎么不说话了？”陆半城看顾余生盯着秦芷爱看了好一阵子都没出声，凑过来问了一句。

顾余生被陆半城这么一提醒，才察觉到秦芷爱和许温暖早已把那首《广岛之恋》给唱完了。

她们是什么时候唱完的？

顾余生轻蹙了一下眉，他刚刚竟然盯着一个陌生女孩走了神？

“傻了？”陆半城看顾余生还是没反应，抬起手在他面前晃了晃。因为喝了酒的缘故，他说话也胆子大了些，“被耗子媳妇闺密的美貌给勾了魂了？”

顾余生像是听到了一个特别可笑的笑话，轻笑了一声：“她美还是丑，关我什么事？别净瞎扯淡！”

“我瞎扯淡？刚刚是谁……”

陆半城仗着酒劲想要狡辩，结果话才说了一半，顾余生就冲着他横了一眼：“还有完没完了？我看你是吃饱了撑的没事干吧？一直聊一个无关紧要的人，你那么有兴趣你去找她啊，别跟我掰扯，我没兴趣！”

唱完歌后的许温暖被吴昊拉入怀中，并递了一杯果汁给她润喉。

许温暖腻在吴昊怀里，撒娇地索吻。

秦芷爱看到这一幕有些羞怯，背过身，走到桌子旁边，随便找了个位子坐下。

此时的包间里再没人唱歌，也没有播放音乐，只有拼酒的人在不断地吆喝，所以相对有些安静。

秦芷爱伸出手给自己拿果汁的时候，耳尖地听见了陆半城的声音："傻了？被耗子媳妇闺密的美貌给勾了魂了？"

耗子媳妇的闺密？是指她吗？

秦芷爱端果汁的举动一下子就停了下来，她转头顺着声音望过去，才发现顾余生和陆半城就坐在她旁边不远的位置。

她和他们之间坐了一个男人，那个男人正在打牌，完全没有留意顾余生和陆半城在说些什么，而是专心致志地研究着自己的牌。

而她选的地方本就偏角落里，中间还挡了一个男人，顾余生和陆半城根本没注意到她，在继续交谈。他们的声音其实很小，若不是此时恰好没了音乐，秦芷爱估计自己怕是也听不见。

"她美还是丑，关我什么事？别净瞎扯淡！"

"我瞎扯淡？刚刚是谁……"

"还有完没完了？我看你是吃饱了撑的没事干吧？一直聊一个无关紧要的人，你那么有兴趣你去找她啊，别跟我掰扯，我没兴趣！"

陆半城似是看出了顾余生的不耐烦，没再继续围绕这个话题转，而是换了其他的话题。

可秦芷爱静静地望着顾余生的侧脸，也没再仔细去听，她脑海里环绕的全是刚刚他对陆半城说的那些话。

关我什么事？

有一句话是怎么说的？

“我最怕的就是别人在你面前提起我，而你只有一句‘关我什么事’。”

曾经年少的岁月里，明明他和她有一段时光很好很好的，好到她以为他是喜欢自己的。她还险些把藏在心底偷偷的喜欢告诉他，怎么到最后她就变成了关他什么事，变成了无关紧要的人呢？这是他第二次用“无关紧要”来形容她吧。明明早就知道他已忘了她，可不管多少次，每次听到从他嘴里说出这样的话时，心还是很痛。

秦芷爱不知自己僵坐了多久，直到许温暖从吴昊身边跑过来坐在她旁边，她才回了神。然后她发现自己的眼底酸酸热热的，像是有什么雾气弥漫上来。

她怕被许温暖察觉到异样，飞快地垂下头，端起桌子上的果汁喝了一大口，努力压了压心里翻江倒海的难过，然后才勉强堆起笑脸，和许温暖凑在一起，小声地叙起了旧。

到底还是心底难受，她的话明显少了一些，绝大多数时间都是许温暖在叽叽喳喳地讲。

偶尔讲到开心的地方，秦芷爱就拼命地让自己笑。可笑着笑着，她的眼底又泛起了酸涩。

她不想在一屋子人面前失态，就找了一个上洗手间的借口，抽身离开了包间。

秦芷爱在洗手间里待了好一会儿才回了包间。

许温暖看她进来，立刻抛下吴昊扑到了她的面前，挽着她的胳膊，继续笑嘻嘻地接着她去洗手间之前的话题聊。

顾余生还坐在原来的位子上，陆半城却已经不知去向。他靠在沙发背上，拿着手机，不知道在按些什么。过了大概几分钟，他站起身，拿起外套，冲吴昊来了一句：“我还有点别的事，先走了。”

屋里玩得正在兴头上的人立刻停了下来，纷纷跟他打招呼。

“生哥，这就要走啊？”

“生哥，不再多玩一会儿吗？”

“对了，生哥，你的电话号码是不是换了？”坐在门口的一个穿蓝色衣服的男人拿着手机站起了身。

顾余生一手插兜地停下脚步，姿势看起来有些懒散：“哪个号码？”

“就是那个 152……”蓝色衣服的男人似是只记得开头的三个数字，一边说，一边就拿着手机翻找起了电话记录。

顾余生没等他找到电话号码读出来，就漫不经心地先开口报了十一个数字：“152××××××56？”

坐在他身旁不远处的秦芷爱在听到这十一个数字的时候，猛地抬起头看向顾余生。

这十一个数字她再熟悉不过，熟悉得都可以倒背如流。

这是当年他写给自己的那个电话号码。

可唯一不同的是，她接到的那张字条上，和他刚刚报出的电话号码有两个数字是不一样的……那就是尾号他说的是 56，而当年的字条上写的是 65。

“对对对……就是这个电话号码。”蓝色衣服的男子接了话。

“哦，那个号码好多年都没用了，是保号停机状态……”顾余生语气淡淡地解释了两句，然后就重新报了新的十一位数字，“这是我现在的号码……”

后面他又说了些什么秦芷爱没再去听，脑子里想的全是他当年写给她的电话号码和他的真实电话为什么会有差别。

“小爱？小爱？”许温暖说了许久的话，看秦芷爱定定地盯着墙上的大屏幕没有一点反应，这才伸手摇了摇她的肩膀，“发什么呆呢？”

秦芷爱回过神，冲许温暖露出一个歉意的笑容：“不好意思，刚刚突然想到了一些别的事情。”

“什么事啊？”许温暖的眼里充满了好奇，笑嘻嘻地问。

“没什么事，就是忘记给我妈买药了。”秦芷爱随便找了一个借口敷衍了许温暖，然后视线就围着包间转了一圈，已经没了顾余生的身影。

停顿了一下，她又开口对许温暖说：“暖暖，今天我就先不陪你了，反正你过不了多久就要回北京了。我得去给我妈把药买了，她今晚还没吃药呢。”

“好吧，那我送送你。”

“不用了……”

说了不用，可许温暖还是把秦芷爱送到了大门口。

秦芷爱等许温暖重新进了“金碧辉煌”的旋转门，才转身朝着路边走去。

“金碧辉煌”门外的这条街禁止出租车进入，浴室秦芷爱只能沿着步行道走去前面那条街的出租车站点打车。

途中经过一座天桥，秦芷爱刚从天桥上下来，就看到不远处正站在路边接电话的顾余生，她的脚步蓦地就停了下来。

他的车就停在他的面前，打着双闪，他不知道在跟人聊些什么。讲到一半的时候，他还从车里摸了一支烟出来，点燃，然后就站在旁边一边抽烟一边讲电话。

顾余生打电话的时间并不长，烟不过抽了半支，他就收起了手机，却没急着上车，而是转了个身，倚着车子，咬着烟，望着路边的树上不断闪烁的彩灯，慢吞吞地吐着烟圈。

秦芷爱其实没想过会碰到顾余生，此时碰见了，在“金碧辉煌”时她心底浮现出的那些疑问又翻滚了起来。

她是真的很想知道，当初的顾余生为什么要写一个错误的电话号码给自己？

是他记错了电话号码，还是不小心写错了，又或者……秦芷爱不敢再往下去想，可她的人却已经不受控制地走向了顾余生。

顾余生像是听到了脚步声，含着烟，侧头往她扫了过来。

秦芷爱的脚步稍顿了一下，最后还是向前走了两步，冲着他礼貌地笑着打了声招呼："顾总。"

顾余生先是冲着她点了点头，然后大概是因为刚刚还在一个包间里坐着，这样的反应太过冷淡，于是就将烟从嘴巴夹了下来，语气淡然地客套了一句："你也要走了？"

"嗯。"许是因为顾余生跟她说话的缘故，秦芷爱的勇气更足了一些，她指了指就在顾余生身后的出租车站点，"来这里打车。"

顾余生"哦"了一声，没再说话，重新抬起手，将烟递到嘴边。

不一会儿，就有缭绕的烟雾从他的鼻腔里飘散出来。

秦芷爱看他没说话，也没吭声，从他的身边走过，停在了出租车的站点处。

她的眼睛朝偶尔才会有一辆车子飞速行驶过的街道看了一会儿，最后还是鼓起勇气转头看向了顾余生。

有些问题，她实在是太想知道答案了。

他和她从来都不是一个世界的人，她也是仗着梁豆蔻的身份才能出现在他身边的。她要见他一面好难，所以若是她现在不问，或许这一辈子就都没机会知道答案了。

想到这里，秦芷爱深吸一口气，脸上绽放出一个笑容，像是突然想到了什么，很随意地开口道："你是不是记错自己的电话号码了？"

"嗯。"顾余生含着烟，不走心地应了一声，然后才想到她怎么会突然聊这个，就又掀起眼皮看了她一眼，带着几分纳闷的"嗯"了一声。

"就是在'金碧辉煌'的时候，我听见你跟别人讲以前的电话号码了。高中时我们不是同一所学校吗？你给过我朋友你的电话号码，但和你刚刚说的那个不太一样……”秦芷爱歪着头，摆出一副努力回忆的模样，然后继续开口说，“应该是尾号吧，你说的是 56，但我记得好像是 65……”

秦芷爱不是没想过直接开口问他，当初给自己的字条上的电话号码为什么会是错的。

可话到嘴边，最后还是被她换了这样一种方式。

因为她怕……怕从他口中听到不好的话语，所以还是把打好的腹稿里的“我”换成了“我的朋友”。

秦芷爱稍微停了一下，把自己当年的事情变成了随便聊聊的话题，继续补充完整：“我那个朋友喜欢你，具体发生了些什么我不太知道，但我知道是你给的她电话号码，因为她太激动了，每天都在我的耳边嘟囔，所以害我都记住了你的号码……”

听到这里，顾余生终于明白是怎么一回事，甚至在他听到最后的时候，还扯了一下嘴角。然后他拧断了指尖快要燃完的烟，语调清淡地回答：“那个电话号码除了开头的三个位数，后面的九位数正好是我身份证的后九位，所以真正的电话号码我最清楚不过……”

不可能会记错……那是他不小心写错的吗？

正当秦芷爱想着自己到底要怎么继续从顾余生那里知道答案的时候，顾余生又开了口：“你朋友拿到的那个尾号 65 的号码我知道，是空号，那号码估计是我故意告诉她的吧，避免骚扰……”

年少时纠缠他的女孩太多，因为烦，所以那个尾号 65 的电话就成了他避免骚扰的挡箭牌和保护伞。

空号、故意告诉、避免骚扰……这几个词反反复复在秦芷爱的耳边回荡了许久，她才读懂了他话里的意思。

原来他明知那是空号，但他却还写给了她。这说明他当年是故意给了她假的电话号码吗？

秦芷爱情不自禁地手握成拳，努力维持着面上的平静，继续装出和顾余生闲聊的样子，一脸好奇地问："真假电话号码那么相似，那你会不会把两个号码弄混啊？"

"怎么可能？"顾余生没有丝毫犹豫就轻飘飘地反问了四个字，"从初中开始我就那么玩了，真的假的我最清楚不过了。"

秦芷爱望着顾余生笃定的神情，彻底懂了。

是啊，顾余生怎么会搞错呢？他一向聪明，那样真假的两个电话号码，他又怎么可能不处理得游刃有余呢？

所以，八年前，他不是不小心写错了电话号码，而是故意写错的。

所以，当时他塞给她字条时，就压根儿没想着要赴约？

她刚刚不是没想过这种可能，所以她才那么侧敲旁击地问。可是她没想到的是，她最怕的答案却是最终的答案。

秦芷爱站在原地没有任何反应，因为她怕，怕自己一开口或者一动，眼泪就会滚滚地落下。所以她只能保持着此刻的姿态，让自己看起来像个没事人一样。

顾余生看她不说话，也没再说话，而是摸出手机看了一眼时间，然后就礼貌而疏离地跟秦芷爱道别："我先走了。"

秦芷爱费了很大很大的力气才勉强冲着顾余生浅笑着点了一下头。

男子连一句"再见"也没说就绕过车头坐上车，直接踩油门离开。

一直到车子开出去很远，秦芷爱才将视线从刚刚看着的方向收回来，她没敢去看顾余生车子离开的方向，而是直接伸出手拦下一辆出租车，飞快地坐进去。

她开口告诉出租车师傅地址的时候才发现，原来自己的声音已经变得那般哽咽。

……

抵达淑女会馆后，秦芷爱先去停车场拿了包，然后和来时一样，去了洗手间。

一反锁上门，秦芷爱忍了一路的眼泪就簌簌地砸落下来。

世界上最心痛的感觉，不是你喜欢的人不喜欢你，而是你曾念念不忘的美好记忆，其实只是一场欺骗。

八年啊……她记了整整八年的电话号码，原来是假的……这些年来，每当她午夜梦回想起他的爽约，她就会担心当年的他是不是出了什么事，电话号码才会变成空号。

可现如今她才知道，原来她念念不忘的八年，不过只是一个笑话。

她的等待，到最后变成了空白。

（未完待续）

《那时喜欢你 2》2017 年 3 月全国上市！